GOLDMANN

Buch

Die Alien-Filme von Ridley Scott und James Cameron mit Sigourney Weaver in der Hauptrolle gehören zu den größten Kassenerfolgen der Filmgeschichte. Jetzt erzählen Steve und Stephani Perry die Story der Eindringlinge aus dem All in Buchform weiter. Lieutenant Ellen Ripley hat eine lange Reise hinter sich. Sie kann sich nicht erinnern, was mit ihr passiert ist. Sie weiß nur eins: daß sie um jeden Preis überleben will. Als sie den Piloten Wilks und das Mädchen Billie, zwei Veteranen im Kampf gegen die Aliens, trifft, wird ihr klar, daß sie Waffengefährten gefunden hat – und sie ist bereit, den Kampf gegen die Brut aus dem All wiederaufzunehmen.

Doch dann kommt Ripley hinter das Geheimnis ihres langen Schlafs. Und dieses Wissen wird ihre stärkste Waffe im Krieg gegen die todbringenden Kreaturen. Zusammen mit Billie und Wilks bereitet sie sich auf einen Frontalangriff auf die Aliens vor. Es geht um das Schicksal der Menschheit, die vor der endgültigen Vernichtung steht.

Autoren

Steve Perry, geboren in Louisiana, hat seit 1976 etwa dreißig Short Stories und zwanzig Romane verfaßt. Er hat Creative Writing an der University of Washington in Seattle gelehrt und lebt mit seiner Frau Dianne und seiner Tochter Stephani in Oregon.

Bereits erschienen:

Steve Perry: Aliens 1 – Zum Überleben verdammt (42654)

Steve Perry: Aliens 2 – Vermächtnis des Grauens (42655)

STEVE PERRY
STEPHANI PERRY

ALIENS™

KRIEG DER FRAUEN

Aus dem Amerikanischen
von Michael Nagula

(Nach den Filmen der Twentieth Century Fox,
den Entwürfen von H. R. Giger und
der bei Dark Horse erschienenen Graphic Novel
von Mark Verheiden und Sam Kieth)

GOLDMANN VERLAG

Die amerikanische Originalausgabe
erschien unter dem Titel
»Aliens, Book 3: The Female War«
bei Bantam Books, New York

Umwelthinweis:
Alle bedruckten Materialien dieses Taschenbuches
sind chlorfrei und umweltschonend.
Das Papier enthält Recycling-Anteile.

Der Goldmann Verlag
ist ein Unternehmen der Verlagsgruppe Bertelsmann

Deutsche Erstveröffentlichung

Umschlaggestaltung: Design Team München
Satz: deutsch-türkischer fotosatz, Berlin
Druck: Elsnerdruck, Berlin
Verlagsnummer: 42656
SN · Redaktion: Thomas Ziegler
Herstellung: Peter Papenbrok
Made in Germany
ISBN 3-442-42656-1

1 3 5 7 9 10 8 6 4 2

Für Dianne
und für Little Flower;
Willkommen im Club.

SCP

Für meine Freunde
und alle, die mich mögen,
meine Mom und meinen Bruder
und besonders für meinen Koautor,
der mir viel über die Kunst und
das Handwerk des Schreibens
beigebracht hat;
danke, Dad.

SDP

»Wenn die Indianer dich gefangennehmen, dann paß auf, daß sie dich nicht an die Frauen ausliefern.«

Angeblicher Spruch von US-Kavalleristen
im Grenzland während des Versuchs,
die Sioux in Dakota auszurotten

1

Ripley spürte, wie die Arme des kleinen Mädchens sich fester um ihren Hals schlangen, während sie wiederholt auf den Liftknopf schlug.

Mit ziemlicher Sicherheit war die Königin unmittelbar hinter ihnen. Sie würden hier unten krepieren. Der Gedanke erfüllte sie mit einer plötzlichen Welle der Übelkeit, und wieder schlug sie auf den Knopf. Sie würden in dieser teuflischen, künstlichen Grube auf einem zerplatzenden Planeten, von dem sich jeden Moment ein großes Stück in atomaren Staub auflösen konnte, elend krepieren.

»Mach schon, gottverdammt noch mal!«

Sie wuchtete das weinende Kind höher und blickte über die Schulter zurück ins Dunkel. Dampf zischte aus einer geplatzten Röhre und umwogte den nassen Alienspeichel, der die Wand bedeckte, als heißer Nebel. Sie spürte sie kommen, hörte sogar noch über das Geheul der Alarmanlagen und Sirenen hinweg die raschen Schritte der sich nähernden Mutter. Ripley hatte ihre Kinder vernichtet, Hunderte ihrer tödlichen Nachkommen, und sie zweifelte nicht daran, daß die Bestie jetzt kurz davor stand, sie und das Mädchen zu zerreißen.

Sie schaute hoch und sah, wie der Boden des Lifts allmählich näher kam, immer noch einige Stock über ihnen. Jede Sekunde konnte …

Hinter ihnen ertönte ein durchdringender Schrei, unmenschlich, voller Wut. Instinktiv umklammerte Ripley ihre Waffe fester und rannte zu der Leiter, die an der Wand montiert war;

vielleicht konnten sie den Fahrstuhl ja im nächsthöheren Stockwerk abfangen. »Halt dich an mir fest!« rief sie.

Und plötzlich war sie da, wie die anderen, nur größer, noch geschwollen, wenngleich nicht mehr trächtig.

Die Königin trug eine riesige Krone, einen schwarz schimmernden Kamm, der oben aus ihrem unförmigen Schädel ragte und sich nach hinten verlängerte. Ein zusätzliches kleineres Armpaar ragte aus ihrer Brust. Es – *sie* – bog zischend und sabbernd ein paar Meter entfernt um eine Ecke und kam langsam auf sie zu.

Ripley wich zurück; das Mädchen verhakte ihre kleinen, verschwitzten Hände ineinander, um nicht herunterzufallen.

Der Lift, er war da!

Ripley fuhr herum.

Die Tür öffnete sich, das Gitter aus Maschendraht glitt zur Seite, und sie sprangen hinein. Ripley schlug noch heftiger auf den Kontrollknopf als vorher –

Die Königin lief auf sie zu –

Das Drahtgitter schloß sich …

Schloß sich eine Sekunde, ehe das Alien sie erreichte.

Ripley setzte das Mädchen ab, richtete ihren Flammenwerfer auf die Kreatur und feuerte durch den Draht hindurch. Sie hatte nicht mehr viel Öl; nur dünne und schwache Flammen loderten stoßweise auf, aber es reichte, um das Alien aufzuhalten.

Die Königin knurrte wütend; dicke Speichelfäden tropften aus ihren weit aufgerissenen Fängen. Sie hielt sich zurück.

Jetzt schloß sich die Außentür.

In Sicherheit! Sie waren in Sicherheit!

Die Fahrt nach oben war holprig; Explosionen erschütterten das Gebäude und fallende Trümmerstücke stürzten in den Lift, der viel zu langsam hoch fuhr. Aber sie schafften es bis aufs Flugdeck.

Als die Außentür aufglitt, teilte ihnen eine ruhige Frauenstimme mit, daß sie noch zwei Minuten hatten, um die Mindestsicherheitsentfernung zum Gelände einzunehmen, ehe die ganze Verarbeitungsanlage in die Luft flog. Sie liefen zusammen vom Lift weg und ...

Wo, zum Henker, war das Schiff?!

Es war verschwunden! Er hatte sich davongemacht; diese gottverdammte *Maschine*, der Android, hatte sie verraten!

Ripley schrie vor Wut auf und zog das Mädchen fester an sich. Überall um sie herum loderten Flammen, das Gebäude bebte und zitterte unter ohrenbetäubendem Lärm ... und da, ein anderes Geräusch. Ripley schaute zu den Lifts.

Noch eine Kabine kam an.

Oh, nein. Das war unmöglich. Woher sollte die Königin wissen, wie man einen Lift bedient? Das war *unmöglich*!

Aber klug ist sie, sagte eine kleine Stimme in Ripleys Kopf. Du hast doch gesehen, was sie gemacht hat, als ihr klar wurde, daß du ihre Eier verbrennen würdest, wie sie da die Drohne von dir weggewinkt hat, sie von dir fernhielt. Anfangs.

Ripley sah auf ihren Karabiner. Die Anzeige meldete, daß sie keine Munition mehr hatte. Der am Gewehr befestigte Flammenwerfer war ebenfalls leer. Sie ließ die Waffe fallen, schulterte das Kind und wich zurück.

Der Lift kam zum Halt, die Tür glitt auf. Ripley umklammerte fest das Mädchen.

»Schließ die Augen, Baby«, sagte sie und schloß ihre.

»Ripley? Alles okay?«

Ripley öffnete die Augen und erblickte Billie, die junge Frau, die ihr gegenübersaß. Billie wirkte besorgt und hatte die Stirn leicht in Falten gelegt. Ripley mochte sie, hatte sie praktisch vom ersten Augenblick ihrer Begegnung an gemocht – was ungewöhnlich war. Vertrauen war heutzutage eine Seltenheit, jedenfalls was sie betraf. Aber Billies Schilderung, wie sie als Kind gerettet worden war, hatte Ripley selbst zu ein paar Geschichten angeregt ...

»Yeah«, sagte sie und seufzte dann. »Tut mir leid. Ich war mit den Gedanken gerade woanders. Meine letzte echte Erinnerung ist jedenfalls, daß wir uns nach LV-426 zum Schlafen bereit gemacht haben, ich und einer der Soldaten und eine Zivilistin, ein kleines Mädchen. Ich ... ich denke, das Schiff wird wohl unterwegs irgendwann Schaden genommen haben. Mehr weiß ich nicht mehr. Vor sechs Wochen bin ich unter einer Anzahl Flüchtlinge auf der Erde aufgewacht, und die wollten hierher; das schien mir eine gute Idee zu sein – da unten ging alles total den Bach runter. Demnach bin ich nur eine Woche länger hier als du.«

Billie nickte. »Und was haben die Ärzte über den fehlenden Teil gesagt? Körperlicher oder psychischer Schaden?«

»Ich glaube nicht an Ärzte«, sagte sie und lächelte schwach. »Außerdem fühle ich mich recht wohl.«

Ripley erhob sich und streckte die Arme über den Kopf. »Begleitest du mich zum Essen?«

Billie warf der älteren Frau einen neugierigen Blick zu, als sie zur Cafeteria gingen. Soweit bekannt, war sie der erste Überlebende, der die Aliens gesehen und sich ihnen noch einmal freiwillig gestellt hatte. Billie war fasziniert von Ripleys lockerem, selbstbewußtem Auftreten, ihrer Ruhe, die nach allem, was sie durchgemacht haben mußte, so unwahrscheinlich erschien. Besonders angesichts ihrer eigenen Erfahrungen mit den Monstern. Obwohl sie erst seit zwei Wochen hier war, hatte sie den Eindruck, daß eine Million Jahre vergangen wären.

Sie durchquerten den C-Korridor zur nächstgelegenen Messe. Längs des Schleusengangs, der sie zu einem anderen

Korridor führte, befand sich ein Sichtfenster. Ein junges Paar spähte gerade hinaus, den IDs nach beide Medotechniker; sie hielten sich an den Händen und sprachen leise miteinander. Billie sah von ihrem Blickwinkel aus einen Großteil der Station, lange Röhren, die in Kugeln und Würfel eingelassen waren, zusammengesetzt wie riesiges Kinderspielzeug. Sie schauderte leicht vor Kälte, während sie sich der Schleuse näherten. Die Station war aus Schwerplastik und billigen Mondmetallen gebaut; Heizgeräte in den Fußleisten jedes Korridors verbreiteten Wärme, aber die Leere draußen verhinderte, daß die Korridore jemals richtig warm wurden.

Allem Anschein nach war es um die neueren Module schlechter bestellt; unverkleidete Plastikbalken und enge Unterkünfte, dürftig eingerichtet und viel zu dunkel. Man hatte sie hastig zurechtgezimmert, um die ankommenden Flüchtlinge von der Erde aufzunehmen, die Flut von Menschen, die schließlich zu einem Rinnsal versickert war. Auf der Gateway Orbital Station befanden sich jetzt um die siebzehntausend Personen, beinahe doppelt so viel wie bei ihrem Bau vorgesehen – aber viel mehr würden nicht mehr dazukommen. Wie Ripley gesagt hatte: Da unten ging alles total den Bach runter.

Obwohl es für den Mittagstisch noch etwas zu früh war, wimmelte es in der Messe von Menschen. Aus einem der hydroponischen Gärten war eine Fracht mit echtem Gemüse eingetroffen, und das hatte sich schnell herumgesprochen.

Billie und Ripley bekamen zu ihrem Essen kleine Salate mit Möhren und Kraut. Sie setzten sich an einen der Tische in der Nähe des Eingangs. Trotz der vielen Menschen war es still; die meisten hier auf Gateway hatten auf der Erde Freunde oder ihre Familie an die Aliens verloren. Fast schien es, als wäre es ihnen peinlich, zu lachen oder sich zu vergnügen. Billie verstand das.

Sie hatte einen großen Teil ihres Lebens in verschiedenen

psychiatrischen Abteilungen verbracht und die Medotechniker davon zu überzeugen versucht, das die Aliens existierten; die düstere Atmosphäre auf der Station war ihr vertraut, ja sogar angenehm. Sie fühlte sich hier nicht besonders zu Hause, aber andererseits hatte sie auch niemals ein richtiges Zuhause gehabt. Wenigstens schwebte sie nicht in Lebensgefahr, und das war doch schon mal was. Sich in Sicherheit zu befinden erschien ihr nach der Mission mit Wilks geradezu wie ein Traum.

Ripley aß ein Stück von ihrem heißgemachten Protosoja-Kotelett und verzog das Gesicht. »Schmeckt wie Isolierband, das man dehydriert, tiefgefroren und wieder aufgewärmt hat. Und dann hat man wohl noch draufgespuckt.«

Billie probierte ihres und nickte. »Wenigstens ist es warm.«

Sie aßen wortlos, konzentrierten sich beide aufs Essen.

»Demnach träumst du von ihr? Der Alienmutter?«

Verblüfft blickte Billie von ihrem Tablett auf.

Ripley sah sie eindringlich an. »*Ich* tu's«, fuhr sie fort. »Jedenfalls habe ich's getan, vor meiner Gedächtnislücke.« Sie aß einen weiteren Bissen Protosoja.

»Ich – yeah. Ich tu's auch. Wie ich gehört habe, träumen noch andere von ihr ...«, fügte Billie hinzu. Ja, sie hatte Geschichten gehört, meistens über Fanatiker, Leute, die ihre Träume von den Aliens zu einer Art Religion gemacht hatten; die Auserwählten, die erkannt hatten, daß der Tag des Jüngsten Gerichts bereits da ist. Über ihre eigenen Träume hatte sie sich zumeist ausgeschwiegen, aber in letzter Zeit ... »Ich habe oft Träume. Fast jede Nacht.«

Ripley nickte. »Bei mir fing es genauso an. Erst drückten sie Liebe aus, die mich erfaßte, und dann wurden sie zu *so etwas*. Ich habe ein Band gespürt. Es waren Mitteilungen. Ich habe gewußt, wo sie sich aufhielt, daß sie ihre Kinder zu sich gebracht haben wollte. Die Königin der Königinnen, die treibende Kraft hinter der ganzen gottverdammten Spezies. Ich wußte, wo ich sie *finden* konnte!«

Abrupt schob sie ihr Tablett zur Seite. »Und ich habe sie wieder verloren.«

Billie nickte. »Ich wußte, daß ich nicht die einzige bin, aber in letzter Zeit hatte ich nicht besonders oft Gelegenheit, darüber nachzudenken, und in Sachen Therapiesitzung bietet diese Station nicht viel.«

Ripley lächelte kurz, mit bitterer Miene. »Ich glaube, ich weiß, worauf sie wartet«, meinte sie, »und ich habe da so eine Idee. Wir müssen mehr Träumer finden ... wie steht's mit Wilks?«

Billie zuckte die Achseln. »Ich weiß, daß er Träume hat, aber wohl nicht auf dieselbe Weise wie ich. Das hat nicht viel zu sagen. Er behält sie für sich. Wir könnten ihn ja fragen.« Sie schaute sich um, obwohl sie vermutete, daß er zum Training gegangen war. In den zwei Wochen auf der Station hatte Wilks die meiste Zeit in verschiedenen Trainingscentern zugebracht. »Ich treffe mich nachher mit ihm auf einen Drink.«

»Da würde ich gern mitkommen – wenn ich nicht störe«, sagte Ripley. Anscheinend wählte sie ihre Worte mit Bedacht.

»Kein Problem. Du bist willkommen.« Billie lächelte, und Ripley erwiderte ihr Lächeln, weitaus weniger verbittert als zuvor. Billie fand, daß ihr diese Frau immer besser gefiel.

Wilks war fast eine Stunde radgefahren und hatte sich so richtig ins Schwitzen gebracht, als ihm ein junger Mann auffiel, der mit angezogenen Knien in einer Ecke saß. Wilks hatte sich auf den Vidschirm vor ihm konzentriert, eine Fahrt der Stufe neun, die ihm morgen höllische Schmerzen einbringen würde, sonst hätte er den Jungen vielleicht schon früher bemerkt.

Er befand sich in einem der kleineren Trainingscenter der Station, so war es ihm lieber; die größeren Räume konnten bis zu zweihundert Personen fassen, und derartig viele schwitzende Leiber an einem Ort fand er nicht gerade anziehend, erst recht nicht, wenn noch der Geruch von wiederaufbereiteter Luft hinzukam. Außerdem hatte er für große Menschenmengen nicht besonders viel übrig.

Der Junge war vielleicht zehn oder elf Jahre alt, schlank, blaß und schwarzhaarig, und sein Gesicht war ausdruckslos. Er starrt ins Nichts, wobei sein Kinn auf den Knien ruhte. Etwas an ihm erinnerte Wilks an sich selbst in diesem Alter; vielleicht die Art, wie er gebaut war, oder das Haar ... vielleicht auch die Ausdruckslosigkeit. Das konnte er nachempfinden.

Wilks war in einer Kleinstadt auf der Erde im Süden der Vereinigten Staaten bei seiner Tante aufgewachsen; seine Mutter war an Brustkrebs gestorben, als er erst fünf war, nachdem sein Vater die beiden ein Jahr vorher sitzengelassen hatte. Tante Carrie war durchaus nett gewesen, hatte aber nicht viel Zeit für ihn gehabt; sie hatte die Nachtschicht in einem Altersheim und interessierte sich nicht sehr für sein Leben. Der kleine Davey Arthur Wilks hatte genug zu essen und anzuziehen, und soweit es sie anging, endete ihre Verantwortung damit, basta.

Carrie Greene hatte keine große Ahnung von irgendwas, und von kleinen Jungs verstand sie schon gar nichts.

Sie sprachen nicht oft über seine Eltern; seine Mutter war eine Heilige, die nichts als Liebe für Davey übrig gehabt habe, sein Vater ein Taugenichts und verdammter Hurensohn, der nur seine eigenen Interessen im Sinn hatte. David – der es haßte, »Davey« genannt zu werden – war sich da nicht so sicher. Eigentlich konnte er sich an keinen von beiden so recht erinnern, und obwohl er wußte, daß seine Mutter nicht zurückkehrte, träumte er doch davon, daß sein Vater ihn eines Tages holen käme, daß er mit einem Lächeln für seinen Sohn und Spielsachen und einem neuen Ort, an dem er wohnen könnte, auf der verwitterten Veranda stünde. Sein Dad sah toll aus, war stark und gescheit und ließ sich von *keinem* irgend etwas vormachen.

Es war Spätsommer, zwei Tage nach seinem elften Geburtstag. David lag mit seinem neuesten *Danno Kruise: Action-Man*-Comic auf dem Boden ihres kleinen, spießigen Wohnzimmers. Danno war gerade dabei, irgendeinem miesen Schurken das Fürchten zu lehren, als es an der Tür klopfte. Tante Carrie »schonte« im hinteren Schlafzimmer ihre Augen, und so machte David auf, in der Annahme, daß es sich um einen Vertreter handelte.

Ein hochgewachsener Mann, der eine Schachtel in knallbuntem Geschenkpapier hielt, stand vor ihm.

»David?« Der Typ brauchte dringend eine Rasur und trug einen abgetragenen Anzug, der schon seit einigen Jahren aus der Mode war; an den Manschetten war das Synleinen durchgescheuert.

»Yeah, was gibt's?« David machte einen kleinen Schritt von der Tür zurück; er kannte diesen Mann nicht. Diesen Mann mit den strahlend blauen Augen –

»Äh ... ja, also ... hi. Ich wußte, daß du Geburtstag hast, und ... na ja, ich war gerade in der Stadt. Hier.« Der Fremde hielt ihm die Schachtel hin.

David nahm sie entgegen und blickte ihn an. »Wer sind Sie?«

»Ach, zum Teufel.« Der Fremde lächelte schwach. »Ich bin Ben. Ich bin – war ein Freund deiner Mutter.« Ben schaute auf seine Armbanduhr, dann wieder zu David. »Herzlichen Glückwunsch zum Geburtstag, Davey. Hör zu, ich muß jetzt gehen, ich habe eine Verabredung ... du weißt ja, wie so etwas ist.« Er sah David hilflos an.

David starrte ihn an, unfähig zu sprechen. Ben war der Name seines *Vaters*. Er umklammerte fest das Paket. Das Geschenkpapier knisterte unter seinem Griff. Ben.

Der Mann wandte sich um und ging davon, ohne noch einmal zurückzublicken. David stand noch lange Zeit da, ehe er die Tür schloß. Er versuchte sich einzureden, daß es nicht wahr war, daß dieser Ben nicht sein Dad war. Das konnte nicht sein. Sein Vater würde doch nicht einfach hierher kommen, dieses Geschenk abladen und dann wieder *verschwinden*. Das würde er niemals tun.

»Davey?« Seine Tante, die gerade ihr Nickerchen beendet hatte, schlurfte auf ihn zu. »War da nicht jemand an der Tür? Was hast du da?«

Der Junge starrte sie an. Er schüttelte den Kopf »Nicht der Rede wert«, sagte er. Er warf das Geschenk in den glänzenden Ascheimer aus Kupfer, der neben dem alten Holzofen stand.

Im Trainingslager schüttelte Wilks erneut den Kopf. Meine Herren. Manche von diesen alten Filmen wurde man doch ums Verrecken nicht los. Er starrte den Jungen an. »He, Kleiner, wenn du weiter so abhängst, dann wirst du nie Muskeln entwickeln.«

Der Junge sah ihn an, wie ein Vogel mit zu groß geratenen Augen.

»Hier. Ich zeige dir, wie diese Maschine funktioniert.«

Es war nicht viel, was Wilks tun konnte, aber immerhin etwas. Für ihn hatte das nie jemand getan.

Das Lächeln auf dem Gesicht des Jungen war gut und gern eine Million wert. Und es kostete Wilks nicht das geringste.

2

Amy und der Alte standen vor einem Tunnel, der mit Alienabsonderungen ausgekleidet und voller Trümmerstücke war. Der Tunnel führte in völlige Dunkelheit hinein.

Der Alte strich mit zitternder Hand durch das schmutzigweiße Haar und legte seinen Arm um das Mädchen. Amy lächelte zu ihm herauf. Sie war sehr hübsch, trotz der verdreckten Haut und zerlumpten Kleidung. Ihr nervöses Lächeln ließ sie erheblich jünger aussehen.

»Sie benutzen die U-Bahn, um sich unter der Stadt zu bewegen«, sagte er mit gedämpfter Stimme. »Die Tunnels und Versorgungsnetze existieren noch, dienen jetzt aber anderen Zwecken. Sie wurden umgewandelt.« Er und Amy machten ein paar weitere Schritte. Das Licht war schwach; lange Schatten tanzten vor ihnen und bildeten sich immer wieder neu, während sie durch die stille Höhle gingen.

Der Alte fuhr fort:

»Sicher ... sicher kann man sich nicht sein, aber die Tunnels scheinen alle in einen zentralen Ort zu münden – wie Speichen an einem Rad.«

Der dunkle, klebrige Alienbau umgab sie jetzt vollständig. Seit langer Zeit waren tote Menschen in die Wände eingebettet – ein größtenteils verwester Arm hing von oben herunter, ein halber Schädel ragte links von ihnen heraus. Rechts von ihnen befand sich etwas, was einmal ein Hund gewesen sein könnte.

Amy drückte sich enger an den Alten.

»Wenn ich nicht irre, halten sich die Wesen eine Zeitlang in einem Gebiet auf, brauchen es auf und ziehen dann zum nächsten weiter. Wir haben unser Lager ganz in der Nähe aufgeschlagen.« Er legte Amy seine zitternde Hand auf die Schulter. »Die Aliens halten sich ein paar Kilometer entfernt auf, wenn ich nicht irre, also befinden wir uns vorerst in Sicherheit.«

»Ich wünschte, wir könnten hinauf«, meinte Amy. »Aber das können wir ja nicht.«

Der Alte nickte. »Es gibt welche, die den ›Rapport‹ spüren

und an der Oberfläche auf Alieninfizierte Jagd machen. Hier unten sind wir besser aufgehoben.«

Sie gingen den Tunnel entlang, und überall umgab sie der Tod wie obszöne Kunst; sie atmeten flach durch die Münder. Nach einer Minute blieben sie stehen, und der Alte begann wieder mit seiner schulmeisterlichen Stimme zu sprechen.

»Wir sind jetzt nicht mehr weit von der Radnabe entfernt, von einem der Zentren. Darum gibt's hier auch mehr Infizierte, wenigstens was von ihnen übrig ist. Wir können nicht riskieren, noch weiter zu gehen.«

Amy fröstelte leicht. »Verschwinden wir von hier, Daddy? Irgend etwas stimmt nicht.«

Er sah sich argwöhnisch um, dann lächelte er dem Kind zu. »Yeah, in Ordnung. Hauen wir uns ein wenig früher was zu essen rein.« Sie kehrten zum Tunnel zurück, wobei der Alte zuließ, daß Amy die Führung übernahm.

»Weißt du, ich hätte ...«, setzte er gerade an, als plötzlich eine Hand aus der dunklen Wand hervorgeschossen kam und sein Knie packte. Amy stieß einen einzelnen, schrillen Schrei aus. Der Alte stürzte hin.

Eine andere Stimme drang aus der Dunkelheit. »Oh, Scheiße! Oh, *Scheiße*!« Weiter hinten tauchte ein junger Mann auf.

»Paul!« rief der Alte, während der Jüngere ihm zu Hilfe eilte. »Schaff mir das vom Leib, schaff mir das vom Leib!«

Paul hielt eine kleine Laterne hoch über dem Alten in die Luft. In die schwarzen Absonderungen war dort ein Infizierter eingebettet, dem Tod bereits nahe. Es war einmal eine Frau gewesen, jetzt aber kaum mehr als ein Tier, in dessen Augen der Wahnsinn funkelte. Es hielt ihn fest im Griff.

»Daddy«, stieß Amy hervor, ihre Brust wie in einen Schraubstock gezwängt. Sie fing an zu schluchzen.

Gemeinsam schlugen Paul und der Alte mit den Fäusten auf die Hand der Frau ein, aber sie ließ nicht los. Ihr Gesicht war aufgedunsen und beinahe schwarz. Paul blickte in Richtung Radnabe; von irgendwoher, vielleicht aus weiter Ferne, erklangen rasselnde Geräusche.

»Hör zzzzu«, krächzte sie, die Lippen aufgesprungen und blutig. »Ich bin die Mutter ...«

Paul erhob sich und trat gegen ihre Hand. Das Handgelenk des Etwas brach sauber entzwei, und der Alte taumelte nach hinten, fort von der sterbenden Kreatur. Sie schien nicht zu merken, daß die Hand von ihrem Handgelenk baumelte; sie schien keine Schmerzen mehr zu empfinden.

Der Alte rappelte sich auf, packte Amy am Arm, und sie alle zogen sich von der wahnsinnigen Infizierten zurück.

Sie schloß ihre furchtbaren Augen. »Bald«, flüsterte sie heiser. »Bald, bald.« Das Entsetzen stand ihnen allen ins Gesicht geschrieben, als sie zum Lager zurückgingen; die letzen Worte des Wesens schienen rings um die drei herum widerzuhallen.

»Paul?« meinte der Alte

Der Jüngere nickte. »Ich kümmere mich darum.« Er zog ein Messer aus einem Futteral in seinem Gürtel. Ein vereinzelter Lichtstrahl brach sich in der Klinge. Er ging wieder zu der Infizierten zurück –

Der Bildschirm wurde leer. Billie stellte fest, daß sie mit den Händen die Armlehnen dermaßen fest umklammerte, daß ihre Sehnen bebten, als sie es endlich geschafft hatte, den Griff zu lösen. Immer wieder schüttelte sie den Kopf, fast ohne zu merken, was sie da tat. Eine Leugnung von Amys Schmerzen, ihren eigenen –

Sie befand sich im Hauptsenderaum von Gateway, allein; der Techniker machte gerade Mittagspause.

»Nicht schon wieder«, sagte sie und kam sich selbst wie ein kleines Mädchen vor. Nie schien ihr die eigene Kindheit des Weglaufens und Versteckens auf Rim näher gewesen zu sein –

alle tot, unter Schreien davongeschleppt, um den Kreaturen als Nahrung zu dienen. Eine Welle der Erinnerung brandete auf sie ein: wie sie in einem Lüftungsschacht gekauert hatte, während wenige Meter entfernt ein Fettsack mit blutenden Ohren vor Angst und Schmerzen aufheulte; Schüsse und Schreie mitten in der Nacht; Blut, das in dunklen Korridoren verspritzt wurde; und immer das Entsetzen, das ständige, schmerzhafte Entsetzen und die Hoffnungslosigkeit, die Gewißheit, daß die Monster auch sie entdecken und auffressen würden. Oder Schlimmeres.

Doch Amy lebte noch! Sie war einige Jahre älter und noch immer am Leben.

Der Techniker, ein älterer Mann namens Boyd, hatte einmal kurz erwähnt, daß nach wie vor Sendungen von der Erde hereinkamen. »Meistens diese gottverdammten religiösen Schwachköpfe«, hatte er gemurmelt und an seinem Ohr gezupft.

»Auch von Familien?« meinte Billie, ohne das zu erwarten. Es wäre ein Wunder gewesen …

»Oh, ja. Die Signale kommen auf mehreren Kanälen herein, so ziemlich aufs Geratewohl. Ein Mädchen und ihr Dad, manchmal auch ein paar andere. Traurig.«

Boyd hatte mit den Achseln gezuckt und war zum Essen gegangen, hatte sie vorher aber noch gewarnt, bloß nichts anzurühren, während er weg war. Billie vermutete, daß es dem alten Techniker nicht wirklich egal war, was auf der Erde geschah, daß man nur einfach nichts machen konnte. Es sei denn …

Ripley. Welchen Plan sie auch immer hatte, vielleicht bedeutete er für Amy die Rettung. Dasselbe Kind, inzwischen älter, das sie in den Sendungen gesehen hatte, als sie und Wilks auf dem Stützpunkt dieses wahnsinnigen Militärarschlochs festgesessen hatten. Amy.

Billie holte tief Luft und ließ sie allmählich wieder entweichen. Sie erkannte sich in diesem kleinen Mädchen auf der Erde wieder und würde alles tun, was in ihrer Macht stand, um sie zu retten. Alles.

Billie traf ein paar Minuten zu spät im *Four Sails* ein, zweifellos der schäbigsten Bar auf Gateway – und natürlich diejenige, die Wilks *bevorzugte*. Sie war klein und düster. An runden Tischen, die die Miniaturbühne im hinteren Bereich umgaben, saßen Trinker und Giftler; einem Programm zufolge, das an einer Wand angeschlagen war, würde es später erotische Tänze geben, Zweier- und Dreierpaare, die zur pulsierenden Musik eng umschlungen auf der Plattform ihren Auftritt hatten.

Billie entdeckte Ripley an einem Tisch in der Ecke, einen Krug mit Splash und ein paar Gläser vor sich.

»Wilks ist noch nicht hier«, sagte Ripley und schenkte eine Flüssigkeit von der Farbe hellen Strohs in eines der Gläser. »Drink gefällig?«

»Ja, danke«, meinte Billie. Sie nahm das Glas. Sie schluckte den halben Inhalt, ehe sie es wieder absetzte.

Ripley hob eine Augenbraue. »Schweren Tag gehabt?«

»Ein Teil meiner Vergangenheit holt mich ein. Auf der Erde ist eine Familie, die Botschaften ausstrahlt – das erste Mal habe ich sie auf Spears' Planetoiden gesehen. Darunter ist auch ein kleines Mädchen, inzwischen vielleicht zwölf oder dreizehn. Dabei zuzusehen, ist ...« Billie hielt inne und nippte an ihrem Splash. »Das ist schwer.«

»Amy?«

Erstaunt blickte Billie auf.

Ripley sagte: »Vor einigen Tagen habe ich eine der Übertragungen gesehen. Kennst du sie?«

Billie schüttelte den Kopf. »Ich habe das Gefühl, sie zu kennen.«

»Ja, ich verstehe. Der Name meiner Tochter war auch Amy.« Sie trank.

Wilks erschien im Eingang, nickte dem Barmann zu und kam an ihren Tisch.

»Tut mir leid, daß ich mich verspätet habe«, sagte er. »Ich habe ... äh, Hanteln gestemmt. Dabei muß ich wohl die Zeit aus den Augen verloren haben.« Er lächelte und setzte sich, dann schenkte er sich ein Glas Splash ein.

Billie fiel auf, daß er viel lockerer zu sein schien als sonst; sein vernarbtes Gesicht war fast entspannt.

»Hallo, Ripley.«

Ripley beugte sich vor. »Wir brauchen etwas Hilfe, Wilks«, sagte sie. »Reden wir nicht drum herum – träumst du von den Aliens?«

»Tut das nicht jeder?« meinte er.

»Es geht nicht um Alpträume«, sagte Billie mit ruhiger Stimme. »Sondern um Signale. Botschaften. Von einer Königinmutter, eine Anführerin der Königinnen. Sie ... sie hält sich an einem dunklen Ort auf, in einer Höhle oder so, und sie *will* etwas. Sie wartet, sie ruft.«

Billie schloß die Augen, erinnerte sich. »Sie kommt näher, und dann spricht sie. Sie sagt, daß sie dich liebt und bei sich haben will; man spürt, wie sie es in Wellen ausstrahlt, ihr Verlangen ...«

Billie öffnete die Augen. Ripley nickte. Wilks blickte skeptisch drein.

»Vielleicht hast du nur etwas Falsches gegessen«, meinte er.

»Hör zu, Wilks, erinnerst du dich noch an das Roboterschiff? An den Traum, den ich hatte?«

Wilks nickte. »Yeah. Ich erinnere mich.«

Billie hatte gewußt, daß sich Aliens auf diesem Schiff aufhielten, als sie es gar nicht hätte wissen können; dieser Traum hatte ihnen das Leben gerettet.

»Also, was soll ich für euch tun?«

»Wir müssen in Erfahrung bringen, wer solche Träume hat«, sagte Ripley. »Für eine Weile hatte ich sie auch, aber sie hörten auf; wenn es sich wirklich um irgendwelche Übertragungen handelt, dann können wir sie vielleicht für unsere Zwecke benutzen. Aber um sicher sein zu können, müssen wir erst wissen, ob noch jemand diese Träume hat. Irgendwelche Vorschläge?«

Wilks starrte in seinen Splash. »Mag sein. Ich könnte ein paar Leute fragen, die ich kenne. Wenn du glaubst, daß es das wirklich wert ist.«

»Keine Ahnung, ob es das ist«, meinte Ripley. »Aber möglich wär's.«

Wilks zuckte die Achseln. »Scheiß drauf.« Er nahm einen großen Schluck von seinem Splash. »Wahnsinnig viel habe ich auf dieser wirbelnden Rostlaube ja nicht zu tun. Was soll's. Ich hör' mich um.« Er leerte sein Glas und erhob sich. »Wir treffen uns morgen um neun im B-2-Konferenzraum.«

Ripley lächelte, und Billie stieß erleichtert die Luft aus. Amy versteckte sich noch auf der Erde, und viel ausrichten konnte sie wohl nicht; aber wenigstens *tat* sich etwas.

Der private Konferenzraum war nur den Militärs zugänglich, aber er war klein und wurde selten benutzt, so daß Wilks keine Schwierigkeiten hatte, sich darüber hinwegzusetzen. Ripley und Billie standen rechts und links neben ihm vor einem kleinen Computer. Er sprach, während er Kodes eingab.

»Gestern abend habe ich eine alte Freundin besucht, Leslie Elliot. Sie ging mit diesem Typen aus, mit dem ich trainierte, bis ihr klar wurde, daß sie ihm ungefähr um fünfzig IQ-Punkte voraus war. Sie ist eine ziemlich gute Hackerin, befaßt sich zur Zeit aber nur mit simpler Dateneingabe. Ich dachte mir, daß sie wohl nichts dagegen hätte, herauszufinden, was wir wissen müssen ... sie hat's sogar bearbeitet. Hier, es geht los.«

Ein Durchlauftext erschien auf dem Bildschirm. Namen, Daten, Orte. Dann Vidbilder.

Quincy Gaunt, Ph. D./Probant: Nancy Zetter. Es war ein Vid von erbärmlicher Qualität, das zwei Personen zeigte, die in einem Büro saßen. Die Frau sagte:

»... und dann kommt sie auf mich zu, und ich höre diese Stimme in meinem Kopf, die mir erzählt, wie wichtig ich ihr sei. Sie sagt: ›Ich liebe dich.‹« Die attraktive Frau mittleren Alters schüttelte angeekelt den Kopf. »Dieses widerliche Wesen, und es erzählt mir so etwas.«

»Und da hört es auf?« wollte der Arzt wissen, ein dürrer junger Mann mit neutralem Gesichtsausdruck.

»Ja. Nur hört es eben *nicht* auf«, meinte sie. »Ständig habe ich diese –«

Wilks drückte einen Knopf auf dem Pult. Weitere Namen liefen über den Bildschirm, ein weiteres Büro mit anderen Menschen. Ein gutgebauter junger Mann wand sich unter dem Blick eines älteren nervös in einem Polstersessel.

»Es ist, als ob ... ich weiß nicht, als *wollte* sie mich«, platzte er schließlich heraus.

»Sexuell?«

Der junge Mann bekam sichtlich Farbe. »Nein, nicht so. Eher als ob ... ach, Scheiße, ich weiß nicht, als wäre sie meine Mutter oder so.«

»Träumen Sie von Ihrer Mutter?« fragte der Arzt und beugte sich vor.

Wilks drückte auf einen Knopf. Ein Dr. Torchin sprach mit einem weiblichen Lieutenant namens Adcox.

»... und Sie haben also den Eindruck, als riefe sie Sie in diesen Träumen zu sich?« faßte Torchin zusammen. »Interessant.«

Wilks spielte hurtig auf der Tastatur.

»... der Traum kehrt immer wieder –«

»... sie liebt mich, will mich –«

»... Sie behaupten, daß dieses Wesen sie bittet, es aufzusuchen –«

»Sie will, daß ich zu ihr komme –«

»... sie ruft nach mir –«

Wilks betätigte den Haltknopf und wandte sich zu den beiden Frauen um.

»Wie viele?« fragte Billie mit trockenem Mund.

»Ungewiß«, sagte Wilks. »Aber Les hat alle Besuche bei Psychiatern in einer Woche gecheckt und kam auf siebenunddreißig.«

»Und es gibt viele Menschen, die gar nicht zum Psychiater gehen«, sagte Ripley. Sie wirkte nachdenklich. »Gute Arbeit, Wilks.«

»Worauf, zum Teufel, läuft das hinaus, Ripley?« meinte er und lehnte sich in seinem Sessel zurück. »Hat das etwas zu bedeuten?«

»Diese Königsmutter will ihre Kinder haben«, sagte Ripley. »Ich weiß nicht, wozu, aber sie will sie haben. Das Signal gilt ihnen. Die Drohnen sind nicht gescheit genug, um sich auf Sternenschiffe verfrachten zu lassen und nach Hause zu fliegen. Aber wenn wir sie fänden und zur Erde bringen könnten –«

»Würden sie sie aufsuchen«, beendete Billie den Satz.

»Daß ich das auch richtig verstehe: Diese Königin der Königinnen hält sich doch in einem anderen *Sternensystem* auf? Herrje, ihr redet von überlichtschneller Übermittlung dieses verdammten Rufs. Voodoo-Krempel.«

»Und was, wenn's stimmt?« meinte Billie. »Was, wenn diese Überkönigin auf irgendeine Weise wirklich zu diesem Fernruf *imstande* ist? Stell dir vor, was passieren würde, wenn sie hier wäre.«

»Sie würden wie die Lemminge auf sie zustreben«, sagte Ripley. »Sich in einem riesigen Haufen gemeinsam um sie herum versammeln, jeder einzelne von ihnen.«

Wilks war nicht gerade ein intellektuelles Genie, aber die Möglichkeiten dieses Szenarios sah er verdammt schnell ein. Als er sprach, geschah es mit leiser Stimme, aber durchaus interessiert: »Wir könnten abwarten, bis sie alle beisammen sind und sie dann alle auf einen Schlag zur Hölle schicken.«

Er schaute wieder auf den Vidschirm, wo ein Patient mit dunklen Ringen unter den Augen mitten im Satz erstarrt war. Ein schöner Traum, aber mehr schien nicht dran zu sein. Seit seiner ersten Begegnung mit den Monstern war er ziellos umhergeirrt, hatte eine Menge Zeit verloren, bis er Billie in der psychiatrischen Abteilung dieser Klinik wiedergefunden hatte, und mit ihr einen neuen Sinn im Leben: die Aliens zu vernichten, die ihm – und der Menschheit – so verdammt übel mitgespielt hatten. Das war sein Ziel, aber er war ein praktisch denkender Mensch.

An Ripley gewandt, sagte er: »Wie kannst du dir dessen so sicher sein?«

Sie schüttelte den Kopf. »Ich bin mir gar nicht sicher, jedenfalls nicht so, daß man es ausbreiten und mit einem Lineal oder auf einer Skala messen könnte.«

»Aber du glaubst doch, daß dieser ganze Psy-Kram, von dem du gesprochen hast, genau darauf hinausläuft? Daß es irgendwo eine Art Übermama-Alien gibt, das diese Bastarde anzieht wie Scheiße die Fliegen?«

»Das glaube ich, ja«

Wilks starrte auf den Bildschirm. Billie hatte an Bord des Raumschiffes, das er, Bueller und sie gestohlen hatten, über die Aliens Bescheid gewußt, das war Tatsache. Und er hatte selber so seine Ahnungen gehabt, sich in eine Ecke gedrückt, wenn es keinen Grund dazu gegeben hatte, und auf diese Weise seinen Arsch gerettet. Er stand nicht besonders auf Religion oder Psy-

Kram, aber man mußte auch kein Chemotechniker sein, um ein Feuer zu entfachen. Es ging nur darum, daß man handelte, zum Teufel mit dem theoretischen Mist. Wenn Billie die Wahrheit träumen konnte, dann konnten andere Menschen das vielleicht auch. Das ergab Sinn.

»In Ordnung. Nehmen wir einmal an, dieses Szenario haut hin«, sagte er. »Es ist es wert, die Sache weiter auszuchecken. Wenn das stimmt, beschert uns das einen mächtigen Hammer, den wir gegen diese Bastarde einsetzen können. Ich bin bereit mitzuspielen und zu schauen, wohin es uns führt. Ich spreche jetzt mit Leslie.«

»Ich komme mit, wenn du nichts dagegen hast«, meinte Ripley. »Billie? Wenn du dir diese Akten vornehmen und die Namen des Militärpersonals herausschreiben könntest ...«

Billie nahm die metallene Infokugel aus dem Lesegerät und steckte sie in die Tasche.

Ripley grinste. »Prima. Wieso treffen wir uns nicht heute abend und schauen, was wir herausgefunden haben?«

Billie begab sich rasch zu ihrer Unterkunft. Wieder handeln zu können, gab ihr ein gutes Gefühl, und zu wissen, daß sie ihre Träume mit anderen teilte, daß sie nicht allein war, ein noch besseres. Ripley war eine starke Frau, eine Anführerin.

Sie bog um eine Ecke und wäre beinahe in einen Robotechniker hineingerannt, der eine Leuchttafel in Ordnung brachte. Billie blieb unvermittelt stehen und musterte das Gerät. Es war eine einfache Maschine, die nur für ein paar manuelle Aufgaben gebaut war; annähernd humanoid, ungefähr zwei Meter groß. Wenig mehr als ein Kontrollkasten mit Armen und Beinen.

Nicht wie ein Android, den man mit einem Menschen verwechseln konnte ...

Plötzlich war Billie den Tränen nahe. Mitch. Sie fragte sich, was aus ihm geworden war, ihrem Androiden-Liebhaber. Wie stets war dieser Gedanke mit einem Wirrwarr konfuser Gefühle verbunden: Zorn, weil er ihr nicht die Wahrheit gesagt hatte; Sorge, Trauer. Das Mitleid, das sie empfunden hatte, als er auf Spears' Planetoiden »repariert« worden war, sein geliebter Torso auf häßliche Metallbeine gesetzt wurde – wie die Glieder des Roboters, der gerade an ihr vorbeiging. Als sie endlich begriffen hatte, war es bereits zu spät gewesen; sie und Wilks befanden sich im Weltraum und entfernten sich von der Schlacht auf dem Planeten, auf dem Mitch in der Falle saß. Das letzte, was sie von ihm gesehen hatte, war eine Bildübertragung gewesen. Die Wahrheit sah so aus: Was auch immer aus Mitch geworden war, er war die anständigste Person, der sie jemals begegnet war. Und sie hatte ihn geliebt.

Yeah, in Ordnung, na und? Das Leben war nun einmal beschissen ungerecht. Das war eine nackte Tatsache, die sie zu oft gelernt hatte, wieder und immer wieder, um jetzt noch deswegen zu weinen. Man verbringt viel Zeit in einer Klinik, man lernt, die ganze Scheiße wegzustecken und dabei nicht mit der Wimper zu zucken.

Billie wischte sich die Tränen aus dem Gesicht. Weinen führte zu nichts. Wenn sie bei ihren letzten Abenteuern mit Wilks etwas gelernt hatte, dann den Umstand, daß man nur Erfolg haben konnte, wenn man etwas auf die Beine stellte. Wenn man jemanden in den Arsch treten wollte, dann trug man am besten seine schwersten Stiefel. Das brachte einen weiter. Herumsitzen und jammern änderte nichts.

Ripley wußte das. Ripley hatte einen Plan. Was für ein Plan das war, zählte weitaus weniger als die Tatsache, daß es ihn gab. Und wenn auch nur die geringste Chance bestand, daß er funktionierte, dann würde Billie ihren Beitrag dazu leisten, daß diese verdammten Aliens dafür büßten, was sie ihr angetan hatten.

Sie würde lachend zusehen, wie sie verbrannten.

3

Ripley massierte sich die Schläfen und runzelte leicht die Stirn.

»Probleme?« flüsterte Wilks. Er wollte die Frau nicht stören, die sich ein paar Meter entfernt am Pult konzentrierte.

»Kopfschmerzen«, sagte sie. »Habe ich in letzter Zeit oft.« Sie hörte mit der Massage auf und sah sich in dem kleinen Würfel um. Die geschmackvollen Gemälde und Drucke schienen nicht so recht zu den billigen Einbaumöbeln zu passen.

Die Technikerin, Leslie Elliot, hatte sich bereit erklärt, ihnen zu helfen, und ihre Mittagspause geopfert, um für sie an Informationen heranzukommen. Jetzt saßen sie in ihrem Würfel und beobachteten sie bei der Arbeit. Sie war eine attraktive Frau, leicht muskulös, mit hinreißendem Lächeln und rötlichbraunen Haaren, die zu kleinen Zöpfen geflochten trug. Ripley fragte sich, wie gut sie und Wilks sich wohl kannten …

»Vielleicht solltest du in der medizinischen Abteilung vorbeischauen«, meinte Wilks und unterbrach damit ihre Gedanken.

Ripley blickte ihn ausdruckslos an.

»Deine Kopfschmerzen.«

»Oh. Nein. Mir geht's gut. Außerdem halte ich nichts von Ärzten; die meisten Probleme scheinen sich von selbst zu lösen.«

Anscheinend wollte Wilks gerade widersprechen, als Leslie sich in ihrem Sessel umdrehte und grinste. »Dafür schuldest du mir etwas, Sarge«, sagte sie.

»Wenn du was herausgefunden hast.«

Leslies Grinsen wurde breiter. »Die reinste Goldmine, auf die ich da gestoßen bin. Man muß eben nur die richtigen Fragen stellen. Warte einen Moment. Ich muß es so abspeichern, daß nur wir es finden und sonst keiner zufällig darüber stolpert.«

Ripley lächelte Wilks zu.

»Okay, dann bist du vielleicht doch nicht völlig verrückt«, meinte er.

Ripley und Wilks gingen zu Ripleys Unterkunft. Der Geruch von konservierter Luft schien in diesem Korridor besonders schal zu sein, ein Beigeschmack von Metall, den man beinahe auf der Zunge spüren konnte.

Wilks dachte über das Gespräch nach, das sie gerade mit Les geführt hatten.

»Nur ein paar von den Träumern scheinen Lineardenker zu sein«, hatte Leslie gesagt, wobei sie fachmännisch die Tastatur bedient hatte. »Du weißt schon, wissenschaftlich-mathematische Typen mit Schwergewicht auf der linken Gehirnhälfte. Kerle wie du, Sarge, ohne Phantasie.«

»Fick dich selbst.«

»Du wärst mir lieber. Ähem, jedenfalls steht zu erwarten, daß sie's besser in den Griff bekämen, wenn sie eine Karte erstellen würden. Wenn du mir gestern abend gesagt hättest, wonach ihr sucht, dann hättet ihr euch euren Ausflug ersparen können.«

»Unter uns gesagt, wir folgen nicht gerade einem Plan«, meinte Ripley.

Doch auch so waren ihnen jetzt die Namen von Menschen bekannt, die den Planeten der Aliens beschreiben konnten, insgesamt sechs. Die Details waren vage, aber Leslie hatte eine Karte mit den bekannten Sternsystemen zu Rate gezogen und mehrere mögliche Orte bestimmt. Ripley erklärte, daß sie das System wohl noch weiter eingrenzen konnte, wenn sie erst mit den sechs gesprochen hatte.

Diese Telepathie/Empathie-Sache war knifflig, aber was

blieb ihnen anderes übrig? Wilks war noch immer bereit, sich der Expedition anzuschließen, vorausgesetzt, daß sich etwas ergab. Seltsam, aber so war nun einmal die Lage.

»Ich dachte, wir hätten ihren gottverdammten Planeten aus dem Weltraum geblasen«, sagte Wilks. »Ich habe Kettenglied-Sprengköpfe abgeladen, die die verdammte Planetenoberfläche eingeebnet haben müßten.«

»Macht nichts«, meinte Ripley. »Sie breiten sich aus, wo auch immer sie sind, und ein übernommener Planet ist ein übernommener Planet.«

»Yeah. Aber der hier, wo auch immer er sich befindet, scheint die Schaltstelle zu sein. Da frage ich mich doch, wo überall sie sich ausgebreitet haben ...« Er verstummte und dachte an das Gespräch mit dem alten Soldaten in der Bar.

»Ist was?« fragte Ripley.

»Yeah. Ein paar Tage nach unserer Ankunft habe ich in der Bar diesen alten Knilch getroffen, mit Namen Crane. Er war früher beim Militär und sturzbetrunken, wollte jeder Uniform vor Ort einen Drink ausgeben. Er schwafelte über ruhmreiche Zeiten und tote Soldaten, dieser ganze Scheiß, ich habe nicht weiter drauf geachtet – bis er mit den Aliens anfing. Er nannte sie Kriegsspielzeug, sagte, daß sie zu gute Überlebenskünstler wären, um natürlicher Herkunft zu sein.«

Ripley drehte sich um und sah Wilks an.

»Interessant«, meinte sie und dachte einen Augenblick nach. »Rasche Fortpflanzungsrate, Säureblut, Vakuumresistenz – wenn man sie *entworfen* hätte, würde das verdammt viel erklären.«

Wilks nickte. »Jedenfalls ist es wert, darüber nachzudenken. Dann werden die Fragen nämlich noch schlimmer: Wer hat diese Scheißdinger entworfen? Warum? Und was haben sie vor?«

Vor Ripleys Unterkunft blieben sie stehen. »Ich stoße später wieder zu dir und Billie«, sagte er. »Erst muß ich ein paar Sachen überprüfen.«

Ripley schloß die Tür und dachte über Wilks' Theorie aus zweiter Hand nach. Kriegsspielzeug? Welche wahnsinnige Spezies hätte die Aliens entwerfen können? Welche Art Krieg hätte so etwas erforderlich gemacht?

Ihre Kopfschmerzen kehrten zurück.

An Ripleys Tür klopfte es.

»Herein.«

Billie trat ein und schaute kurz auf die kahlen Wände im Zimmer der älteren Frau. Effizient und praktisch, wie Ripley, die an einem Schreibtisch saß und auf das Pult vor ihr starrte. Sie wirkte müde.

»He, Billie«, sagte sie und schwenkte in ihrem Sessel herum. »Steht was an?«

»Achtzehn Personen mit militärischer Ausbildung, ungefähr die Hälfte im Nahkampf«, sagte sie. Sie stützte sich auf den Schreibtisch. Sie war selbst ziemlich müde.

»Gut. Wilks und ich haben Material von seiner Hackerfreundin bekommen, so daß wir anfangen können. Wir werden den Hintergrund von einigen dieser Leute durchleuchten und uns dann um den Transport kümmern müssen – je früher, desto besser.«

Billie lächelte über die Art und Weise, wie Ripley sie in ihren Plan einweihte. Mußte angenehm sein, so beherrscht zu sein, so selbstsicher. »Aus reiner Neugier gefragt«, meinte sie. »Wie bist du auf diese Idee gekommen?«

Ripley verlagerte im Sessel ihr Gewicht und blickte auf einmal unbehaglich drein. »Weißt du noch, daß ich dir sagte, ich hätte eine Tochter?«

Billie nickte.

»Amanda. Sie war noch sehr jung, als ich einen Job auf *Nostromo* annahm. Ich habe ihr versprochen, zu ihrem Geburtstag zurück zu sein. Es ist mir nicht gelungen.«

Wieder nickte Billie. Diesen Teil kannte sie schon. Ripley hatte Jahrzehnte im Tiefschlaf verbracht – soweit bekannt war, hielt sie den Rekord. Es war ein glücklicher Zufall gewesen, daß man sie überhaupt gefunden hatte, als sie durch den leeren Raum trieb. Billie fragte sich, wie das gewesen sein mochte, ein Kind zu verlassen und heimzukehren, nur um festzustellen, daß es als alte Frau gestorben war. Eine Tochter, älter als die eigene Großmutter. Schrecklich.

»Auf dem Schiff nach Gateway habe ich viel über sie nachgedacht. Ihr ganzes Leben ist an mir vorbeigezogen, während ich schlief. Und die Träume einer anderen Mutter, die ihre Kinder zurückhaben wollte.«

Ripley schüttelte den Kopf und lächelte. Ihre Miene war ohne jeden Humor. »Komischer Vergleich. Ich und diese monströse Kreatur, die wir uns beide dasselbe wünschen.«

Billie fühlte sich zu etwas gezwungen. Linkisch streckte sie die Hand aus und nahm die von Ripley. »Tut mir leid«, sagte sie.

»Yeah.« Ripley entzog ihr die Hand, akzeptierte die tröstende Geste nicht. »Wie auch immer. Mir offenbarte sich in keiner Weise, was ich zu tun hatte, keine geniale Eingebung. Ich habe meine Tochter einfach nur geliebt, und ich vermisse sie und gebe diesem *Etwas* die Schuld dafür, daß sie mir genommen wurde.«

Sie blickte zu Billie auf, mit blitzenden Augen. »Der Gedanke kam mir nicht, weil ich jemanden retten wollte oder weil ich die Menschheit so sehr liebte – ich hasse sie einfach und ihre ganze gottverdammte Brut, und ich will sie *ausgelöscht* sehen.«

Sie holte tief Luft und senkte den Blick, zuckte dann die Achseln. »Schluß mit der Historie. Wir haben eine Menge zu tun.«

Billie fragte sich, wie alt das Kind wohl gewesen sein mochte; vielleicht in Amys Alter? Dann hatten sie wenigstens alle drei etwas gemeinsam; Ripley, Billie und die Alienkönigin. Sie wollte nur ihre Kinder … Nein. Amy war nicht ihr Kind. Nur ein Gesicht auf dem Vidschirm. Denk nicht so von ihr.

Billie rückte einen Sessel an Ripleys Schreibtisch und setzte sich neben sie. Es würde Zeit genug bleiben, später über die Gründe nachzusinnen. Vorerst hatte Ripley recht – es gab viel zu tun. Nach zwei Wochen des Herumhängens schien die Idee gar nicht so übel zu sein. Untätig zu sein war immer schlimmer, als irgend etwas zu tun.

4

Sergeant Kegan Bako war zehn Jahre jünger als Wilks und sah noch um Jahre jünger aus. Er hatte ein Babygesicht und den Teint eines Blondhaarigen, makellos und ohne Falten. Wilks vermutete, daß Bako sich nur alle zwei Tage rasieren mußte, um den Militärvorschriften gerecht zu werden.

Die beiden Männer saßen in Bakos Büro, getrennt von einem Schreibtisch, der mit Durchschlagpapier und Essensverpackungen aus Plastik übersät war. Das kleine Zimmer roch muffig, der Duft von Sojasauce hing in der Luft.

»Sind Sie sicher, daß Sie nichts davon wollen? Ist besser als der Scheiß, den sie einem in der Messe servieren.« Unbeholfen manövrierte Bako seine Stäbchen in den Mund, wobei er wenigstens die Hälfte der Eiernudeln verlor.

»Besten Dank, ich habe schon etwas von dem Messescheiß gegessen.«

»Ein Jammer. Was führt Sie also zu mir? Sagten Sie nicht, Sie sind auf eine Revanche aus …?«

»Was, haben Sie in dieser Woche noch nicht genug gelitten?« Er war dem Jüngeren in einem Trainingscenter begegnet, als er nach einem Handballpartner Ausschau gehalten hatte. Seitdem hatten sie mehrmals miteinander gespielt; obwohl Bako bisher noch nie gewonnen hatte, war es ein prima Training gewesen und er eine angenehme Gesellschaft. »Eigentlich wollte ich ja etwas überprüfen. Mit wem müßte ich reden, um ein Raumschiff zu bekommen?«

Bako verschluckte einen Mundvoll Nudeln und grinste. »Allmächtiger. Sie machen Witze, oder?«

»Gehen wir hypothetisch gesprochen doch einmal davon aus, daß ich mich in den Besitz einer ... Waffe setzen möchte, die die Pest auf der Erde vielleicht auslöschen könnte. Könnte ich ein Schiff bekommen?«

»Was für eine Art Waffe?«

»Eine hypothetische.«

Bako klapperte mit seinen Stäbchen am Schreibtisch. »Nun ja, zuallererst müßten Sie einen Beweis erbringen, daß diese Waffe alles andere als hypothetisch ist. Wenden Sie sich damit an General Peters oder vielleicht Davidson – besorgen Sie sich ein Okay, eine Mannschaft aus Freiwilligen und füllen Sie die Formulare aus.« Bako versuchte sich noch einmal an den Nudeln, während er sprach. »Ich muß Ihnen allerdings sagen, daß das verdammt schwer sein dürfte, selbst mit handfesten Beweisen.«

»Und wieso?«

»In den letzten vier Monaten hat es drei Versuche gegeben, zur Erde durchzustoßen und sie wieder zu verlassen. Drei *offizielle* Versuche, wenn Sie wissen, was ich meine.«

Wilks nickte. Das bedeutete, daß es weitere Versuche gegeben hat, über die niemand reden wollte.

»Das erste Schiff kam mit ungefähr einem Dutzend neuer Zivilisten zurück, aber auch mit vier toten Marines, also der

Hälfte der achtköpfigen Crew. Beim zweitenmal haben wir fast die ganze Mannschaft verloren, ohne daß wir auch nur einen Zivilisten gerettet hätten.«

»Und beim dritten Versuch?«

»Keiner kam zurück. Es ist fast so, als wüßten diese Wesen, daß die Schiffe kommen, und warteten auf sie. Und wir können es uns wirklich nicht erlauben, noch mehr Material zu verlieren, bedenkt man den Zustand, in dem die Fabrikationsstätten sich befinden. Während der letzten Tage der Heimsuchung hat sich praktisch jeder Kahn, der sich von der Schwerkraft befreien konnte, abgesetzt. Manche dieser Schiffe sind hier; eine große Menge davon befindet sich weit entfernt, und keiner weiß, wo.«

Bako legte seine Stäbchen weg und blickte Wilks an. »Sie planen bald eine weitere Mission; Sie wissen doch, wie sehr die Ordensträger es hassen, in den Hintern getreten zu werden, aber das haben Sie nicht von mir gehört. Fakt ist, ein Schiff dazu zu kriegen, daß es etwas unternimmt, was *vielleicht* helfen könnte, hat zur Zeit keine besonders hohe Priorität. Selbst Scoutschiffe sind heutzutage wertvoller als Diamanten.«

Und alles, was Wilks wollte, war ein vollständig ausgerüstetes Sternenschiff, das er Gott weiß wohin durch die Galaxis steuern konnte, um die Mutter aller Aliens zu entführen. Hypothetisch gesprochen.

Er nickte, erhob sich und lächelte den babygesichtigen Sergeant an. »Danke, Dimples. Sie sind mir eine große Hilfe gewesen.«

»Nennen Sie mich nicht so. Court C, morgen um acht Uhr früh?«

»Klar. Ich werde mir beide Hände auf den Rücken binden, damit Sie eine Chance haben.«

Wilks empfahl sich auf Bakos Lachen hin, hörte aber auf zu lächeln, als sich hinter ihm die Tür schloß. Bakos Infos waren nicht gerade überraschend gewesen. Und wenn es nur um ihn ginge, dann hätte er seine Verbindungen spielen lassen und sich einfach ein Schiff besorgt. Er hatte das früher schon getan und wußte, wie man so etwas machte. Aber es ging nicht allein um ihn. Jemand anderes hatte das Sagen, und wenn Ripley den Versuch unternehmen wollte, nach Vorschrift zu handeln, dann würde er tun, was in seiner Macht stand, um zu helfen. Aber solange der General nicht von der Überkönigin der Aliens träumte, würde es ihnen verdammt schwer fallen, irgend etwas zu beweisen.

Charlene Adcox trug einen hellgrünen Kimono, der locker um die Hüften herum geschlossen war, als sie zur Tür ging. Sie war klein und fast knabenhaft schlank. Ihr kurzgeschnittenes Haar und ihre scharfen Züge ließen sie trotz des Gewands, das sie trug, beinahe männlich wirken. Billie nahm den Duft von Parfüm wahr, von Licht und Blumen.

»Femme Adcox?«

»Ja.«

»Mein Name ist Billie. Könnte ich wohl einen Moment mit Ihnen sprechen?«

»Worum geht's ...?« Adcox lächelte höflich.

Billie holte tief Luft. »Um die Träume«, sagte sie.

Adcox hielt inne, dann wich sie von der Tür zurück. Ihr Lächeln war verschwunden.

Billie trat ein. Das Zimmer war größer als ihr eigenes, mit japanischen Drucken und spärlichen, einfachen Möbeln dekoriert. Adcox deutete auf einen Futon, auf den Billie sich setzen sollte, und machte es sich selbst auf einer schmalen Holzbank gegenüber bequem.

»Woher kennen Sie meinen Namen?«

Billie zögerte. Die Psy-Akten waren Verschlußsache, aber jeder, der sich schließlich auf ihre Seite schlug, würde es irgendwann herausfinden, wenn sie sich jetzt zu einer Lüge verstieg. »Es gibt andere, die denselben Traum haben«, sagte sie. »Einige von uns haben sich die psychiatrischen Unterlagen vorgenommen.«

Adcox nickte. »In Ordnung«, sagte sie. Der junge Lieutenant schien in erster Linie erleichtert zu sein, was Billie verstand. »Wie viele andere?«

»Das können wir nicht mit Sicherheit sagen. Jedenfalls über fünfzig. Es ist immer das gleiche – Übermittlungen, nicht Träume. Die Aliens sind telepathisch oder empathisch begabt, was auch immer. Das ist kein bloßer Zufall.«

Adcox schenkte ihr ein leichtes Lächeln. »Nein, danach klingt's für mich nicht. Was wollen Sie von mir?«

Billie holte eine Infokugel aus ihrer Tasche. »Sie könnten mir sagen, wo sie sich Ihrer Ansicht nach aufhält«, meinte sie. »In diesen Akten sind mehrere Möglichkeiten beschrieben. Nur ein paar von uns scheinen imstande zu sein, in den Träumen die Orte zu sehen, und Sie sind eine davon. Wir wollen sie finden.«

Adcox straffte sich kurz. »Um sie zu töten?«

»Ja. Sie und ihre Brut.«

Adcox langte hinaus und nahm Billie die Kugel ab. »Nenn mich Char«, sagte sie.

*

Ripley schlang das Handtuch um ihren Hals und tappte nackt zu ihrem Bett. Sie streckte ihren langen Körper auf dem Polster aus, die Zehen nach unten und die Arme über den Kopf. Das Gespräch mit John Chin war bestens verlaufen. Er war Architekt, einer der linear denkenden Träumer, und hatte sich bereit erklärt, sich um ihre Karte zu kümmern. Chin war keine Kämpfernatur, und sie bezweifelte, daß er sich freiwillig melden würde, um sie zu begleiten, wenn es soweit war – aber sie nahm an, daß es genug Soldaten gab, die willens waren, das Risiko auf sich zu nehmen ...

Sie schloß die Augen. Sie war nicht schläfrig, aber die Dusche hatte sie in einen meditativen Geisteszustand versetzt. Sie fragte sich, wie es Billie wohl mit Lieutenant Adcox ergangen war ... wie alt war Billie? Dreiundzwanzig, nicht wahr?

Im Oktober ihres zweiunddreißigsten Lebensjahres hatte Ripley einem bezaubernden, kreischenden, perfekten kleinen Mädchen das Leben geschenkt, Amanda Tei. Amy ...

Ripley ließ zu, daß sie sich tiefer in ihre Erinnerungen verlor.

»Pssst, Amanda. Süße kleine Amanda.« Sie wiederholte die Worte immer und immer wieder, ein leises, einlullendes Mantra für das Neugeborene, das sie hielt. Das Krankenzimmer war schlecht beleuchtet und in weichen Farbtönen gestrichen. Dem Vater war sie nie begegnet und würde ihm auch niemals begegnen; sie hatte sich an eine Klinik gewandt, was ihrem Leben als Einzelgängerin angemessener war. Nur daß sie jetzt Mutter war ...

Als ihr die Säuglingsschwester das winzige Kind in den Arm gelegt hatte, hatte Ripley geweint. Sie war so wunderschön, so still und schläfrig und klein! Perfekte kleine Finger und Fingernägel, ein Schopf aus dunklem, seidenweichem Haar.

Die Wehen hatten geschmerzt und lange angehalten, aber das war es wert gewesen.

»Pssst, kleines Baby, süße Amanda«, schnurrte sie und fragte sich, wie sie ihrer Tochter jemals zeigen konnte, wie sehr sie sie liebte, mit dieser Liebe, die Berge versetzen konnte ...

Plötzlich tauchte wenige Zentimeter vor ihr das Gesicht eines Mannes auf, die Stirn gerunzelt, die Hand ausgestreckt, um sie zu berühren –

Ripley schrie auf und richtete sich mit vor Entsetzen geweiteten Augen im Bett auf. Sie bedeckte sich mit dem Handtuch und blickte sich im Zimmer um. Keiner da. Aber – dieses Gesicht, das war …

Das Gesicht des Mannes war in ihrem Kopf gewesen, in ihrem Tagtraum. Und es war –

»Bishop?« Ripley schüttelte den Kopf. Der Android, der mit den Soldaten gekommen war, *Jahrzehnte* nach der Geburt ihrer Tochter, Jahre nachdem ihre Mutter es nicht geschafft hatte, rechtzeitig zu ihrem Geburtstag zu Hause zu sein.

Woher war *das* gekommen? Bishop … sie hatte schon lange nicht mehr an ihn gedacht; zuletzt, als – zuletzt hatte sie ihn gesehen …

Nicht gut. Ihre angenehmen Streifzüge hatten sich ins Gegenteil verkehrt; vielleicht litt sie zu sehr unter der Anspannung, um noch damit fertig werden zu können. Ripley seufzte, verwirrt und frustriert von ihrer Unfähigkeit, ihren Verstand zu begreifen. Vielleicht war sie auch einfach nur müde …

Ripley erhob sich und langte nach ihrem Overall. Ihr war nicht mehr danach, nackt zu sein.

5

Wilks klopfte an Leslies Tür. Er benutzte dazu die kleine Flasche Whiskey, die er gekauft hatte.

»Einen Moment!«

Er hörte, wie gedämpfte Schritte näher kamen, und dann ein lautes Rumpeln. »Scheiße!«

Wilks lächelte. Die Tür öffnete sich und zeigte eine Leslie mit hochrotem Gesicht, die sich das rechte Knie rieb. Hinter ihr lag ein umgekippter Stuhl.

»Wilks, du Arschloch«, sagte sie und stellte den Stuhl hin. Sie trug einen hautengen schwarzen Bodysuit mit dazu passendem Stirnband; ihre lohfarbene Haut war von Schweißtropfen bedeckt. Trotz ihrer Worte grinste sie. »Ist das für mich?« Sie deutete auf die Flasche.

»Nun ja, wenn du gerade zu tun hast ...«

»Hängt davon ab.«

»Ich wollte mich bei dir bedanken, daß du uns ausgeholfen hast. Dachte, wir könnten zusammen einen zwitschern, falls du nichts anderes vorhast ...?«

Leslie grinste breiter und trat von der Tür zurück. »Du warst schon immer einer von der subtilen Sorte«, sagte sie, und ihre Stimme wurde sanft. »Komm herein, David.«

Billie saß in einem unbequemen Plastiksessel und sah Bilder mit den Ruinen der Erde über den Vidschirm ziehen. Der Scanner war eingeschaltet, und es erstaunte sie, wie viele alte Daten noch ausgestrahlt wurden. Größtenteils Werbung für längst untergegangene Firmen, manchmal Dokumentationen, mitunter ein Spielfilm; viele davon in anderen Sprachen. Von Zeit zu Zeit berührte Billie den Befehlsknopf; sie suchte nach etwas Aktuellem, etwas, was sich im Hier und Jetzt abspielte.

Nach etwas wie Amy.

Statik blitzte auf, dann wurde der Bildschirm schwarz. Plötzlich tauchte das Gesicht eines Mannes auf, eine Nahaufnahme. Er war mittleren Alters und sah auf grobe Weise gut aus; der stechende Blick seiner schwarzen Augen unterstrich noch die ausgeprägte Nase und das kräftige Kinn. Feine Linien umspielten seine Mundwinkel. Unbewegt starrte er in die Kamera, als wollte er gegen sie ankämpfen. Etwas an der ausdruckslosen Entschlossenheit auf seinem Gesicht erinnerte Billie an –

»Dies ist eine Andachtsübung«, sagte er. »Ausdruck des

Glaubens an den neuen Christus und die Macht, die SIE innehat.« Seine Stimme war tief und eindrucksvoll.

Spears, dachte sie. *Wie Spears.*

Die Kamera wich zurück und zeigte, daß der Mann in einem schlecht beleuchteten Studio auf einer niedrigen Plattform stand. Er war hochgewachsen, hatte kurzes Haar und trug einen hautengen Overall, der seine Bizepse und seine Brust betonte. An einer Hüfte hing ein großes Messer.

»Ich heiße Carter Dane«, sagte er, »und ich habe die Wahrheit gesehen.«

Billie hörte zustimmendes Gemurmel von außerhalb des Bildschirms.

»In meinen Händen liegt Macht. Die Göttin hat mir den Weg gewiesen.«

Er begann beim Sprechen auf und ab zu gehen. »Die Göttin bringt keine Furcht. Die Göttin kennt keine Furcht. Wir sind IHRE Kinder, SIE ist unsere Mutter. Wir sind IHRER nicht würdig; die Menschheit hat versagt.«

Weiteres zustimmendes Gemurmel.

Mit erhobener Stimme fuhr Dane fort: »Als die Läuterung einsetzte, hatte ich Angst. Ich weinte aus Selbstmitleid und *Furcht* – weil ich um mein Leben und das Leben der Schwachen und Unwürdigen rings um mich herum bangte.« Er machte eine Pause, des Effekts wegen. »Ich war nicht mehr als ein Haufen Scheiße«, schloß er.

»Ja!« Ein heiserer Aufschrei vom unsichtbaren Publikum.

»Nutzlose und ohnmächtige Furcht«, fuhr er fort, »hat mich leer zurückgelassen. Keiner Handlung fähig. Ich *suhlte* mich darin; sie *verkrüppelte* mich!« Er blieb stehen, das Gesicht den Lauschern zugewandt.

»Und SIE sprach zu mir. SIE bat mich um meine Hilfe. Die Göttin, die Schöpferin von so viel Macht, bat einen Krüppel, IHR zu helfen. Wie sie alle IHRE Auserwählten darum bittet. Und für SIE wurde ich *stark*, erfuhr ich IHRE Liebe, fand ich heraus, daß der Tod *Scheiße* ist! Er ist *Furcht*! Er ist *nichts*!«

Billie saß gebannt da und starrte den Bildschirm an; ihr fiel auf, daß sie nicht fähig war, sich zu rühren, auf den Befehlsknopf zu schlagen. Noch so ein Träumer, und total durchgeknallt.

Dane gab jemandem außerhalb des Blickfelds ein Zeichen, und eine schwerfällige Frau in schlecht sitzender Soldatenkluft zerrte einen jungen Mann auf die Bühne. Man hatte ihm die Hände auf den Rücken gebunden, und den langsamen, taumelnden Bewegungen nach stand er unter Drogen. Die Soldatin stieß ihn neben Dane zu Boden und trat wieder in den Schatten zurück. Der Junge konnte noch keine Zwanzig sein, war dürr und mit Lumpen und Schmutz bedeckt. Er lag auf der Seite, die Augen geschlossen.

Dane deutete auf den Gefangenen, wandte den Blick aber nicht von den Zuhörern. »Das hier«, sagte er angewidert, »ist die Menschheit. Schwach. Voller Angst. Er ist nicht geeignet, HEILIGES Leben hervorzubringen, nicht, wenn so viele, die willens sind, hier stolz und stark vor mir stehen.« Dane machte eine weit ausholende Geste zur Menge und legte seine Hand an die Hüfte.

Legte seine Hand auf den Griff des Messers.

Langsam zog er es heraus und hielt es hoch. »Die Daseinsberechtigung der alten Menschheit ist abgelaufen«, sagte er.

Er kniete sich neben den Jungen. Der Jugendliche gab in keiner Weise zu erkennen, ob er die Rede gehört hatte, und wehrte sich nicht, als Dane die Klinge anscheinend mühelos tief in die Kehle des Gefesselten stieß.

Blut spritzte in einer Fontäne über die Plattform.

Der Junge riß Augen und Mund auf, als wollte er sprechen. Eine schreckliches, nasses Gurgeln war alles, was hervorkam, und ein Ausdruck verwirrten Schmerzes trat auf sein Gesicht.

Mit flatternden Augenlidern wälzte er sich auf den Rücken. Noch mehr Blut spritzte aus der Wunde und legte sich trüb auf sein schwarzes Haar und die weiße Haut. Sein dürrer Körper erschauerte in einem letzten tödlichen Krampf. Die Augen blieben offen.

Dane strich die Klinge an der Stirn ab, schmierte rotes Blut über die Augenbrauen. Geschwind führte er die Messerspitze von der Leistengegend bis zum Brustbein des jungen Toten, schnitt tief ein. Er wandte sich seinen Zuhörern zu, ein wildes Grinsen auf dem Gesicht.

»Kommt und labt euch!« rief er. »Eßt von diesem Fleisch! Verzehrt das Alte, werdet eins mit der Göttin!« Er ließ das Messer zu Boden fallen und stieß seine blutige Hand in die Eingeweide des Jungen, führte sie dann an seinen Mund. Dunkle Gestalten traten auf die Bühne, zerlumpte Männer und Frauen strömten von überall her auf die Leiche zu, ein Dutzend oder mehr, mit irren Gesichtern, laut lachend, die hinunterlangten, rissen …

Mit heiserer Stimme schwadronierte Dane weiter, während Blut von seinem Mund tropfte. »Wir sind die Auserwählten! Wir werden es sein! Wir werden …«

Krampfhaft schlug Billie auf den Befehlsknopf, riß sich aus der Trance. Statik erfüllte wieder den Bildschirm, und wie von fern hörte sie leise den Anfang eines Werbespruchs für ein Altersheim. Sie zitterte am ganzen Körper. Sie erhob sich, stieß den Sessel um. Sie rannte blindlings vor diesem Wahnsinn davon, die Hand auf dem Mund. In einer Zimmerecke befand sich ein Papierkorb; sie stolperte auf ihn zu und übergab sich. Würgte wieder und wieder.

Langsam wurde sie sich der Umgebung bewußt. Ihre Krämpfe wichen stechenden, abgehackten Atemstößen. »Okay«, sagte sie, »okay, okay.« Sie wischte sich über die tränenden Augen. Die Träume waren für den Verstand dieser

Menschen, die schon hatten mitansehen müssen, wie ihre Welt zerfiel und ihre Familien getötet wurden, zuviel gewesen. Aber nicht für ihren, Billies, Verstand. Sie waren krank, wahnsinnig; sie war hier und würde etwas bewirken.

»Okay«, sagte sie erneut und richtete sich auf. Das saure Erbrochene stank überwältigend, und sie trat vom Papierkorb zurück. Plötzlich kochte die Wut über die Untaten der Königin in ihr hoch. Sie und ihr gottverdammter Ruf, der diese Menschen in den Wahnsinn trieb. Den Gestrauchelten einen Grund zum Morden gab …

Billie schniefte und wischte sich mit einem bebenden Handrücken über den Mund, holte dann tief Luft. Sie wußte, daß das Gesicht des sterbenden Jungen sie später einholen würde; es gab nichts, was sie dagegen tun konnte. Vorerst würde sie sich auf das konzentrieren, was in ihrer Macht stand …

Sanft legte Wilks seine gewölbte Hand über eine von Leslies weichen, kleinen Brüsten; sie räkelte sich genüßlich und bedeckte lächelnd seine Hand mit der ihren.

Sie lagen nackt in einem Wirrwarr verschwitzter Laken, der Geruch von kürzlichem Sex hing noch in der Luft. Wilks stützte sich neben ihr auf einen Ellbogen. Er fühlte sich entspannt und im Frieden mit seinem Körper. Leslie war eine gute Liebhaberin, die auf ihre Fähigkeiten vertraute, ohne sie vorauszusetzen.

»Mmm«, sagte sie und öffnete die Augen, um ihn anzuschauen. »Nicht schlecht, Sarge. Man sollte dich befördern.«

Wilks lächelte. »Yeah, ich glaube, ich würde einen ziemlich guten Ausbilder abgeben. Drill, Drill, Drill …«

Leslie verzog die Miene. »Andererseits lassen deine Scherze einiges zu wünschen übrig. Genau wie dein Humor.«

»Was? He, ich habe Witz.«

»Im Leben nicht.«

Einen Moment lang lagen sie reglos da, und jeder hing seinen Gedanken nach.

Wilks rief sich sein Gespräch mit Bako ins Gedächtnis zurück. Seiner Meinung nach waren die Beweise dafür, daß die Königinmutter existierte, nicht gerade überwältigend; jemanden davon zu überzeugen, der Billie nicht kannte – speziell den General –, würde also einiges mehr erfordern, als ihnen zur Verfügung stand.

»Wann reist du ab, David?«

»Hmm?«

»Zur Traum-Alienkönigin. Du gehst doch dorthin, wo immer sie sich aufhält. Um sie zu erledigen.«

Das war eine Feststellung, keine Frage.

»Ich weiß nicht«, sagte er. »Bisher ist unklar, wie – ich bräuchte offizielle Rückendeckung.« Er schüttelte den Kopf. »Wir sind uns ja noch nicht einmal sicher, *wo* sie sich aufhält. Frag mich, wenn ich mehr weiß.«

»Und du reist mit nichts Konkreterem ab als einer geistigen Vision?«

»Mit weniger – ich habe den Traum ja nicht einmal selbst gehabt. Aber du schon. Glaubst du an ihn?«

»Ja, ich halte ihn für echt.« Sie schmiegte ihren Kopf an seine nackte Brust. »Ich werde tun, was ich kann, um dir zu helfen.«

Wilks strich mit der Handfläche in kleinen Kreisen über ihren glatten Bauch, glitt dann tiefer, berührte sachte den Rand ihres Schamhaars. »Yeah? Alles?«

Sie drängte sich an ihn, die Augen geschlossen. Sein Glied regte sich, preßte sich gegen ihr Bein. Sie rollte sich auf ihn, ein durchtriebenes Lächeln im Mundwinkel ihrer leicht geöffneten Lippen.

»Du *bist* ein ziemlich guter Ausbilder«, meinte sie. »Also, womit schießt man jetzt, und womit hat man seinen Spaß …?«

Allein in ihrer Unterkunft schaltete Ripley den Computer aus und beschrieb gähnend mit dem Kopf Kreise. Ihre Gedanken hatten begonnen, bunt durcheinanderzulaufen. Es war schon spät, und die Tabletten, die sie kurze Zeit vorher gegen ihre Kopfschmerzen genommen hatte, schienen nicht zu wirken. Stärkere Arzneien gab es nur auf Rezept, und ihr tief verwurzeltes Mißtrauen gegen die Meditechs ...

Sie runzelte die Stirn. Wie war es dazu überhaupt gekommen? Muß nach dem langen Schlaf geschehen sein, irgendein Zwischenfall in der Klinik, der sich in ihrem Unterbewußtsein festgesetzt hatte. Sie konnte sich nicht erinnern, daß es ihr vorher etwas ausgemacht hätte ...

War ja auch egal. Kopfschmerzen stellten kein großes Problem dar. Außerdem wurden sie höchstwahrscheinlich vom Streß verursacht, diesen Einsatz vorzubereiten.

Es befriedigte sie, daß sie ihren Planeten jetzt hatten. Beide Träumer, sie und Billie, hatten in Gesprächen herausgefunden, daß ihnen dasselbe System vorschwebte, und Leslie hatte es als das wahrscheinlichste ermittelt.

Sie ging zum Bett, rieb sich die müden Augen und legte sich hin, ohne sich erst groß auszuziehen. Sie hatte Wilks schon eine Weile nicht mehr gesehen und fragte sich, ob er an die Info über den Militärraumer herangekommen war. Am besten deckten sie sich in Gateway ein und starteten von hier aus, aber wenn das nicht ging – nun ja, es gab noch andere Möglichkeiten.

Sie dachte an den Tagtraum, den sie vorhin gehabt hatte, an Bishops Gesicht, das sie so sehr überraschte, daß es sie in die Wirklichkeit zurückriß. Sie hatte den Androiden gemocht, eine Ausnahme in ihren sonst negativen Gefühlen gegenüber Synthetischen – aber sein Auftauchen in ihrem Geist war ihr falsch vorgekommen. Fehl am Platz, als gehörte es nicht ihrer Erinnerung an.

Meditechs und künstliche Menschen, die Welt der Wissenschaft und der persönlichen Dämonen. Vielleicht waren sie ja alle verrückt. Vielleicht rührte der Einfall bloß vom Alptraum einer Wahnsinnigen her, und Ripley war einfach nur da hineingestolpert. Vielleicht …

Ripley schlief ein.

6

Peter Schell war ein untersetzter älterer Mann, dessen natürlicher Gesichtsausdruck leicht finster war; sogar wenn er lächelte, deuteten seine Brauen abwärts gewölbt zu Nase. Ripley fand, daß er immer aussah, als hätte er in etwas Saures gebissen.

Der Mann neben ihm, Keith Dunston, war viel jünger, ungefähr in Billies Alter. Er war von zartem Wuchs, aber drahtig, ein Kampfsportlehrer. Dunston hatte gelassen zugehört, während Wilks die Situation darlegte, als sähe er sich die Übertragung eines Tennisspiels an.

Ripley hatte Wilks den größten Teil des Gesprächs mit den beiden Männern führen lassen. Sie hatten sich in dem privaten Dojo, in dem Dunston seinen Unterricht abhielt, getroffen. Nach kurzer Einleitung hatte Wilks ihnen rasch ihre Theorie und die Ergebnisse der Recherchen auseinandergesetzt; Schell hatte ihn mehrmals mit Fragen unterbrochen, während Dunston geschwiegen und sich gelegentlich mit einer schmalen Hand durchs kurze rote Haar gestrichen hatte. Beide Männer wirkten müde.

»Und was ist, wenn man Ihnen kein Raumschiff gibt?« meinte Schell.

Wilks zuckte die Achseln. »Im Augenblick versuchen wir,

eine Crew zusammenzustellen. Je mehr Leute an diese Sache glauben, desto größer die Chance, daß wir auch ein Schiff *bekommen.*«

»Yeah, aber was ist, wenn nicht?«

Schells offene Skepsis begann Ripley zu nerven. Sie glaubte nicht, daß er mit ihnen zusammenarbeiten würde …

Wilks erwiderte: »Darüber reden wir, wenn es soweit ist. Noch Fragen?«

Einen Moment herrschte Stille. Wilks schaute flüchtig zu Ripley hinüber und dann wieder zu den beiden Männern, die dasaßen und nachdachten.

Schell blickte finster auf seine Armbanduhr. Er erhob sich und streckte Wilks die Hand entgegen.

»Ich weiß es zu schätzen, daß Sie mich um dieses Gespräch gebeten haben. Es wird einfacher sein, mit diesen Träumen zu leben, wenn man weiß, was Sie mir gerade erzählt haben – aber ich muß erst darüber nachdenken. Ich komme wieder auf Sie zurück.«

Wilks wollte etwas sagen, überlegte es sich dann aber anders; er schüttelte Schell die Hand.

Schell nickte Ripley und Dunston zu und ging.

Ripley seufzte. Klar, nicht jeder, mit dem sie sprachen, würde freudestrahlend die Gelegenheit ergreifen, sein Leben aufs Spiel zu setzen.

»Ich bin dabei«, sagte Dunston.

Ripley schaute den Mann erstaunt an. Er war bei der Schilderung so still gewesen, daß sie angenommen hatte, er sei nicht interessiert.

Dunston wirkte nicht so, als hätte er etwas von Belang gesagt; er saß immer noch mit demselben unergründlichen Ausdruck auf seinem faltenlosen Gesicht da. »Lassen Sie es mich wissen, wenn ich im Rahmen der Vorbereitungen etwas für Sie tun kann.«

Wilks und Ripley grinsten beide. Der Sergeant erklärte das Angebot, das sie General Peters unterbreiten wollten. Ripley sah zu, wie Dunston die Informationen in sich aufnahm. Der Lehrer schien Ruhe und Kraft auszustrahlen; er würde eine echte Bereicherung für sie sein.

Billie saß auf Char Adcox' Futon und nippte an einem Becher mit schwarzem Tee, während sie die Antwort abwartete. Am Anfang ihrer Rede hatte der Lieutenant einen begeisterten Eindruck gemacht, aber jetzt wirkte sie etwas besorgt; mit gerunzelter Stirn tappten ihre Finger gegen den Becher. Billie schwieg, um sie nicht zu drängen.

»Ich weiß nicht recht«, sagte Char schließlich. »Es klingt gut, aber eigentlich ist es für mich ...« Sie zögerte. »Ich hatte Familie auf der Erde«, sagte sie. »Ich habe lange gebraucht, um über ihren Verlust hinwegzukommen, und ich habe hart an mir arbeiten müssen, um so weit zu kommen, wie ich jetzt bin. An manchen Tagen bin ich noch immer kaum in der Lage aufzustehen.« Sie schaute Billie an, forschte auf ihrem Gesicht nach Verständnis.

Billie nickte.

»Ich kann nicht einfach ... hör zu, es geht nicht, tut mir leid.«

Billie versuchte, nicht enttäuscht zu wirken, aber es gelang ihr wohl nicht.

Mit besorgter Miene nippte Char an ihrem Tee. Billie setzte ihren Becher ab und erhob sich. »Schon gut, Char«, sagte sie. »Wirklich. Ohne deine Hilfe wären wir gar nicht erst so weit gekommen. Ich verstehe.«

Billie ging zur Tür. Verdammt. Sie mochte Lieutenant Adcox und war sicher gewesen, daß sie sich freiwillig melden würde.

Sie wandte sich um. »Falls du es dir doch noch anders überlegst ...«

Char nickte, aber ihr gezwungenes Lächeln zeigte, daß ihre Entscheidung feststand. Billie ging hinaus und blieb einen Augenblick im Korridor stehen. Sie schüttelte den Kopf. Sie begriff es nicht. Angesichts der letzten paar Wochen, der einzigen Zeit, seit Wilks wieder in ihr Leben getreten war, in der sie einigermaßen zu Atem gekommen war, verstand sie, daß Ruhe und Frieden große Anziehungskraft ausstrahlten. Andererseits war ihr aber auch klar, daß sie zuviel Zeit ihres Lebens in erzwungener Ruhe verbracht hatte, um allzu lange stillsitzen zu wollen. Auch wenn da draußen Monster auf sie warteten.

»Nun ja, McQuade macht mit«, sagte Wilks. »Und Brewster. Hast du Falk erreicht?«

Ripley nickte. »Yeah, aber er hat das Interesse verloren, als die Frage der Besoldung aufkam. Er meint, er werde es in *Erwägung* ziehen, wenn wir ihn für seine kostbare Zeit bezahlen.«

Wilks zuckte die Achseln. »Nicht jeder hat einen trifftigen Grund«, sagte er. Trotzdem ein Jammer. Falk war ihm auf der Station einige Male über den Weg gelaufen. Hochgewachsen und muskulös, wie er war, gehörte er zu den Typen, deren rauhe Stimme und lautes Lachen man aus jedem Kartenspiel heraushören konnte. Vielleicht nicht gerade der soziale Typ, aber Wilks' Eindruck nach genau der Richtige, um einem im Feuergefecht den Rücken freizuhalten.

Sie saßen in Ripleys Zimmer und gingen potentielle Crewmitglieder durch. Bisher waren McQuade, Brester, Dunston und Jones mit von der Partie. Jon Jones war ein junger Mediziner, der für sein Alter einen zu ernsten Eindruck machte. Ripley war nervös zusammengezuckt, als Wilks den schwarzen Arzt erwähnt hatte, hatte jedoch keine Einwände erhoben. Auf einen Meditech konnten sie nicht verzichten, das wußten beide.

Billie war kurz zuvor auf einen Sprung vorbeigekommen, um ihnen zu sagen, daß Adcox nicht mitmachte. Sie schien unglücklich darüber zu sein und war nicht geblieben, um den Flug zu diskutieren. Wilks vermutete, daß sie im Senderaum war und nach Amy suchte; nach Amy zu suchen war für sie zur Besessenheit geworden. Er verstand das.

»Wie wär's mit Carvey? Und Moto, sie hat schon Erfahrung ...«

Wilks wandte seine Aufmerksamkeit wieder dem Bildschirm zu. Oben in einer Ecke blitze ein Licht auf, von einem ausgeschalteten Signallaut begleitet, und meldete einen Anrufer.

Ripley klopfte auf den Empfänger. Es war Billie.

»Ripley, Wilks!« sagte sie mit angespannter Stimme. »Schaltet den Militärkanal ein, Tie-Wie, schnell!« Sie unterbrach die Verbindung, ehe einer der beiden Gelegenheit hatte zu antworten.

Ripley schlug auf die Kontrollen, die den Empfänger auf Vid-Empfang umstellten.

Das Bild auf dem Schirm war verschwommen und tänzelte; Wilks erkannte das Innere eines gepanzerten Personentransporters. Ein Beinpaar von den Knien abwärts huschte vorbei, dann wieder Instrumente; offenbar lag die Kamera auf dem Boden. Rufe ertönten und im Hintergrund Schüsse. Eine Männerstimme, der Hysterie nahe, brüllte Befehle, die über dem Lärm kaum zu hören waren.

»Broillet, Reiter, zieht euch zurück! Hornoff, Anders, antwortet! Antwortet! Scheiße! Sie antworten ni...« Die Stimme brach ab.

Wilks erschrak. Hornoff war einer der Männer, die in den psychiatrischen Unterlagen geführt wurden ...

Auf dem Bildschirm war jetzt nur noch der undeutliche Ausschnitt eines Lagerraums zu sehen. Die Aufnahme hüpfte leicht, als würde der GPT getroffen. Gelegentlich konnte man von fern Gewehrfeuer hören, aber keine Stimmen mehr.

»Was …?« Ripley sah kurz zu Wilks und dann wieder auf den Bildschirm. Ihre Miene drückte teils Grauen, teils Wut aus; sie wußte, was sie vor sich hatte, wenn ihr die genauen Umstände auch nicht bekannt waren.

»Erdmission«, sagte Wilks gepreßt. Seine Fingerknöchel waren weiß. Bako hatte erwähnt, daß es eine zweite geben sollte.

»Alte Aufzeichnung?«

»Glaube ich nicht. Hornoff wollte ich morgen aufsuchen.« Er sah, wie Ripleys Gesicht von plötzlichem Erkennen überschattet wurde. Sie nagte an der Unterlippe. Es bestand kein Grund zu dieser Sendung, es sei denn …

»Jemand hat Scheiße gebaut«, sagte er.

Auf einmal erklang der heisere Schrei eines Aliens, laut genug, daß er im Innern des GPT ausgestoßen worden sein mußte. Kein Geräusch einer Waffe antwortete.

Ein dicker, spinnenartiger Schemen bewegte sich über den Bildschirm, zu nahe, um ihn deutlich ausmachen zu können – aber Wilks wußte Bescheid.

Ripley stöhnte auf. »Oh, Scheiße.«

Der Bildschirm füllte sich mit Statik, wurde dann schwarz. Einen Moment lang sagte keiner von ihnen etwas, starrten sie einfach nur ins Dunkel. Eine mechanische, geschlechtslose Stimme erklang und teilte ihnen mit, daß es technische Probleme gäbe.

»Es war ein Fehler«, sagte Wilks. die Sendung hatte weniger als zwei Minuten gedauert, falls Billie gleich zu Anfang eingeschaltet hatte; die Stimme bedeutete, daß man sie absichtlich unterbrochen hatte. Tie-Wie war ein durchweg langweiliger Kanal, der promilitärischen Informationssendungen, reiner Propaganda, vorbehalten war. Er konnte sich lebhaft vorstellen, wie jetzt irgendein Vidtech-Gefreiter Blut und

Wasser schwitzte. Da war eine Riesenscheiße gebaut worden. Das falsche Band, zur falschen Zeit eingelegt; jeder auf Gateway, der den Sender eingeschaltet hatte, war Zeuge der Schweinerei geworden.

Ein gequält wirkendes Männchen erschien auf dem Bildschirm, das Gesicht der Kamera zugewandt. Augenbrauen und Oberlippen waren schweißbedeckt. Gesicht und Haare machten einen militärischen Eindruck, obwohl er einen zerknitterten Overall trug.

»Jetzt sind die Ausflüchte dran«, sagte Wilks leise.

»Sie sind auf *Sendung*«, flüsterte eine Stimme von außerhalb des Blickfelds. Live, natürlich.

»Wir, äh, entschuldigen uns für die Unterbrechung des regulären Programms«, haspelte das Männchen. »Durch einen Fehler in unserem Videoraum wurde eine Übertragung der ... Erdmission, die vor fünf Wochen stattfand ... eingelegt.« Der PR-Mann rang sichtlich um eine einleuchtende Erklärung; allem Anschein nach war er nicht vorbereitet.

»Was für ein Scheiß«, sagte Wilks. »Das sollte doch nie auf Sendung gehen.«

»Wir nehmen jetzt unser, äh, Programm wieder auf. Tie-Wie wird später eine offizielle Verlautbarung abgeben.« Das Bild wechselte zu einem Weltraumspaziergang, eine unbedeutende Reparaturmission an der Station. Ripley schlug auf die Befehlstaste, und der Schirm wurde schwarz. Sie drehte sich zu Wilks um, das Gesicht blaß und starr.

»Kriegen die Leute das nicht mit?«

Wilks schüttelte den Kopf. »Vielleicht die Freunde der Gefallenen. Aber mit wem können sie schon reden, ehe das Oberkommando sie erledigt?« Ihm fiel auf, daß seine Hände noch immer zu Fäusten geballt waren, und er entspannte sie, holte tief Luft. »Das sollte geheimgehalten werden, und dafür werden sie auch sorgen. Glaub mir.«

Ripley blickte ihn an. »Was meinst du, welche Auswirkungen das auf unsere Mission haben wird?«

Wilks begegnete ihrem Blick mit nachdenklich gerunzelter Stirn. Ja *welche*? Das Militär konnte die Leute nicht vom Reden abhalten … so oder so konnte das die Lösung des Transportproblems bedeuten.

»Keine Ahnung«, meinte er. »Vermutlich finden wir das bald heraus.«

Billie wollte sich gerade ins Bett begeben, als ihr Kom ansprach. Fast hätte sie das leise *Tsching* ignoriert; wer immer das war, konnte es später ja noch einmal versuchen. Sie war erschöpft, und es war schon sehr spät – nachdem sie sich mit Wilks und Ripley getroffen hatte, war sie wieder ins Sendezimmer gegangen und hatte noch ein paar Stunden lang nach Amy Ausschau gehalten.

Alle drei waren sich einig darin gewesen, daß es sich um einen Unfall gehandelt hatte; wegen dieses kleinen technischen Fehlers hatte jetzt sicher irgendwer mit schweren Konsequenzen zu rechnen. Sie hatte tatsächlich den Anfang der Übertragung erwischt und die anderen innerhalb von zehn Sekunden benachrichtigt; eigentlich hatten sie nichts verpaßt, nur, wie die Kamera zu Boden fiel.

Billie seufzte und streckte sich. Sie hatte keinen Hinweis auf Amy gefunden, und jetzt rief sie jemand mitten in der Nacht an.

Sie ging auf Empfang. »Ja?«

»Billie? Hier spricht Char Adcox. Ich habe dich doch nicht geweckt, oder? Tut mir leid, daß ich so spät noch anrufe …

Billie spürte, wie ihre Schläfrigkeit wich. »Nein, ich war noch auf. Was gibt's denn?«

»Hast du die Tie-Wie-Sendung heute nachmittag gesehen?«

»Yeah, hab' ich.«

Auch Adcox klang erschöpft. »Ich habe darüber nachgedacht, was dort zu sehen war. Es hat sehr viel von früher wieder in mir hochgebracht – ich bin sicher, daß es anderen auch so ergangen ist …« Sie hielt inne, lachte dann leise in sich hinein. »Tut mir leid, ich bin ziemlich durcheinander.«

»Du brauchst dich nicht zu entschuldigen, Char, schon gut.«

Die Pause am anderen Ende war so lang, daß Billie gerade wieder ansetzen wollte, als sie den Lieutenant tief Luft holen hörte. »Ich will mit euch gehen«, sagte sie. Jeder Anflug von Zögern war von ihr gewichen. »Das heißt, wenn ihr mich noch dabeihaben wollt. Ich – ich muß einfach gehen.«

Dies war die Stimme der Frau, die sie auf dem Vidband der psychiatrischen Dokumentation gesehen hatte, stark und furchtlos. »Gut. Willkommen an Bord.«

Sie trafen Vereinbarungen für den nächsten Tag und unterbrachen die Verbindung.

Billie legte sich hin, um etwas Schlaf zu finden. Instinktiv mochte und vertraute sie Adcox und war froh, daß die Frau mitkommen würde. Einen Linearträumer an Bord zu haben konnte nicht schaden.

Billie versank in einen tiefen Schlaf. Wenn die Königinmutter ihre Träume heimsuchte, so brachte der nächste Morgen keine Erinnerung daran.

7

Ripley öffnete die Tür und fand Falk vor, der mit ernster Miene vor ihr stand. Er hatte eine Hand zum Anklopfen erhoben und ließ sie jetzt fallen; der große Mann sah aus, als hätte er schlecht geschlafen. Er roch nach billigem Alkohol und saurem Schweiß.

»Falk«, sagte sie, »wie schön, Sie zu sehen. Ich war gerade unterwegs zum Frühstücken.«

Sie bemerkte, daß ihm der Sarkasmus in ihrer Stimme nicht entging. Er errötete leicht. »Yeah. Tja, ich wollte eine Minute mit Ihnen reden, also – über die Reise. Ich will mitkommen.«

Ripley wich erstaunt einen Schritt zurück. Falk betrachtete das offenbar als Einladung; er ging zum Schreibtisch hinüber und lehnte sich dagegen. Dabei blickte er unverwandt zu Boden.

Sie musterte ihn von oben bis unten. Als sie ihm zum erstenmal begegnet war, hatte er gesessen, und ihr war nicht klar gewesen, wie riesig der Mann war. Mindestens ein Meter fünfundneunzig groß und einhundert Kilo schwer, mit gewölbter Brust und langen Beinen. Sein fliehendes Haar trug er lang als blonden Pferdeschwanz, und sein Schnurrbart war eine Spur dunkler. Die Verlegenheit stand seinem harten Gesicht nicht sonderlich gut, und er sah aus, als sei das für ihn ein wenig vertrautes Gefühl; einer seiner Mundwinkel zuckte, und die schweren Augenbrauen hatte er eng zusammengezogen.

»Wir bezahlen aber nichts«, sagte sie schließlich.

Seine Miene änderte sich nicht. »Yeah, mir recht. Sie brauchen doch Hilfe, oder? Tut mir leid, daß ich so ein Arschloch war. Ich will mitkommen.«

Ripley runzelte die Stirn. Das war nicht der Mann, dem sie gestern begegnet war, der laute Klugscheißer und arrogante Möchtegernsöldner. Er hatte ohne viel Aufhebens zugegeben, daß er von der Königinmutter träumte, sich aber einen Dreck darum gekümmert. Er sagte, seine Frau habe auf den Besuchen beim Psychiater bestanden, und er habe sie als reine Zeitverschwendung angesehen.

»Warum?« fragte sie.

Falk seufzte und blickte hoch, aber nicht zu Ripley. »Der Militärkanal«, sagte er und konzentrierte sich ganz auf die Decke. »Haben Sie von dem kleinen Malheur gestern gehört?«

»Ich hab's gesehen.«

»Ich befand mich gerade mitten in einem Kartenspiel in einer Bar, als sie es sendeten. Fast hätte ich den Barkeeper krankenhausreif geschlagen, weil er's nicht lauter drehen wollte ...« Er schien außer Atem zu sein und hielt ein paar Sekunden lang inne.

Ripley wartete.

»Einer von diesen Soldaten war Marla«, meinte er. »Sie sagte mir, daß sie eine Weile weg müßte, erzählte mir irgendwelchen Scheiß von einer Standardübung. Meinte, ich sollte mir keine Sorgen machen.«

Endlich blickte Falk doch Ripley an. Sie sah, daß seine Augen blutunterlaufen und rot umrandet waren. »Gestern abend hat mir so ein Arschloch in Kapitänsuniform mitgeteilt, daß es auf ihrem Schiff zu einem ›bedauerlichen Unfall‹ gekommen und es ratsam für mich sei, darüber Stillschweigen zu bewahren. Der Bastard stand einfach da und *log* mich an; ich habe ihren Namen in der Sendung gehört, jemand hat ihn gerufen ...«

Falk unterbrach sich und holte zitternd Luft. Jegliche Abneigung, die Ripley vorher gegenüber diesem Mann empfunden hatte, löste sich in Nichts auf. Er litt anscheinend große Schmerzen.

»Tut mir leid«, sagte sie, »ich wünschte, ich könnte etwas für Sie tun ...«

»Ich will mitkommen«, sagte Falk. »Ich will sie umbringen.« Er klang weder wütend noch verzweifelt; seine Stimme war ruhig und sachlich, als spräche er über das Wetter. »Ich habe sie geliebt.«

»Wir treffen uns morgen um 0800 im Dojo auf Deck C«, erwiderte sie.

Darauf richtete er sich auf und nickte mit ausdrucksloser Miene. Ripley begriff, was es bedeutete, jemanden zu verlieren, der einem nahestand, und wußte, daß sie nichts tun konnte, um es ihm leichter zu machen.

»Danke«, sagte er und schritt zur Tür. »Ich werde dasein.«

Daran zweifelte sie nicht.

Wilks beobachtete General Peters dabei, wie er die Ausdrucke der psychiatrischen Unterlagen durchsah, die Leslie ihm besorgt hatte. Um Probleme mit der Vertraulichkeit der Daten und unberechtigtem Computerzugriff zu vermeiden, hatte sie nur die Namen der Träumer zusammengestellt, mit denen sie gesprochen hatte, sowie die Aussagen von Billie und Ripley; insgesamt zwölf. Zehn davon hatten sich einverstanden erklärt, sie zu begleiten.

»Und Sie sagen, daß es sich bei all diesen Fällen um denselben Traum handelt, Sergeant?« Der General sprach, ohne aufzublicken.

»Ja, Sir.« Wilks stand bequem in seinem Büro, die Hände hinter dem Rücken verschränkt. Es handelte sich um eines der luxuriöseren Zimmer auf Gateway, gut beleuchtet und angenehm warm. Pastellmalereien hingen an den Wänden, und die Polstersessel waren mit Kunstleder von höchster Qualität bezogen. Peters hatte ihn nicht aufgefordert, sich zu setzen.

Der General war nicht so weit gekommen, indem er Hirngespinsten nachging. Seine stoische Miene und sein harter Blick sagten genug – ein Standardmilitär bis ins Mark. Außerdem war der Mann ziemlich dick, hatte in letzter Zeit also wohl selten persönlich ins Kampfgeschehen eingegriffen. Wilks hatte schon früher unter solchen Männern gedient, Arschlöchern, die zu engstirnig und vorschriftsgläubig waren, um an irgend etwas zu glauben, was außerhalb ihrer Erfahrung lag.

Er verschwendete seine verdammte Zeit, aber Ripley wollte es wenigstens einmal versuchen. Schön …

»Nun, das ist ja ganz interessant«, sagte Peters und blickte auf, »aber ich fürchte, es ist absolut unmöglich, eine solche Mission einzig und allein auf dieser Grundlage zu autorisieren. Wir werden die Sache erst weiter prüfen müssen.« Sein Tonfall ließ vermuten, daß er das Thema als erledigt betrachtete.

Wilks meinte: »Gibt es sonst noch jemanden, mit dem ich darüber reden könnte, Sir?«

»Bitte?«

Wilks zuckte die Achseln. Er war noch immer eine Art Marine. Bisher war es ihnen nicht gelungen, alle Unterlagen über ihn zusammenzutragen, und solange das nicht der Fall war, blieb sein Status einigermaßen in der Schwebe. Das verschaffte ihm einen kleinen Vorteil, wenn er mit Offizieren redete. »Nun ja, Sir«, sagte er, »im Regierungsgremium sitzen auch Zivilisten. Sie könnten sich hierfür interessieren.«

Peters blickte Wilks mit seinen Schweinsaugen an. »Versuchen Sie geistreich zu sein, Sergeant?«

»Nein, Sir.« Nicht bei diesem Clown. Sag etwas Geistreiches, und es ist glatt verschenkt.

»Ja, hier sind Zivilisten am Ruder, aber wenn es um militärische Missionen geht, bei der *meine Hardware* eingesetzt wird, bin ich *Gott*.«

Wilks schwieg und wartete ab.

»Ich habe Ihre Akte gelesen, Sergeant, und Sie haben eine lange Vergangenheit als Unruhestifter. Ich brauche nicht noch mehr Ärger, als ich bereits habe.« Peters legte den maschinegeschriebenen Antrag mit sieben Durchschlägen beiseite und deutete zur Tür.

Wilks sah ein, daß es aussichtslos war. Wenn er geglaubt hätte, daß Arschkriechen ihn hier weiterbrachte, ach zum Teufel, er hatte schon Schlimmeres getan, aber er wußte, daß es

Zeitverschwendung war. Hatte es die ganze Zeit gewußt, aber wenigstens hatte er sich diesmal nicht reizen lassen. Es hatte einmal eine Zeit gegeben, in der er diesem Fettsack hier eins aufs Maul gegeben und lächelnd auf die MP gewartet hätte, bis sie ihn abholte.

»Danke für Ihre kostbare Zeit, Sir.«

Der General grunzte etwas, blickte jedoch nicht von seinem Schreibtisch auf, auf dem er bereits andere Papiere durchsah.

Der Versuchung, die Tür hinter sich zuzuknallen, konnte Wilks aber nur unter größten Mühen widerstehen.

Billie traf Wilks im *Four Sails*. Er saß an seinem Tisch und starrte auf seinen Drink, das Narbengesicht angespannt.

»Ripley hat angerufen, sagte, sie käme ein paar Minuten später«, meint Billie und setzte sich. »Wie lief's mit dem General?«

»Wie ich's erwartet hatte. Seine Denkzellen stecken zu tief in seinem Arsch, als daß er auch nur ansatzweise etwas mitbekommen hätte.« Er nippte an seinem Drink. »Scheißoffiziere.«

Billie spürte, wie sich ihr Magen verkrampfte. Das hier war zu wichtig für sie geworden. Wie sollte sie jetzt Amy finden? Durfte sie überhaupt noch hoffen, daß das Kind am Leben war?

»Was ist los mit euch beiden?« sagte Ripley. Sie zwängte sich ins Séparée und nahm ihnen gegenüber Platz. »Ist für unser Treffen morgen alles bereit?«

»Yeah«, grunzte Wilks, »wenn wir ohne Schiff starten können. Der General hält uns für verrückt. Kein Wunder.«

Billie stockte das Herz. »Scheint, als hätten wir ausgespielt«, sagte sie. »Sofern wir kein Raumschiff *klauen* wollen.«

Ripley grinste. »Ich dachte schon, ihr fragt nie«, sagte sie.

Wilks erwiderte das Grinsen. »Ich wußte es. Ich hab's verdammt noch mal gewußt.«

»Ihr habt doch nicht wirklich geglaubt, daß ein fetter alter General uns *freiwillig* ein Schiff geben würde, oder? Das war bestenfalls ein Versuch.«

Wilks nickte. »Das macht uns wieder zu Verbrechern.«

»Na ja, klar, es wäre schon schön gewesen, aber man kriegt nicht immer, was man will, stimmt's? Also gehen wir zu Plan B über«, sagte Ripley. »Der eigentlich schon die ganze Zeitlang Plan A war: Wir holen uns, was wir brauchen.«

»Ergibt für mich Sinn«, sagte Wilks. Er erhob sein Glas zu einem Toast. »Auf das Verbrechen.«

Billie lächelte und nickte. Nun, es war ja nicht so, daß sie so etwas zum ersten Mal täten. Himmel, sie wurden langsam alte Hasen, wenn es um Schiffdiebstahl ging. Das von der Erde zu Spears' Militärbasis, das von dort hierher, das Fluchtschiff. Es ergab Sinn. Was zum Teufel ...

Warum nicht?

8

Wilks ließ seinen Blick über die Gruppe schweifen, die sich hier versammelt hatte, und nickte. Jeder hatte Felderfahrung, außer Jones, dem Arzt, und Dunston – aber er lehrte Kampfsport in dem Dojo, in dem sie jetzt in kleinen Gruppen standen oder saßen und miteinander sprachen. Und Jones sah aus, als wüßte er sich seiner Haut zu wehren.

Brewster, Carvey, Moto, Adcox und Captain McQuade waren alle Marines und hatten zu Beginn der Heimsuchung auf der Erde gekämpft.

Ana Moto war eine schlanke, traurig blickende Frau mit langen Gesichtszügen und einem hellen Lachen. Sie war auch das einzige überlebende Mitglied einer Spezialeinheit, deren Aufgabe darin bestanden hatte, Aliennester auf der Erde ausfindig zu machen, ehe alles den Bach runtergegangen war. Sie lachte über etwas, was Adcox zu ihr und Billie gesagt hatte; die drei jungen Frauen standen in einer Ecke des Raumes zusammen.

Alle waren frühzeitig gekommen, außer Falk, der auf die Sekunde pünktlich ins Dojo spaziert war. Ripley hatte nicht erwähnt, wieso er es sich anders überlegt hatte, nur, daß er jetzt doch mitkäme.

Wilks sah, wie Falk Ripley beim Eintreten zunickte, und bemerkte, daß der große Mann erschöpft wirkte. Er nahm an, daß Falk sich zur Teilnahme entschlossen hatte, nachdem er die Militärsendung gesehen hatte, und vermutete, daß er einen der Soldaten gekannt hatte. Falk setzte sich abseits von den anderen in einen der Plastiksessel und starrte den abgenutzten Schaumfußboden an. Er sah wie ein Mensch aus, der Schmerzen leidet.

Leslie lächelte Wilks von dort, wo sie sich mit Ripley und Maria Tully unterhielt, quer durch den Raum zu. Tully, eine Freundin von ihr, kannte sich hervorragend mit Computern aus und hatte ihre Familie auf der Erde verloren; sie sollte ihnen als Elektronikspezialistin dienen.

Wilks' Gefühle für Leslie waren gemischter Natur. Einerseits hätte er nichts dagegen gehabt, sie dabei zu haben, aus persönlichen Gründen. Andererseits standen die Chancen, daß sie die Mission überlebten, nicht gerade hoch. Letzten Endes war er froh darüber, daß sie nicht mitkam; er wollte nicht, daß ihr etwas zustieß.

Wilks erwiderte ihr Lächeln. Nach dem Treffen mit Billie und Ripley in der Bar war er zu Leslies Unterkunft gegangen, um ihren Teil an der Mission mit ihr zu besprechen. Sie würde den Flug zwar nicht mitmachen, spielte aber eine wichtige Rolle bei der Beschaffung des Raumschiffs.

Im Raum wurde es still, als Ripley nach vorn ging und sich neben ihn stellte. Billie verließ ihre Gruppe, um sich zu ihnen zu gesellen, obwohl sie beide übereingekommen waren, daß Ripley die Sitzung leitete; sie war ein natürlicher Anführer, und außerdem war es sowieso ihre Idee. Wilks genoß es, daß zur Abwechslung mal ein anderer die Verantwortung trug. Das machte es ihm leichter.

»Also«, begann sie, »Sie wissen alle, warum Sie hier sind. Ich bin Ellen Ripley, das hier sind Wilks und Billie. Jeder von ihnen hat gewisse nützliche Fähigkeiten, weshalb sie auch unter den Träumern sind, die wir ausgewählt haben. Sie haben die Gegenwart des Aliens gespürt, der Königin – und es wird Zeit, daß wir etwas dagegen tun.«

Ripley hatte die volle Aufmerksamkeit aller; Wilks hoffte, daß sie ihr auch noch zuhörten, nachdem sie die schlechte Kunde vernommen hatten.

»Ehe wir an die Details unserer Mission gehen, müssen wir Sie über einige der Hindernisse in Kenntnis setzen, denen wir uns hier gegenübersehen. Wilks?«

Er räusperte sich. »Yeah. Gestern habe ich mit General Peters gesprochen, und er hat unsere Bitte um ein Raumschiff abgelehnt.« Er machte eine Pause. »Genaugenommen hält uns der Mann für bekloppt.«

»Peters ist ein Arschloch«, warf Captain McQuade ein. Die beiden Marines neben ihm nickten. »Mich erstaunt, daß Sie's überhaupt versucht haben – der Mann steckt so voller Scheiße, daß er furzt, statt zu rülpsen.«

Mehrere Personen lachten.

Wilks grinste. »Yeah, nun, wie dem auch sei, jedenfalls haben wir offiziell kein grünes Licht. Wir könnten es noch einmal versuchen, aber ich halte den General für Zeitverschwendung.«

Ripley übernahm. »Deshalb haben wir beschlossen, uns ein

Schiff auszuleihen«, sagte sie, »und das ändert die Lage schlagartig. Ich will, daß Ihnen allen ganz klar ist, worauf Sie sich einlassen, ehe Sie sich endgültig entscheiden. Wenn man uns schnappt, sitzen wir in der Scheiße. Wenn wir versagen, zieht die Rückkehr hierher Konsequenzen nach sich – vielleicht sogar, wenn wir Erfolg haben.«

Sie blickte jedem in die Augen, während sie sprach. »Wir haben Peters gegenüber keine näheren Angaben gemacht, wohin wir wollen, so daß man uns wahrscheinlich nicht verfolgen wird, wenn wir abhauen – aber ein Raumschiff zu stehlen war nicht Teil des Plans, als Sie sich einverstanden erklärten, uns zu begleiten, und wenn Sie jetzt gehen wollen, steht Ihnen das frei. Wir würden es verstehen.«

Eine Pause setzte ein.

»Scheiß drauf«, sagte Falk mit heiserer Stimme vom hinteren Bereich des Raums her. »Nichtstun wäre schlimmer.«

Von der Gruppe ertönte zustimmendes Gemurmel.

Wilks blickte sich im Dojo um und sah auf den Gesichtern von allen denselben entschlossenen Ausdruck. Keiner rührte sich.

Nach einer Weile fuhr Ripley fort. »Gut, danke. Wir wollen in wenigen Tagen von hier starten, und bis dahin gibt es noch eine Menge zu tun. Wir schauen uns jetzt einige Schiffe an, und Leslie« – Ripley nickte in Richtung der Hackerin – »besorgt uns Datenmaterial über das Sicherheitssystem, mit dem wir es zu tun haben. Wir haben eine Liste mit Sachen, um die wir uns kümmern müssen, vorerst Vorräte und Waffen, und wir müssen einen Plan ausarbeiten, wie wir an das Schiff herankommen ...«

Während Ripley sprach, musterte Wilks die Gesichter derjenigen, mit denen sie zusammenarbeiten würden. Mehrere Personen unterbreiteten Vorschläge, als die Diskussion einsetzte, und alle sahen so aus, als betrachteten sie es als besonderes Privileg, an dieser Mission teilnehmen zu dürfen – einer Mission, die sie das Leben kosten konnte und wahrscheinlich auch würde. Yeah, es war eine gute Crew.

Vielleicht nicht allzu gescheit, aber zum Reden würden sie auch nicht oft kommen.

Schon zum drittenmal ging Billie jetzt die Bestandsliste durch und verglich sie mit dem, was bereits an Bord der *Kurtz* war. Der Militärfahrer war seines großen Frachtraums wegen ausgesucht worden, der dafür ausgelegt war, die Nebenprodukte giftiger Flüssigkeiten zu befördern. Der abgeschirmte Bereich konnte bis zu zehntausend Kubikmeter radioaktiven Schlamms fassen, war luftdicht und hatte Wände aus durchschossenem Durastahl und -blei, die einen halben Meter dick waren, sowie dazu passende Schleusen. Jedenfalls war der Frachtraum mehr als groß genug, um eine Alienkönigin zu befördern. Und auch, um sie davon abzuhalten, frei im Schiff herumzulaufen. Falls sie sie einfangen konnten, falls sie sie an Bord bekamen, *falls* es ihnen überhaupt erst gelingen sollte, das Schiff zu klauen …

Billie rieb sich die Augen und schaute sich in ihrem Zimmer um. Es war schon spät; sie wußte, daß sie etwas schlafen sollte. Am Morgen würden sie sich wieder im Dojo treffen, um die Einzelheiten für die Übernahme des Schiffes durchzugehen. Es schien dort nur wenige Sicherheitsbeamte zu geben, aber einige schon, und schließlich wollten sie sich ja nicht erwischen lassen.

Ihr und Doc Jones hatte man die Verantwortung für die Vorräte übertragen, obwohl die Liste, die Leslie dem Computer abgeluchst hatte, ziemlich vollständig zu sein schien. Die *Kurtz* war dafür gebaut, zwanzig Leute bequem aufzunehmen; sie hatte eine Landeeinheit an Bord, und die Essensspender waren mit Pasten und Konzentraten aufgefüllt, die noch gut zehn Jahre reichten. Wobei »gut« ein relativer Begriff war; sie würden wie Scheiße schmecken, wären aber noch eßbar. Zur Zeit wurde das Schiff betankt und startbereit gemacht. Der ganze Komfort eines echten Zuhauses. Eigentlich sogar mehr ein Zuhause als ihre Unterkunft hier.

Trotz ihrer Erschöpfung war Billie zu aufgekratzt, um schlafen zu können. Ihre Gedanken waren ein wirres Durcheinander von Erinnerungen und Hoffnungen, vor allem, was sie und die Menschen, die sie kannte, durchgemacht hatten. So furchtbar die Träume auch gewesen waren, die sie in der Klinik auf der Erde gehabt hatte, dieser Tage waren sie sogar noch schlimmer. Wilks. Mitch. Jetzt auch Ripley. Und natürlich Amy.

Billie hatte den Eindruck, ihr ganzes Leben lang davongelaufen zu sein und gekämpft zu haben. Sie befand sich an einem Ort, wo das nicht mehr erforderlich war; sie konnte wahrscheinlich ihr ganzes Leben hier auf dieser Station verbringen und vielleicht an Altersschwäche sterben. Aber der Gedanke spielte keine Rolle. Auf der Erde gab es Menschen, die bei lebendigem Leib gefressen wurden, und das war nicht richtig so. Erst recht nicht, da eine, der das passieren konnte, Amy war.

Mochte also sein, daß sie gehen, das Ding durchziehen und irgendwie überleben konnte, mochte aber auch sein, daß es das endgültige *Aus* bedeutete.

Amy. Die *Kurtz* war wahrscheinlich nicht dafür ausgerüstet, so weit, wie sie sich von der Erde entfernen würden, noch Sendungen von dort zu empfangen, so daß Billie nicht wissen konnte, ob Amy und ihre Familie noch lebten. Die letzte Übertragung war erst wenige Tage her, aber es gab keine Möglichkeit, herauszufinden, ob sie live erfolgt war oder es sich um eine Aufzeichnung handelte; Billie wollte gern glauben, daß es live war. Sie konnte spüren, daß Amy dort unten war und vielleicht um einen Ausweg betete.

Ripleys Plan war die Antwort.

Billie kehrte an den Anfang der Liste zurück und gähnte. Sie wußte, daß nichts fehlte, wollte sie aber noch einmal durchgehen. Schließlich würde sie keine zweite Gelegenheit bekommen – wenn sie erst einmal an Bord waren, dann gab es kein Zurück mehr.

Zum Teufel. Es gab schon jetzt kein Zurück mehr.

Ripley saß auf dem Boden des schwach erhellten Dojos, allein. Es war früher Morgen. Die Mannschaft würde erst in einer halben Stunde eintreffen, und dann würde sie keine Zeit mehr finden, um nachzudenken.

Sie wußte, daß sie die Mission so gründlich wie möglich geplant hatten, daß sie so bereit waren, wie es nur irgend ging. Wahrscheinlich hätten sie noch weitere ein oder zwei Tage mit der Ausarbeitung von Details verbringen können, aber man konnte alles übertreiben; es wurde Zeit, daß sie handelten. Viel Pläneschmieden führte zu vielen Zweifeln. Man tut, was man kann.

Im Geist ging sie noch einmal die Liste der Crewmitglieder durch: sie selbst, Billie und Wilks. Adcox und die anderen Marines: Falk. Dunston. Tully, Leslies Hacker-Freundin. Und Jones …

Sie *waren* eine gute Truppe. Der Probelauf war erfolgreich verlaufen; natürlich würde es in der Realität anders aussehen, aber die Mannschaft war entschlossen und selbstbewußt genug, um jedes Problem im Sturm zu nehmen. Das einzige, was ihr noch Sorgen bereitete, war, wie sie an den Wachschiffen vorbeikommen sollten – aber die kümmerten sich meistens um anfliegende Schiffe, hatte man sie doch deshalb aufgestellt, um möglicherweise infizierte Raumschiffe oder solche abzuwehren, die mit jemand Gefährlichem bemannt waren, wie dem verrückten General Spears, der Billie und Wilks als blinde Passagiere hierhergebracht hatte.

Es sollte eigentlich klappen. Ripley hoffte, daß es so einfach sein würde, wie es aussah, aber sie wußte aus Erfahrung, daß das selten der Fall war.

Sie hatte sich so hundertprozentig darauf konzentriert, alles noch einmal zu durchdenken, daß ihr keine Zeit geblieben war, sich zu entspannen. Nicht daß sie dafür überhaupt oft Gelegenheit hatte, seit ihr die Aliens über den Weg gelaufen waren. Für sie war das noch gar nicht so lange her. In Echtzeit reichte das nun schon fast ein Jahrhundert zurück. Jetzt hatten diese Mistviecher die Erde in Besitz genommen, und die Menschheit war zu einer drittklassigen lokalen Macht herabgesunken.

Der Haß auf diese Kreaturen war so sehr ein Teil von Ripley wie ihre Haarfarbe oder Größe. Er beeinflußte, was sie tat, war die treibende Kraft hinter allem, was sie durchgemacht hatte, um da zu landen, wo sie jetzt war. Sie lächelte bitter. Wo war sie eigentlich? Sie saß hier im Dunkeln und bereitete sich darauf vor, eine Gruppe von Kämpfern beim Diebstahl eines Raumschiffs anzuführen, quer durch die Galaxis zu fliegen, die Königin der Königinnen einzufangen. Und ihre Gefangene schließlich als Köder zu benutzen, damit sie jedes einzelne dieser gottverdammten Aliens killen konnte.

Ripley seufzte. Die Entscheidungen, die sie bisher getroffen hatte, waren einfacher Natur gewesen, an einer grundlegenden Moral orientiert, an richtig oder falsch. Aber jetzt ging es nicht mehr allein um sie. Diese Mission konnte Leben kosten, konnte Tod bringen. Gewöhnlich hütete sie sich davor, die Verantwortung für ihre Mitmenschen zu übernehmen, aber das hier war etwas anderes.

Verdammt, es war *immer* etwas anderes.

Es half ihr, eines zu wissen – auch sie wollte nicht sterben, aber wenn das bedeutete, dieses Miststück von Königin oder ihren Schwarm mit in den Tod zu nehmen, dann würde sie das tun. Diese Entscheidung hatte sie im Anschluß an die *No-*

stromo getroffen, und sie war ihr einziges Sinnen und Trachten geworden. Diese Dinger hatten sie schon zuviel gekostet. Ihre Mannschaft. Ihre Familie. Ihr ganzes Leben. Sie hatte nichts mehr zu verlieren.

Ripley schloß die Augen und wartete auf die anderen.

9

Dunston und Tully gingen den Korridor zum Eingang von Dock D6 entlang, wobei sie laut einige Stationsangelegenheiten besprachen. Wenn sie um die Ecke zum Dock bogen, waren sie in der Lage, jede Wache zu sehen, die man dort vielleicht aufgestellt hatte.

Dunston gab Ripley, Wilks und Falk, die ihnen folgten, ein Zeichen. Keine Wache.

Wilks war nahe genug, um zu sehen, wie Tully eine kleine Tastatur aus ihrem Tornister zog und sie in eine Vertiefung in der Wand stöpselte. Sie kauerte sich hin und begann in rascher Folge Kodes einzugeben.

»Ich weiß nicht recht. Ich meine, es ist einfach, zu *sagen*, daß man die Bedingungen verbessert, aber das sagen sie nun schon, seit ich hierherkam ...«

Wilks und die anderen setzen ihren Weg zur Tür langsam fort, während Tully die Umgebung auf Überwachungsanlagen überprüfte.

Dunston plapperte etwas über die Qualität des Essens, das in der Messe serviert wurde.

Dem Lageplan des Decks nach, den sie dem Computer entnommen hatten, durfte es hier keine Wachen geben. Ripley hatte darauf bestanden, auf Nummer Sicher zu gehen.

Grinsend schaute Tully auf. »Sauber«, sagte sie leise.

Wilks spürte, wie die Spannung etwas von ihm abfiel. Es war entscheidend, daß sie so lange wie möglich unbemerkt blieben, um an den Wachschiffen vorbeizukommen. Wenn erst einmal ein Alarm ertönte, sanken ihre Chancen rapide.

Die *Kurtz* war außen an D6 angedockt; um sie zu erreichen, mußten sie drei Türen öffnen – diese, den Eingang zur Luftschleuse und diejenige des Schiffs. Alle waren computerkodiert, und die Kompliziertheit des Eingangssystems machte menschliche Wachen gewöhnlich überflüssig, was sehr zu ihrer Wahl des Raumschiffs beigetragen hatte.

Sie würden sich in den Frachtraum begeben und den Rest der Mannschaft herbeirufen; Captain McQuades Stimmabdruck würde der Schlüssel zur *Kurtz* sein. Ein Militärpilot mit gültiger Lizenz und die richtigen Kodes waren alles, was sie brauchten, um an Bord zu gelangen. Die Kodes zu erfahren, war Leslie und Tully leichtgefallen.

Vielleicht zu leicht ...

Während Tully ihren Portable aufbaute, machte Wilks sich auf den Weg zum nächsten Kom-Gerät, um Billie und die anderen zu benachrichtigen. Sie warteten in Brewsters Unterkunft. Die Marines hatten alle Karabiner und Granaten, die sie tragen konnten, aus dem Waffenlager geholt und diese Aktion mit General Peters' persönlichem Zugangskode autorisiert. Wilks hatte lachen müssen, als Leslie vorschlug, den Kode des Generals zu verwenden.

Anscheinend hatte Peters ihnen zu guter Letzt doch noch geholfen.

Rasch durchquerte Wilks den D-Korridor zum öffentlichen Kom und tippte Brewsters Nummer.

»Yeah?«

»He, Brewster, hier ist Wilks. Warum kommst du nicht vorbei und trinkst einen mit mir?«

»Klingt toll. Wir treffen uns in der Bar.«

Wilks unterbrach die Verbindung und ging zur leeren Halle zurück. So weit, so gut. Wenn es keine Komplikationen gab, würden Billie und die Marines in zwei Minuten oder eher hier sein, und dann machten sie sich auf den Weg …

»He!« ertönte hinter ihm eine Stimme.

Wilks blieb stehen und drehte sich um. Ein stämmiger junger Mann in der Uniform eines Sicherheitsbeamten näherte sich ihm langsam mit grimmiger Miene. Seine Hand ruhte sanft auf dem Griff seines Stunners.

»Wie kommen Sie dazu, sich hier herumzutreiben?«

Brewster nickte den anderen Marines zu, und sie erhoben sich, griffen nach einer Anzahl in Tuch eingeschlagener Bündel. Waffen, Munition, verschiedene Werkzeuge. Keiner sprach. Billie half Jones bei seiner Ausrüstung, ein paar Beutel mit Arzneien und einer kleinen Diagnoseeinheit. Er lächelte sie an, wobei seine Zähne vor der schokoladenfarbenen Haut aufleuchteten.

»Scheint, als wären wir jetzt Gesetzlose«, sagte er.

Er wirkte nervös.

Billie erwiderte das Lächeln. »Nach einer Weile gewöhnt man sich daran«, sagte sie. »Außerdem *sind* Sie schon ein Gesetzloser. Verschwörung.«

Adcox ging zuerst, als Scout. Sie trug nichts und würde den anderen eine halbe Minute voraus sein.

Brewster und McQuade gingen als nächste.

Billie zählte schweigend bis zehn.

Carvey und Moto traten hinaus.

Schließlich begaben sich Billie und Jones zur Tür.

Billies Herz klopfte, und trotz der kühlen Luft spürte sie das leichte Kitzeln von Schweiß, der ihr zwischen den Brüsten hinablief.

Amy, dachte sie. Sie traten auf den Korridor hinaus.

Wilks lächelte die Wache an. »Ich versuche, ein Biolab zu finden, D2 – ist das nicht hier unten?«

Die Wache schien sich ein wenig zu entspannen, lächelte aber nicht zurück. »Falsche Richtung. Zu den Labors geht's da entlang«, sagte sie und wies hinter sie beide.

»Erste Kreuzung links.«

Wilks schüttelte den Kopf, wobei er noch immer lächelte. »Danke.«

Die Wache nickte und schritt an ihm vorbei, in Richtung D6. Wo die anderen auf Wilks warteten.

»Sind Sie sicher, daß es nicht nach rechts geht?« sagte Wilks laut, als sie ein paar Meter hinter sich gebracht hatte.

»Yeah, ganz sicher. Und jetzt …«

»Weil ich vorhin nämlich links abgebogen bin, glaube ich, und da dachte ich, es wäre rechts. Ich meine, von den Fahrstühlen aus ist es doch rechts, stimmt's?« Er sprach in einem Ton, von dem er hoffte, daß er, wenn auch etwas dümmlich, so doch freundlich klang. Und er hoffte, daß die anderen ihn hörten.

Die Wache drehte sich um und näherte sich Wilks, als ob Nähe seine Antwort verständlicher machte.

»Hören Sie. Kehren Sie um. Wenn Sie zur Kreuzung kommen, gehen Sie nach links. *Links*. Kapiert?«

»Links. A-ha. Kapiert.«

Die Wache schüttelte den Kopf. Und irritiert durch Wilks' Dummheit entfernte sie sich von D6, ganz wie Wilks gehofft hatte.

Was gut war, weil Wilks sie sonst aus dem Verkehr hätte ziehen müssen.

Wilks atmete tief durch und wartete ein paar Sekunden, bis er seinen Weg fortsetzte. Sie hatten sich vor der Tür versammelt, alle außer Falk; der große Mann kam hinter einer Biegung weiter unten im Korridor zum Vorschein, scheinbar auf jedwede Störung vorbereitet. Sie hatten gehört, wie er die Wache bearbeitet hatte.

Tully hatte den Finger am Öffnungsknopf und wartete auf das Startzeichen.

Ripley sah Wilks mit hochgezogener Braue an.

»Packen wir's an«, sagte er.

Doch ehe Tully sich rühren konnte, glitt die Tür auf.

Ein Mann im Arbeiteroverall stand vor ihnen und hielt etwas, das wie eine Waffe aussah.

Billie und Jones gingen Seite an Seite den Korridor entlang, ohne etwas zu sagen. Sie gelangten an die erste Biegung, und Billie sah noch flüchtig Moto und Carvey, wie sie um die Ecke bogen. Bisher schien alles nach Plan zu laufen. Sie fragte sich, wie es Ripleys Team wohl ergehen mochte.

*

Dunston trat vor, als wollte er den verblüfften Arbeiter begrüßen. Das mechanische Gerät war anscheinend doch keine Waffe; der Mann ließ es fallen und hob seine zu Fäusten geballten Hände, die Lippen zusammengekniffen. Er war verblüfft, aber offensichtlich kampfbereit. Sie hatten kein Recht darauf, hier zu sein, und das wußte er.

Dunston streckte die Hände aus, wobei er dem Arbeiter die gekrümmten Handrücken vors Gesicht hielt. Ripley sah, wie der Mann verwirrt blinzelte ...

Der Kampfsportlehrer machte auf dem rechten Fuß einen kurzen Schritt vorwärts, ging dabei fast in die Hocke. Er schnippte mit den Fingern nach den Augen des Mannes.

Der Arbeiter riß die Arme hoch, um sein Gesicht zu schützen, und ...

Dunston ließ sich flach aufs Deck fallen, tat etwas enorm Schnelles mit den Beinen ...

Der Arbeiter krächzte kurz auf, knickte um und landete hart auf dem Boden.

Wilks setzte nach und drückte dem Mann seine Hand auf den Mund, aber der Kerl rührte sich nicht mehr. Anscheinend hatte er sich den Kopf angeschlagen und war bewußtlos.

Das alles war binnen weniger Augenblicke geschehen.

»Nicht schlecht«, sagte Wilks.

»Jetzt ist keiner mehr drin«, sagte Dunston. »Aber beeilen wir uns. Es kommt jemand.«

Billie und der Arzt hatten das Dock fast erreicht, als sie hörten, wie jemand auf sie zugelaufen kam.

Billie erstarrte und legte ihre freie Hand auf den Arm des Arztes. Er blieb stehen und sah sie an, sein dunkles Gesicht eine Maske der Angst. Sie hatte den Eindruck, als kröche die Zeit nur noch dahin, aber mit Lichtgeschwindigkeit rasten ihr Entschuldigungen durch den Kopf. *Wir sind zu einem medizinischen Notfall unterwegs, ich assistiere, er ist Arzt, wir unterrichten eine Klasse –*

Adcox tauchte vor ihnen auf, ganz außer Atem. Billie und Jones stießen beide Seufzer der Erleichterung aus, doch die Miene des Lieutenant war verzweifelt. Sie schnappte sich einen der Beutel.

»Ärger«, sagte sie und drehte sich wieder Richtung Dock um.

Billie verfiel neben Char und Jones in einen Trab. Adcox hatte keine weitere Luft verschwendet, um ihnen zu sagen, was geschehen war, und Billie fragte nicht; sie würden es früh genug herausfinden.

Wilks zog den Arbeiter ins Innere, ehe er sich Dunston zuwandte. »Wer kommt?« sagte er.

»Ein anderer Arbeiter.«

»Wie ...?« setzte Wilks an. Aber gerade als er Dunston fragen wollte, ob er eine übersinnliche Eingebung oder so etwas gehabt habe, sah er den Beweis selbst.

In einer Ecke des großen Raums stand ein Tisch, an dem sich der Bewußtlose offenbar zum Frühstücken niedergelassen hatte. Nur daß zwei Tablett dastanden, zwei Stühle und zwei dampfende Tassen mit dunkler Flüssigkeit.

»Ziemlich mystisch«, sagte Dunston. »Altes Geheimnis des Orients, heilige Kaffee-Inspiration.«

Adcox traf ein, dicht gefolgt von Billie und Jones.

Wilks wandte sich ihr zu. »Kommt alle herein, los. Wir erwarten Besuch.«

Tully hantierte bereits an der Luftschleuse; Falk war wieder in den Korridor hinausgegangen, um den anderen beim Hereinschaffen der Ausrüstung zu helfen.

Wilks blickte Ripley an und sah dieselbe Frage auf ihrem Gesicht, die er sich selbst schon gestellt hatte: Wieviel Zeit blieb ihnen?

Billie lief in den Arbeitsraum, Falk schloß hinter ihr die Tür, und Carvey ging mit einem Schweißbrenner davor in die Hocke. Licht flammte auf, das zu grell war, um hineinsehen zu können. Rasch verschmolz Carvey einen Teil der schweren Kunststofftür mit dem Rahmen und trat dann zurück.

Moto packte einen der Karabiner aus und deutete damit auf den jetzt verrammelten Eingang.

Tully gab an der Luftschleuse Kodes ein.

»*Los* doch«, sagte Ripley mit zuckenden Kiefern.

»Okay, okay ...«, sagte Tully, fast zu sich selbst. »Uuuund – geschafft!«

Die Luftschleusentür glitt auf. Tully zog ihren Portable aus der Buchse und rannte die paar Stufen zur Luke der *Kurtz* hinunter. Sie stöpselte den Portable in den Anschluß der neuen Luke ein.

McQuade folgte ihr. Die anderen standen angespannt da, bereit, jederzeit nachzukommen –

Hinter ihnen summte der Türmechanismus des D6-Eingangs. Erneut summte er, diesmal länger, ein Laut, hart an der Grenze zum schrillen mechanischen Wimmern. Er konnte nicht mehr als zwei, drei Sekunden angehalten haben, schien aber erheblich länger gedauert zu haben. Dann klopfte jemand an die Tür.

»Diestler!« rief eine Frauenstimme, vom dicken Kunststoff gedämpft. »He, mach auf!«

Der Mann auf dem Boden stöhnte leise und rollte den Kopf auf die Seite. Also Diestler.

Moto richtete seine Waffe auf ihn, doch er rührte sich nicht mehr.

Ripley wollte sich Wilks zuwenden, stellte aber fest, daß er schon zum Eingang ging.

Das Klopfen nahm zu. »Du Arschloch! Der Scheiß kriegt doch langsam 'nen Bart, mach *auf*!«

Wilks schlug auf den Eingangsknopf. Wieder wimmerte der Mechanismus, doch die Tür blieb zu.

»Moment!« rief Wilks. »Die Tür klemmt!«

Es gab eine Pause. Ripley knirschte mit den Zähnen und hoffte, daß Wilks wenigstens entfernt wie der bewußtlose Arbeiter klang.

»Mach keinen Scheiß«, sagte die Frau auf der anderen Seite. »Na los, du Wundertechniker! Reparier das gottverdammte Ding, ehe mein Frühstück hier draußen kalt wird.«

Ripley bemerkte, wie die Crewmitglieder sich ein wenig entspannten. Wilks hatte gerade etwas Zeit für sie herausgeschunden.

Tully hörte auf zu tippen und bedeutete McQuade, vorzutreten. Eine leise Computerstimme drang in Gesichtshöhe aus dem Monitor.

»Befehlshabender Pilot, bitte identifizieren Sie sich für den Stimmzutrittskode.«

»McQuade, Eric D., Captain, A-sieben-null-füneff-o-beh«, sagte er.

»Vielen Dank.«

Tully gab den letzten Kode ein, und ein Grinsen huschte über ihr Gesicht. Unter triumphierendem Erröten drückte sie »Enter«.

Ripley grinste. So gut wie am Ziel –

Nichts geschah.

»Ungültiger Kode. Zutritt verweigert. Bitte geben Sie jetzt den neuen Kode ein.«

Wilks hob das Werkzeug auf, das Diestler fallengelassen hatte, und starrte es an. Es war ein Art Computermodul, ein länglicher Kasten mit mehreren Leitern und Stiften auf einer Seite.

Die ausgesperrte Frau verlor allmählich die Geduld. »Mach schon, Diestler, oder ich setz' mich auf den Scheißboden und eß alles auf – deine Portion auch. Erzähl mir nicht, du hast die Tür ganz allein geschafft, während ich weg war.«

Wilks blickte auf den Kasten in seinen Händen und hielt inne. Natürlich, *natürlich*!

»Diestler? Sag etwas.« Die Frau klang jetzt mißtrauisch. »Was machst du da drin überhaupt? Hämmerst du was zusammen oder wie?«

»Kleinen Moment«, sagte Wilks. »Ich probiere nur mal den Kode aus.« Das mußte reichen, um sie aufzuhalten. Er machte kehrt und rannte so leise wie möglich zur Luftschleuse zurück.

»Ich *habe* keinen neuen Kode!« sagte Tully. »Das war's! Sie müssen ihn seit gestern geändert haben!«

Die Crew stand nervös um sie herum.

»Können wir die Tür nicht sprengen?« fragte Jones.

»Nicht ohne Alarm auszulösen«, sagte Falk. Der große

Mann wirkte wütend. »Und es wäre auch nicht gerade von Vorteil, wenn unser Fluchtraumschiff ein beschissenes *Riesenloch* aufweist.«

Billie spürte Verzweiflung in sich aufsteigen. Zu scheitern an einer verdammten *Tür* –

Wilks schob sie zur Seite und reichte Tully einen Kasten. »Stöpsel ihn ein«, sagte er. »Schnell!«

Sie nahm ihn und rammte den Anschluß in die Öffnung des Portables.

Ripley sah Wilks an. »Was ...«

»Neuer Zutrittskode, das muß er sein. Der General ist paranoider, als wie dachten.«

Mit einem Plopp öffnete sich die Schleuse der *Kurtz.*

McQuade und Ripley gurteten sich vor dem Pult an, während die anderen hinter ihnen umherliefen und den Start vorbereiteten. Wilks stand neben den beiden Piloten. Mit etwas Glück hatte die Technikerin noch niemanden alarmiert. Wenn doch, dann saßen sie in der Scheiße.

Als McQuade auf die Kontrollen zum Losmachen des Schiffs schlug, drang knisternd eine Stimme aus dem Interkom.

»Äh, *Kurtz*-Pilot, identifizieren Sie sich bitte.«

»Hier spricht Captain Eric McQuade. Und wer sind Sie?« erwiderte er schroff und ungeduldig.

»Sir. Hier spricht Lieutenant Dunn, Sir, von der *Kirkland.* Ich bitte um Zweck des Flug und Befugnis. Sir.«

»Unternehmen Pfeilkopf«, sagte McQuade. Er klang gelangweilt. »Zugang Peh-zwo-eins-vier-oh-zwo.« General Peters' Code.

Pause. »Sir? Uns liegt keine derartige Mission vor.« Dunn schien sehr jung und sehr nervös zu sein. »Könnten Sie bitte warten, bis ich den General gefragt habe – Sir?«

»Herr im Himmel! Peters ordnet eine neue Monsterjagd an,

ohne irgendeinem scheißdummen Lieutenant was davon zu erzählen, und jetzt müssen wir warten, bis Sie ihn aus dem Bett geholt haben, damit er *noch einmal* sein Okay gibt? Denken Sie nach, Sohn! Warum sollten wir diese Reise wohl machen? Zum *Spaß*?« McQuade unterbrach sich. »Schön. Wecken Sie ihn. Aber ich hoffe für Sie, daß der General guter Laune ist, Lieutenant.«

Wieder gab es eine Pause, dann war Dunns kleinlaute Stimme zu hören. »Tut mir leid, Sir. Ähm. Starten Sie, Zutritt gewährt und bestätigt. Viel Glück, Sir.«

Wilks und Ripley grinsten einander an, und Wilks schlug McQuade auf den Rücken. Hinter ihnen brandete das Gelächter der anderen auf. Er ging wieder zu den Kontrollen, um sich anzuschnallen, und empfand vages Mitleid mit Lieutenant Dunn; bis er die Bestätigung vom General eingeholt hatte, waren sie längst außer Reichweite. Und er würde schwer dafür büßen müssen. Ein Jammer.

Billie lächtelte ihm zu, als er sich setzte. »Eins zu null für die Guten«, sagte sie.

Er stellte seinen Sitz ein, ehe er antwortete. »Das war der leichte Teil.«

Sie nickte, und ihr Lächeln wurde etwas brüchig. Wilks drückte den Kopf gegen die Rückenlehne seines Sessels und holte tief Luft.

Ihre Mission hatte begonnen.

10

Ripley war die letzte an Bord der *Kurtz*, die noch wach war. Sie überprüfte die Kursprogrammierung in dem schwach erhellten Raum und schauderte leicht vor Kälte. Sie trug nur ein

T-Shirt und Unterwäsche, genug für die Schlafkammer, aber ein geringer Schutz vor der eiskalten Stille des Schiffes; die Wärmeerzeuger und Luftumwälzpumpen waren bereits auf das Minimum gedrosselt worden. Das System würde sich wenige Stunden, ehe sie erwachten, selbsttätig wieder in Betrieb setzen – das hieß, ehe *sie* erwachte. Sie hatte die Kontrollen an ihrer Kammer so eingestellt, daß sie eine Stunde vor den anderen geweckt wurde. Eigentlich aus keinem besonderen Grund, reiner Instinkt.

Als alle Vorbereitungen getroffen waren, wandte sie sich vom Computer ab und tappte barfüßig zu ihrer Kammer. Rings um sie ruhten die Crewmitglieder bereits in ihren Traumwelten. Ripley hoffte, daß sie gut schliefen; bisher hatten sich die Männer und Frauen an Bord der *Kurtz* bewährt, und sie war froh, ihre Unterstützung zu haben.

Ein letztes Mal blickte sie sich im Raum um, ehe sie in ihre Schlafbox stieg, und fragte sich, ob sie während des Schlafs, der so sehr dem Schatten des Todes ähnelte, auch träumen würde …

Wieder schauderte Ripley, als sie den Mechanismus auslöste, aber diesmal weniger vor Kälte.

*

Wilks war schon einmal hier gewesen, dessen war er sich sicher. Er stand an einem dunklen Ort, und die Luft um ihn herum wogte vor Angst und Spannung.

»… sie haben uns eingekreist!« schrie jemand hinter ihm. Vertraut, wie alles andere. Irgendwo vor ihm in der heißen, feuchten Dunkelheit heulte eine Sirene auf. Riesige glänzend schwarze Schnüre bedeckten ringsum die Wände.

»Nein«, hauchte er.

Das konnte nicht sein. Er, sie befanden sich auf Rim. Wo die Aliens seine Einheit getötet hatten, wo er sterben würde –

»Zum Teufel, halt die Klappe!« schrie Wilks. Er wußte, was zu tun war. Er hatte es schon einmal getan. »Feuert weiter, wir schaffen es!«

Acht Mann seines Zugs waren bereits tot; als Corporal war er im Unteroffiziersrang, er mußte die Kontrolle behalten –

Er hörte Schüsse in der Alienhöhle, der Lärm von Maschinengewehrfeuer hämmerte in seinen Ohren.

Ein kleines Mädchen klammerte sich weinend an seinen Arm. Billie.

»Ruhig, Liebling«, sagte er. Als er sie hochhob, wandte sie ihm ihr tränenüberströmtes Gesicht zu und sah ihn an, während rings umher die Monster aufschrien und ihnen Waffen antworteten. »Wir schaffen's. Wir kehren zum Schiff zurück, und dann kommt alles in Ordnung.«

Er wollte loslaufen, aber seine Beine waren in Plastozement getaucht. Alles geschah zu schnell, und er konnte sich nicht *bewegen*. Er schrie weitere Befehle, ohne zu sehen, wem er sie zurief. Wer war noch übrig?

»Zielt sauber, schießt auf Dreiergruppen! Unsere Munition reicht nicht aus , um sie weiter mit Dauerfeuer einzudecken!«

Vor ihnen lag eine versiegelte Tür. Sie würden sich ihren Weg hindurchschneiden müssen, und zwar schnell. Der Reaktor näherte sich dem Schmelzpunkt, und ein Schwarm der Killerwesen befand sich unmittelbar hinter ihnen –

Billie schrie auf, als er sie absetzen wollte. Mein Gott, sie war so klein, so hilflos! »Ich muß die Tür öffnen«, sagte er.

Jemand trat aus der Dunkelheit und drückte sie an sich. Er drehte sich um, voll Dankbarkeit, und –

»Leslie?« Sie trug einen Tarnanzug und hatte einen Karabiner geschultert.

»Hab' sie schon«, sagte sie. Sie lächelte schwach.

Falsch, dieser Teil war falsch -

Keine Zeit zum Nachdenken. Er zog einen Plasmabrenner aus dem Gürtel und löste ihn aus. Das kohlenstofflegierte Stahlschloß schmolz und zerfloß wie Wasser, als er das Schneidegerät hin- und herbewegte.

Die Tür glitt auf.

Er wußte, was jetzt kam, wußte, daß dort die Königin sein würde, darauf wartete, ihn zu ergreifen. Er hatte das schon einmal geträumt ...

Aber – nein.

Er trat in einen schwarzen, leeren Korridor hinaus, und der Lärm hinter ihm erstarb. Es war totenstill.

Da stand Billie. Nicht das kleine Mädchen, das sie noch vor einer Minute gewesen war. Sie war erwachsen, eine Frau, und trug Soldatenuniform. Er konnte eine ihrer kleinen Brüste sehen, die vor Schweiß glänzte. Sie ging auf ihn zu, das Gesicht schön und ruhig.

»David«, flüsterte sie und drängte sich an ihn.

Sein Unterleib kribbelte, der Schwanz wurde plötzlich hart und stramm.

Er fühlte sich benommen. Nein, das hier war falsch. Aber er machte es mit. »Billie«, sagte er, »wir müssen hier raus, dürfen keine Zeit ...«

Mit ihrem Mund auf seinem brachte sie ihn zum Verstummen, zeichnete mit ihrer weichen Zunge seine Lippen nach. Er schloß die Augen, als sie ihre Hände über seine Brust nach unten führte, dabei sanfte Kreise beschrieb ...

Als er sich der Lust überließ, schlug der Lärm hinter ihnen plötzlich über ihm zusammen. Alarmrufe, Gewehrschüsse und Schreie –

Er riß sich von Billie los und griff nach seinem Gürtel, öffnete die Augen. Rasch, eine Waffe, irgendwas – !

Er war allein, unbewaffnet. Er drehte sich im Kreis, hielt Ausschau nach Billie, nach irgendwem –

Er hörte, wie die Aliens näher kamen, konnte aber nichts sehen.

Eine Computerchipstimme teilte ihm mit, daß in fünf Sekunden die Kernreaktion einsetzte.

»Nein!« schrie er auf. »Nein, nein, nein –«

»Drei Sekunden. Zwei. Eine. Kernreaktion –«

Die Welt wurde weiß.

Billie und Ripley gingen nebeneinander durch einen dunklen, mit Unrat gefüllten Tunnel auf der Erde. Es war weder warm noch kalt; die Luft stand still, war stumm. Billie sah Ripley mehrmals von der Seite her an, aber die ältere Frau hielt den Blick stetig nach vorn gerichtet.

Sie suchten nach Amy. Billie vermutete, daß sie in einer Art Beförderungsschacht waren; sie wollte Ripley danach fragen, fand aber keine Worte. Sie schwieg.

Billie hatte Angst, fürchtete, daß sie Amy irgendwie verpassen könnten. Daß Ripley bei ihr war, beruhigte sie, da sie wußte, wenn jemand das kleine Mädchen finden konnte, dann sie. Außerdem war es ganz gleich, wer sie fand, solange sie gesund und munter war …

Sie erreichten eine Tunnelabzweigung, von der aus beide Korridore in die Dunkelheit hineinführten. Ohne ein Wort zu sagen, wählte Ripley den linken. Billie wollte sie begleiten, doch Amy konnte sich auch im anderen befinden. Also betrat sie allein den rechten Tunnel.

Für eine Zeitspanne, die Stunden zu währen schien, schritt sie tapfer aus, immer geradeaus. Die einzigen Laute waren ihre Schritte und ihr Atmen, die im Nichts verhallten. Sie wußte, daß es ihr eigentlich unmöglich sein müßte, etwas zu sehen, wo es hier doch gar keine Lampen gab, aber aus irgendeinem Grund konnte sie den Tunnelbereich wenige Meter vor ihr deutlich erkennen. Sie ging weiter.

Plötzlich hörte sie ein Geräusch. Sie blieb stehen und lauschte. Ein Kind weinte, und das einsame Klagen flutete durch den Korridor auf sie zu und umfing sie. Die Akustik war verzerrt; sie hätte nicht sagen können, wie weit weg sie war …

»Amy!« rief sie.

Das Weinen hörte nicht auf.

Billie begann zu rennen, sicher, daß sie es war. »Halt aus, Amy! Ich komme!« In der Echokammer klang ihre Stimme merkwürdig, irgendwie flach.

Lange Zeit rannte sie, bis sie eine Tunnelbiegung sah. Sie wußte, daß Amy sich gleich dahinter befinden mußte, und schrie glücklich auf. Nach all dieser Zeit, endlich –

»Amy!« Sie bog um die Ecke. Blieb stehen, mit klopfendem Herzen. Tiefe Verzweiflung befiel sie, ein schwerer Regen, kalt und häßlich.

Der Tunnel verzweigte sich wieder zu fünf Gängen. Weit entfernt konnte sie Amy weinen hören, und so sehr sie sich bemühte, wußte sie nicht zu sagen, aus welchem dieser Gänge das Geräusch kam.

»Wo *bist* du?« rief sie, bekam aber keine Antwort. Da war nur das Schluchzen des verirrten kleinen Mädchens.

Billie sank zu Boden, fühlte sich einsamer als je zuvor in ihrem Leben, umschlang den Kopf mit den Armen. Sie begann selbst zu weinen, fühlte sich verloren und verängstigt wie das nicht sichtbare Kind.

Irgendwo in der Ferne hörte sie jemanden ihren Namen rufen, aber es war nicht Amy. Sie hatte nicht die Kraft zu antworten, und es war ihr auch gleich. Sie würde Amy nie finden, daß wußte sie jetzt.

Sie weinte, bis sie fast in Tränen ertrank. Es gab keine Hoffnung mehr.

Nicht die geringste Hoffnung.

11

Ripley glitt mit den Füßen in ein Paar Stiefel und gähnte ausgiebig. Sie fühlte sich unwohl und erschöpft, schlaftrunken. Sie wußte, daß das schließlich nachlassen würde, wenn sie sich erst einmal bewegte, aber das änderte nichts an einem nebulösen Gefühl von Sehnsucht, als sie sich reihum die schlafenden Mannschaftsmitglieder ansah. Es gab Zeiten, in denen es unendlich besser zu sein schien, im Bett zu bleiben, als aufzustehen.

Sie seufzte, erhob sich, streckte die Arme über dem Kopf aus, bückte sich dann zu ihren Zehen. Eine halb vergessene Gedichtzeile fiel ihr ein, als sie die Arme anspannte – etwas über Frühaufsteher, die anderen etwas voraus haben. Die Luftumwälzpumpen hatten sich wie geplant eingeschaltet, ein tiefes mechanisches Brummen erfüllte den ruhigen Schlafbereich, aber hier im Raum war es immer noch kalt genug, daß sich ihr Atem abzeichnete. Bis die anderen aufstanden, würde es wärmer sein – anscheinend waren Frühaufsteher heißblütige Wesen.

Ihr Schlaf war tief und traumlos gewesen, und auch wenn sie nicht gerade erfrischt aufgewacht war, so doch wenigstens bereit, die Dinge anzugehen. Ihr allgemeiner Plan, die Königin zur Erde zu bringen, war in Ordnung, obgleich vielleicht nicht allzu vernünftig. Die Einzelheiten waren nach wie vor unklar. Zum Beispiel, wie sie das gottverdammte Ding an Bord bekommen sollten – das Wesen würde wohl nicht einfach in den Frachtraum hüpfen, wenn man höflich zu ihm sagte: *Entschuldige bitte, Miststück, würdest du dich bitte hier hineinbegeben?*

Nun ja, eins nach dem anderen; ihnen blieben noch drei Tage, ehe sie den Planeten der Königin erreichten, genügend Zeit, um sich etwas auszudenken.

Ripley hatte den Grundriß des Frachters auf Gateway kurz auf dem Schirm gesehen, aber ein Rundgang brachte sie vielleicht auf ein paar Ideen.

Sie trat in den kühlen Korridor hinaus.

Die *Kurtz* war ein Zwei-Funktionen-Frachter, nicht nur für den Tiefraum gebaut, sondern auch geeignet, in die Schwerkraft eines Planeten einzudringen und zu landen. Er war wie eine altmodische Pistolenkugel mit Ruderflossen geformt – unten flach, mit Stummelflügeln – und mehr oder weniger aerodynamisch. Sie hatte in ähnlichen Raumschiffen fliegen gelernt, ja, hatte ihre Pilotenlizenz sogar in einem gemacht, das sich von diesem hier nicht allzusehr unterschied.

Das obere Deck, in dem sie sich jetzt aufhielt, bestand aus einer Anzahl Räume, die von einem Hauptkorridor, der durch das ganze Raumschiff führte, in zwei Bereiche geteilt wurde. Die Befehlszentrale war links von ihr im Bug. Ihr gegenüber befanden sich mehrere Türen, die sich weit bis in beide Richtungen erstreckten: Mannschaftsquartiere.

Also, warum machen wir nicht einen kleinen Rundgang?

Sie brach in Richtung Schiffsheck auf.

Jeder Raum hatte sanitäre Einrichtungen, aber die Dusche war eine Gemeinschaftsanlage, damit die Wasserversorgung besser zu regulieren war. Die Dusche befand sich zwischen der letzten Kabine und einem kleinen Arbeitsraum. Hinter dem Fitneßraum lag achtern das Medicenter, das hinter der durchsichtigen Plexiflextür kalt und steril wirkte. Mit etwas Glück würden sie es nicht brauchen …

Sie erreichte das Ende des Korridors und machte dann wieder zum Bug kehrt. Links von ihr befand sich jetzt ein großer Versorgungsbereich, in dem die Marines ihre Ausrüstung untergebracht hatten, ehe sie sich in die Schlafkammern gelegt hatten. Dahinter die Messe. Beim Gedanken an Essen knurrte Ripleys Magen laut auf. Sie blieb stehen und schaute hinein zu den festgeschraubten Tischen und Stühlen. Die Messe würde ihnen außerdem als Konferenzraum dienen. Zögernd ging sie weiter, nachdem sie beschlossen hatte, zu warten und mit den anderen zu essen.

Nach dem Eßbereich kamen die Schlafkammern, so daß sie jetzt wieder dort war, wo sie angefangen hatte. Alles in allem ein taugliches Schiff. Es war etwas größer als nötig, aber das mußte kein Nachteil sein; außerdem, gemahnte sie sich, können Diebe nicht immer wählerisch sein.

Sie schüttelte den Kopf. So oder so stand ihnen eine ganze Menge Ärger bevor.

Sie betrat den Befehlsbereich und ging an mehr als zwanzig Mannschaftssesseln für Start und Landung vorbei in den abgetrennten Pilotenraum. Für einen Augenblick stand sie da und sah aufs Pult, dessen bunte Lämpchen in der dunklen Kammer aufblinkten und glühten. Kein Problem, klar. Alarme wurden akustisch gegeben. Sie trat von der Schalttafel zurück an einen der fünf Leiterschächte des Schiffs, um das untere Deck zu erkunden.

Ripley durchquerte den Computerraum und den Hangar für die Landeeinheit, ohne wirklich hinzusehen. Sie spürte, wie ihr Herz ein wenig schneller schlug, als sie vor der Doppelschleuse zum Frachtbereich stehenblieb. Das hier hatte sie sehen wollen, das neue Zuhause der Königin. Sie holte in der kühlen Luft tief Atem und trat ins Innere.

Es war eine gewaltige Kammer, an jeder Erhebung gleich mit mehreren Lagen Karbslip ausgekleidet, außer an den Arbeitslumpen; diese lagen hinter dicken Platten aus Klarstahl. Die säurebeständige graue Hülle des Karbslip ließ die Kammer aussehen, wie sie sich vorstellte, daß wohl ein Riesendarm von innen her aussehen mochte. Die Hülle war trocken, schimmerte aber schmierig, fast schleimig. Es gab zwei Leiterschächte, die zu den Schlafkammern beziehungsweise zur Messe führten.

Beide endeten an luftdichten und extradicken Druckschleusen. Sie würden sie noch verstärken, ehe sie ihre Fracht aufnahmen, nur um sicherzugehen. Dieser Ort sollte die schädlichsten biochemischen und radioaktiven Abfälle, die der Mensch produzieren konnte, sicher verwahren. Die Ingenieure, die den Lagerraum entworfen hatten, wußten, daß es sich bei der scheußlichen Fracht normalerweise um Feststoffe in Glascontainern oder Flüssigkeiten in Isoliertonnen handelte, aber notfalls konnte man auch die Schleusen versiegeln und das Zeug durch Spezialrohre hereinpumpen, so daß sich die ganze Kammer in eine Art riesiges Giftaquarium verwandeln ließ.

Der einzige Laut in dem Raum war ihr Atmen. Sie sah sich in der Kammer um und nickte langsam: ein passender Ort für dieses Miststück von Königin. Sollte sie sich doch die Zähne und Klauen an dem unempfindlichen Karbslip abwetzen; sollte sie doch wie ein Käfer im Glas hocken und sich fragen, was für ein Schicksal sie wohl erwartete. Zum Teufel mit ihr.

Sie hatte gesehen, was sie sehen mußte, und in Kürze würde die Crew erwachen. Was sie jetzt wirklich brauchte, war etwas zu essen und eine heiße Dusche. Sie hatte keine überraschenden Offenbarungen gehabt, aber vielleicht hatte ja keiner der anderen etwas geträumt.

Sie brach wieder zum Leiterschacht im Computerraum auf. Vielleicht würde ihre größere Nähe zum Planeten zu detaillierteren Träumen führen, zu Ideen, die sie verwenden konnten. Es war nur so ein Gedanke – doch andererseits hatte ihre Mission bisher nicht gerade auf handfesten Tatsachen beruht, dachte sie, als die dicken Durostahlsprossen hohl unter ihren Stiefeln widerhallten.

Sie grinste in sich hinein, als sie durch die sich langsam erwärmenden Räume wieder zu den Schlafkammern zurückkehrte. Vielleicht würde die Königin ihnen ja *doch* verraten, wie man sie fangen konnte, wenn sie nur höflich genug fragten. Das wäre auch nicht viel verrückter als alles übrige an dieser Reise.

Wilks hörte gemurmeltes Stöhnen von den anderen Crewmitgliedern, als sie aus ihren Schlafkammern stiegen und sich streckten, sich Kleidung anzogen, zum Leben erwachten. Er drehte seinen Kopf und versuchte, die Verspannung zwischen den Schulterblättern zu lockern. Er hatte schon schlimmere Kater gehabt, aber wenn er aus dem Kälteschlaf kam, fühlte er sich immer orientierungslos und benommen. Er hatte geträumt, konnte sich jedoch nicht ganz erinnern –

»Guten Morgen, Wilks.« Billie.

Sie kam herüber und stellte sich neben ihn, wobei sie ihre Hände langsam ballte und wieder lockerte. Sie sah blaß aus. »Hast du Ripley gesehen?«

Als er sie ansah, kehrte ein Teil seines Traums zurück, mehr ein Gefühl als ein Bild. Etwas Sexuelles über Billie. Er wandte sich leicht von ihr ab, unangenehm berührt.

»Nein. Aber ich hoffe, sie macht gerade Kaffee.« Er hoffte, daß er lockerer klang, als er sich fühlte.

Sie nickte und machte sich auf den Weg zur Dusche.

Wilks zog seine Stiefel an. Vielleicht duschte er nach dem Frühstück.

Er gähnte. Dann folgte er einigen von den anderen durch den Korridor in die Messe.

Ripley hatte tatsächlich schon Kaffee gemacht, sogar mehrere Tabletts mit Nahrungspäckchen und Utensilien vorbereitet. Sie saß an einem der langen Cafeteria-Tische und stocherte in einem dampfenden grauen Klumpen herum.

Wilks schenkte sich eine Tasse Kaffee ein und schnappte sich ein Tablett mit einer Folie, auf der »Rührfritz« stand. Er setzte sich Ripley gegenüber.

»Hey, Ripley. Du warst früh auf.«

Sie nickte und sah ihm dabei zu, wie er den Inhalt des aktivierten Päckchens auf sein Tablett schüttete. Es roch nach Rührfritz, war aber dieselbe fleckig-graue Protosoja wie bei Ripley. Er verzog das Gesicht.

»Man sollte meinen, sie investieren mal in ein paar Lebensmittelfarben«, sagte er. »Gut geschlafen?«

»So gut, wie zu erwarten war. Das Aufstehen ist für mich immer die Hölle.«

Wieder nickte sie und aß weiter. Wilks respektierte ihr Schweigen, drehte sich um und wandte seine Aufmerksamkeit den anderen Crewmitgliedern zu, die allmählich eintrudelten.

McQuade wirkte abgezehrt und gereizt, und Brewster zog gleich vom Leder.

»Buddha, Cap, du siehst ja beschissen aus.«

Brewster wandte sich an Carvey. »Weißt du, es heißt, daß es den Alten schwerfällt, auf diese Weise zu reisen.«

McQuade starrte Brewster kalt an. »Yeah, nun, es hätte geholfen, wenn ich mehr Schlaf gefunden hätte. Der Lärm von euch Grünschnäbeln, als ihr euch neben mir einen runtergeholt habt, hat mich ewig wach gehalten.«

Carvey kicherte.

Brewster versuchte es ihm heimzuzahlen, aber es fiel ihm nichts ein. Er versuchte ihn hinzuhalten, sagte: »Ach herrje, tut mir echt leid, Cap, ich ...«

McQuade schnitt ihm das Wort ab. »Yeah, nun, deiner Mutter tut's auch leid. Jedenfalls hat sie mir das gesagt, als sie neulich in meinem Quartier auf Gateway den Mund einmal nicht voll hatte.«

Darüber mußte sogar Brewster lachen.

Wilks lächelte. Der Corporal war geschlagen.

Moto und Falk kamen gemeinsam herein und nahmen sich Tabletts.

»Was ist das?« meinte Falk. Er deutete auf einen Teller mit einer gelbbraunen krümeligen Masse.

»Ach, das ist nur das berühmte und überaus beliebte militärische Instant-Kornbrot«, sagte Moto und legte sich ein Stück auf den Teller. »Man gewöhnt sich dran.«

»Wie Brewsters Mutter«, sagte Adcox. Sie lächelte Brewster freundlich zu.

Er stupste einen Brocken Protosoja von seinem Teller. »Wirklich, sehr komisch, Adcox.«

Das neckische Geplänkel amüsierte Wilks, aber er empfand einen Stich bitterer Nostalgie, als er zuhörte. Den Jargon zu beherrschen war ein notwendiger Bestandteil des militärischen Lebens; einige Dinge hatten sich nicht geändert. Es war lange her, seit er in einer solchen Truppe gewesen war – fast konnte er seine alten Freunde reden hören, deren Stimmen sich über die der *Kurtz*-Mannschaft legten. Jasper, Cassady, Ellis, Quinn, Lewis – und wie immer fühlte er sich schuldig. Er war noch am Leben, und sie waren tot.

Billie kam herein und band sich das feuchte Haar zu einem Pferdeschwanz, als sie die Essensauswahl erwog.

Wilks wollte sie schon herbeirufen, als Adcox ihr bedeutete, sich ihrer Gruppe anzuschließen. Billie winkte Wilks und Ripley zu, als sie sich setzte und mit den drei anderen zu plaudern anfing.

Wilks nippte an seinem Kaffee und bemerkte, daß die beiden männlichen Soldaten sich gewaltig herausputzten, als Billie sich setzte, vor allem Brewster. Er grinste ihr zu, während Carvey zum wiederholten Mal irgendeine Geschichte erzählte, bei der es um eine Bar auf Gateway geht.

Wilks war erstaunt, als er plötzlich Beschützerinstinkte für Billie hegte. Brewster war nicht ihr Typ, da war er sicher. Sie brauchte jemanden, der reifer war, sie hatte schon viel durchgemacht, sie brauchte jemanden, der das zu schätzen wußte –

Wie mich, dachte er unbehaglich.

Lächerlich. Es hatte schon genug Gelegenheiten gegeben, und sie hatten beschlossen, sie verstreichen zu lassen. Was er für Billie empfand, war Freundschaft, gemeinsame Erfahrungen.

Aber dieser Traum –

Wilks wandte den Blick von Billies Gruppe ab. Gut, daß sie endlich ein paar Leute ihres Alters gefunden hatte, mit denen sie herumhängen konnte. Und vielleicht entwickelte er ja nur väterliche Gefühle für sie …

Yeah, das mußte es sein.

Billie stellte fest, daß Dylan Brewster ihr sehr gut gefiel. Er war auf leicht sarkastische Weise zurückhaltend, hatte ein strahlendes Lächeln, war sehr liebenswürdig. Er und Tom Carvey zogen sich gegenseitig oft auf; ihre Zuneigung füreinander war nicht zu übersehen – und sie hoffte, daß sie rein brüderlicher Natur war.

Sie mußte an Mitch denken, als sie zuhörte, wie sie miteinander sprachen. Ihre Gedanken kratzten an einer alten Wunde, die sie plötzlich sehr deutlich spürte – und das war gut so. Ja, er fehlte ihr immer noch, es schmerzte immer noch, an ihn zu denken. Sie sollte nicht hier sitzen und sich mit einem anderen Mann befassen.

Herrgott, sie *frühstückte* mit ihm, es wäre was anderes, wenn sie miteinander vögelten. Und doch empfand sie jedesmal, wenn Brewster in ihre Richtung sah, ein leichtes Kribbeln in der Magengrube.

Billie schaute zu Wilks hinüber, der trübsinnig in seinen Kaffee starrte. Was bedeutete sie ihm genau? Oder er ihr? Sie fühlte sich ihm irgendwie verbunden, als ob –

Zuviel, um jetzt darüber nachzudenken. Sie fühlte sich schon wieder müde vom Grübeln über Beziehungen, nachdem sie gerade erst eine Stunde wach war. Sie hatte schlecht geschlafen. Sie hatte nach Amy gesucht, war durch ihre Träume gelaufen und hatte sie nicht gefunden. Amy, ermahnte sie sich, war das eigentlich Wichtige.

Ripley erhob sich und sah sich im Raum um. »Entschuldige bitte«, sagte sie. »Es sind alle da, deshalb möchte ich gern einen Vorschlag loswerden.«

Im Raum wurde es still. Billie legte ihre Gabel hin.

»Danke. Ich glaube, daß unsere Träume uns so nahe am Planeten vielleicht etwas Neues mitteilen«, sagte sie. »Vielleicht eine genauere Ortsangabe, vielleicht die Anzahl der Aliens, irgendwas. Ich möchte, daß ihr alle versucht, in Erinnerung zu behalten, was ihr heute nacht träumt, damit wir morgen darüber sprechen können.

Eure Personalakten sind sich in einer Sache einig: daß ihr äußerst kreative und sensible Menschen seid. Denkt eine Weile darüber nach. Ich bin offen für Ideen. Wenn euch also etwas einfällt, laßt es mich wissen.«

Sie setzte sich wieder und begann leise mit Wilks zu reden.

»Was sollte uns einfallen?« sagte Carvey.

»Verstehst du, was mit ›Idee‹ gemeint ist, Carv? Das ist so etwas wie ein Gedanke, bloß neuer.« Brewster lächelte selbstzufrieden.

»Du Mistkerl. Ich weiß nur, daß du so sensibel bist wie eine Eiterbeule ...«

Billie achtete nicht weiter auf das Geschwätz der Soldaten und dachte darüber nach, was Ripley gesagt hatte. Sie fürchtete die Träume, hatte damals auf Gateway alle Arten und Arzneien ausprobiert, um ihnen zu entgehen – und jetzt sollten sie noch stärker, detaillierter werden. Sie fröstelte leicht bei dem Gedanken. Ihre frühesten Erinnerungen waren die an Alpträume. Es war ihr nie gelungen, sie lange fernzuhalten. Verdammt.

Andererseits, sagte sie sich, als sie sich reihum die blassen Gesichter der Crew ansah, gab es Schlimmeres als Träume. Sie alle hatten das herausgefunden; die ganze Menschheit wußte das nur zu gut.

Brewster lächelte ihr zu, und sie erwiderte das Lächeln, wobei ihr das leichte Erröten seiner Wangen auffiel. Tja, wenigstens war sie nicht mehr allein. Sie saßen alle im selben Boot.

12

Keith Dunston stand in der schwarzen Höhle der Königin. Die Luft war feucht und heiß; irgendwo tropfte Wasser, und woanders floß welches. Leises Klicken und Klopfen umgab ihn, wie Fingernägel, die gegen Glas schlagen, oder unfaßbare Wesen, die sich im Dunkeln bewegen. Er wußte, worum es sich handelte, und er wußte auch, daß er träumte.

Er hielt die Hände vor sein Gesicht und zählte die Finger. Er atmete langsam und gleichmäßig; er hatte diesen Trick früher schon benutzt und sich bei seinen unterbewußten Streifzügen so immer wieder unter Kontrolle gebracht.

Diesmal war es natürlich anders, dies war nicht sein eigener Geist. Aber Gewalt über die Sendung war nicht erforderlich, bloß Gewalt über sich *selbst.*

Ein riesiger Schatten tauchte vor ihm auf, kam näher.

Er konnte nur ihren Umriß wahrnehmen – größer als die Art auf der Erde, länger, mächtiger und robust.

Komm zu mir.

Die Stimme in seinem Kopf war von großer Liebe und Sehnsucht erfüllt. Sein Gehirn übersetzte ihr Verlangen in etwas, was er verstehen und erfahren konnte, bereits erfahren hatte.

Er schloß die Augen und konzentrierte sich auf eine Antwort, so wie er es vorher schon probiert hatte, immer ergebnislos. Vielleicht diesmal –

Wo bist du? Ich muß dich finden.

Komm zu mir, ich liebe dich, ich warte.

Ja. Sind da noch andere?

Dunston wartete, die Augen geschlossen. Die Geräusche der Alienbrut verstärkten sich, erfüllten die Luft. Jetzt kamen sie von allen Seiten näher. Ihre Kinder. Hunderte, nein, Tausende von ihnen beantworteten seine Frage nur mit ihren rutschenden, gleitenden, aalglatten Bewegungen und Geräuschen, wie sie vielleicht ein wahnsinniger Hybride aus Heuschrecke und wildem Steppentier von sich gibt.

Der Traum war anders als bisher, intensiver. Er spürte die Beschaffenheit des Nestbodens unter seinen Füßen, spürte die Wärme aus dem Alienbau rings um ihn her aufsteigen. Der Gestank war überwältigend, Moder, Fäulnis und Erbrochenes, wie ein Bad in einem schlechten chemischen Wiederaufbereitungssytem. Trotzdem war die emotionale Gewalt, die vom Verlangen der Königin ausging, sogar noch größer; wenn er sich ihr zu sehr öffnete, würde sie ihn überwältigen. Mutterliebe hüllte ihn ein, versuchte mit der Subtilität eines Vergewaltigers in ihn einzudringen.

Dunston nahm seine Hände vor die Brust und legte die Handflächen aneinander, die Zeigefinger abgewinkelt. Der erste von den neun Kanji des Kuji Kiri; Tu Mo, der Weg der Beherrschung …

Die Königin zog sich zurück, ein wiederholter Kreislauf des Verlangens, als Dunston mit den einfachen Gesten sein Herz und seinen Geist beruhigte. Jetzt herrschte Stille. Bewegung, Handlung – das würde später kommen.

In den Träumen gab es nur noch Zeit für Stille.

Falk befand sich in dem heißen, stickigen Scheißloch, in dem sie und ihre Nachkommen hausten. Die verdammte Königin. Er war früher schon hiergewesen, aber diesmal war es irgendwie anders. Es sah gleich aus, jedenfalls das, was er davon sehen konnte, war aber – mehr. Feucht, verschwitzt, warm klebte die Luft an seinem Gesicht. Alles lebte, der Ort, die seltsamen, sich bewegenden Geräusche – als stünde er im Bauch einer riesigen Bestie.

Er wartete voll Angst und Zorn darauf, daß sie sprach.

Komm zu mir –

Die sperrige Finsternis vor ihm bewegte sich, kam auf ihn zu. Er hob die Arme, die Fäuste geballt, und wartete darauf, daß sie ihn erreichte. Er wollte ihr den verdammten Schädel zertrümmern, ihn ihr abreißen und auf den Knochen herumtanzen. Ihre Kinder hatten ihm Marla genommen –

Falk fühlte, wie Trauer über ihn hereinbrandete, fühlte , wie sie ihn wie eine dunkle und einsame Flut umschloß. Diese hirnlosen, beschissenen Rieseninsekten hatten sein Leben zerstört, das Universum kälter gemacht. Warum Marla? Warum?

Ich verstehe –

Die Stimme in seinem Kopf war klar und ruhig, voller Kraft. Nicht die Königin, nicht der flüsternde, merkwürdig androgyne Tonfall der Königin ... Er ließ die Hände sinken, mit einem Mal unsicher.

»Marla?« sagte er. Seine Stimme war belegt und zitterte, wurde von der schwülen Luft verschluckt. Das war unmöglich.

Ich liebe dich.

Es *war* ihre Stimme, der Rhythmus vertraut und gefühlvoll, mit diesem rauhen Unterton, von dem er geglaubt hatte, daß er ihn nie mehr hören würde.

Er wollte einen Schritt nach vorn machen, doch seine Füße bewegten sich nicht. Er blickte wild um, konnte aber in der trüben Finsternis nichts sehen. Konnte nicht sehen, ob es Marla vielleicht irgendwie an diesen teuflischen Ort geschafft hatte.

Komm zu mir, ich warte –

Plötzlich wurde Falk klar, daß er die Worte gar nicht laut hörte, daß sie nur in seinem Geist waren. Und daß Marla nur in seinen Gedanken existierte, nirgends sonst. Die Botschaft ging von der Königin aus; es war ein Trick. Für eine Minute hatte er wirklich gehofft –

Sein Kummer und seine Verwirrung verschwanden, wurden von einer lodernden Wut ersetzt, so groß, daß sein ganzer Körper bebte. Alles war rot gefärbt; die Schwärze kräuselte sich und zerfloß unter der neuen Hitze der Farbe.

Falk holte Luft, um zu schreien, zu brüllen, um seiner Wut freien Lauf zu lassen und das Schicksal der Königin zu besiegeln, und alles löste sich auf und wurde grau …

Charlene Adcox stand in der dampfenden Kammer der Königin und versuchte ihre Furcht zu vergessen. Sie hatte Angst, aber Angst zu haben, ermahnte sie sich, sollte einen nicht davon abhalten, seine Pflicht zu tun. Ihre Mutter hatte ihr das viele Male gesagt, und sie glaubte noch immer daran. Auch wenn die Sitzungen mit Dr. Torchin ihr geholfen hatten zu erkennen, daß sie ihre Gefühle unterdrückte, sie regelrecht von ihnen abgeschnitten war …

Das war jetzt nicht wichtig. Sie nahm ihre Umgebung in sich auf, darauf bedacht, daß ihr kein Detail entging.

Der Ort, an dem sie sich befand, ähnelte einer Sauna, aber die Hitze war klamm und faulig, die Wärme der Verwesung. Es war dunkel, das einzige Licht kam aus ein paar Rissen in der Decke des Nests weit oben. Um sie herum waren Geräusche von Wasser und Bewegungen, aber der Schwerpunkt lag … schräg links hinter ihr, und in ziemlicher Ferne, wo die Dunkelheit dichter war.

Ich brauche dich, ich liebe dich –

Die Königin näherte sich, während ihre Worte in Adcox' Gedanken widerhallten. Wie zuvor waren sie begleitet von Spuren anderer Dinge, Informationen, die nicht menschlich waren. Linienkoordinaten, telemetrische Daten, Sternkarten, die man wie durch einen Tunnel hindurch sah und kraft der allerhöchsten Gewalt geliefert wurden. Und zweckgerichtet. Es war jetzt alles soviel klarer –

Adcox konnte die emotionale Kraft spüren, die die Königin ausstrahlte, fühlte sich jedoch nicht davon angezogen. Die Liebe war groß, aber unpersönlich; ihre eigenen Gedanken waren stärker, beherrschbar im Chaos der Gefühle.

Ich warte auf dich –

Als die Königin sprach, bekam Adcox einen Eindruck davon, wo sie sich befand, eine kurvige Rundung im Wasser. Der Aufbau war fremdartig und komplex, aber irgendwo auch organisch ...

Der Lieutenant konzentrierte sich, versuchte das Bild in geographische Ebenen zu zerlegen, doch es gelang nicht. Die Lockung war auf andere Instinkte als die ihren ausgelegt, erschreckend in ihrem wahnsinnigen Muster.

Plötzlich trat die Königin sogar noch näher, nahe genug für Adcox, daß sie den Arm hätte ausstrecken und sie berühren können. Ihre Versuche, die Angst beiseite zu schieben, schwanden dahin.

Das sollte nicht passieren – !

Adcox schrie auf, jede Illusion von Kontrolle war verschwunden, als die Königin einen wurmartigen, klauenbewehrten Arm hob, um sie mit einem Schlag zu fällen ...

13

Billie saß in der Messe neben Char und schlürfte schwarzen Kaffee. Sie musterte die anderen, als sie hereinkamen; alle sahen so aus, wie sie sich fühlte. Dunkle Ringe unter den Augen, blasse Gesichter, von nervöser Spannung erfüllt.

Die Botschaft der Königin hatte sie nach dem Wecken mit Angst und Wut erfüllt, und es erstaunte sie, wieviel realer sie diesmal gewesen war. Sie hatte nichts Neues erfahren, nur daß der Planet, den sie morgen erreichen würden, der richtige war. Er mußte es sein – der Unterschied in der Traumintensität war schwindelerregend.

Billie hatte nach dem Traum nicht mehr einschlafen können, und irgendwann nach Tagesanbruch hatte sie Char schreien gehört; ihre Quartiere lagen Wand an Wand. Sie warf ihrer Freundin einen besorgten Blick zu, doch der Lieutenant schien relativ gefaßt zu sein. Sie hatten beieinander gesessen, bis es Zeit fürs Treffen war, und über alles mögliche gesprochen, nur nicht über die Träume.

Wilks traf zuletzt ein. Er wirkte, als hätte er recht gut geschlafen; Billie verspürte einen leichten Anflug von Neid, als sie sich erinnerte, daß er kein Träumer war.

Ripley lehnte sich gegen einen der Tische, die Arme verschränkt. Als Wilks sich gesetzt hatte, begann sie zu sprechen.

»Guten Morgen. Wie ich sehe, hat keiner sehr gut geschlafen, und wir alle kennen den Grund. Jetzt möchte ich gern hören, ob einer von euch etwas Neues herausgefunden hat.«

»Tja, es ist der richtige Planet«, sagte Billie. Alle anderen nickten.

»Scheißkorrekt«, sagte Carvey.

»Gut zu wissen«, sagte Ripley. »Adcox – du hast als einzige vorhergesehen, *wo* ...«

»Sie hat ihr Nest in einem See oder Sumpf angelegt«, sagte Char. Ihre Stimme war teilnahmslos, kalt. »Den genauen Ort könnte ich dir nicht sagen. Aber offenbar irgendwo, wo es warm ist. Es ist rundlich, wie eine Kuppel – zumindest teilweise. Und diese Königin ist viel stärker als die Art auf der Erde.«

Dunston nickte. »Was den Körper *und* den Geist anbelangt«, sagte er. »Und sie hat eine ganze Legion bei sich. Hunderte.«

Ripley seufzte. »Yeah, so was habe ich befürchtet. Hat sonst jemand eine Ahnung vom genauen Ort?«

Dr. Jones räusperte sich. »Sie befindet sich in der heißesten Gegend des Planeten. Die Form habe ich nicht gesehen, aber es muß im seichten Wasser sein und dort, wo die Temperatur gleichmäßig warm ist.«

»Gut«, sagte Ripley. »Das ist gut. Was noch?«

Stille. Billie sah sich im Raum um. Einen Moment lang begegnete sie Brewsters Blick, der sie müde anlächelte. Sie fragte sich, wie er das schaffte. Er und Carvey blieben stumm. Falk starrte mit unlesbarer Miene auf seine Hände. Moto und Tully schauten ebenfalls umher und warteten darauf, daß jemand sprach.

Wilks erhob sich und löste die gespannte Situation. »Wir sind nahe genug, um den Typ des Planeten bestimmen zu können. Vielleicht finden wir die warmen Stellen. Tully, checkst du das aus?«

Die Frau nickte und hob ihre Kaffeetasse.

»In Ordnung«, sagte Ripley. »Ich weiß, daß es hart ist, aber wir werden morgen da sein und müssen immer noch ein paar Vorbereitungen treffen. McQuade und ich werden nach dem Frühstück an einigen mechanischen Anzügen arbeiten und könnten Hilfe gebrauchen. Wir treffen uns in einer halben Stunde unten im Ladedock.«

Das Treffen war vorbei. Billie fühlte sich nicht besonders hungrig, ging aber zu einem Essensverteiler und sah das Angebot durch. Vielleicht machte sie das Essen etwas wacher. Sie entschied sich für Eier und Brot, die Version eines verrückten Wissenschaftlers. Char folgte ihr.

»Lassen wir die gegenwärtige Krise mal beiseite. Was tun wir eigentlich, wenn wir sie zur Erde geschafft haben?« fragte Char. »Hat irgendwer so weit voraus gedacht?«

»Keine Ahnung. Ich schätze, darüber machen wir uns Gedanken, wenn es soweit ist.«

Char kaute an ihrer Lippe, sagte aber nichts mehr. Das Essen traf in kleinen, versiegelten, biologisch abbaubaren Päckchen ein, heiß, aber häßlich.

Als Billie ihre Bestellung verrührten Protosojas hinunterwürgte, dachte sie über Chars Frage nach. Was würden sie tun? Antworten zu haben hatte auf dieser Scheißmission bisher noch keine große Rolle gespielt, oder?

Ripley war erstaunt über McQuades Nachfrage.

»Oronas Bomben«, sagte sie. »Ist das nicht offensichtlich? Sie sind nie ausgelöst worden.«

McQuade zuckte die Achseln. »Ich weiß nichts über jemanden namens ›Orona‹.«

Sie hatten sich schon an die Verladeanzüge gemacht; die anderen würden in wenigen Minuten unten sein. Sie nahmen die beiden großen Verladevorrichtungen der *Kurtz* auseinander und versuchten, daraus wieder vier neue zu bauen. Kleiner, leichter, geringer Ganzkörperschutz, aber ein bessserer Panzer als gar keiner. Der Lärm ihrer Arbeit hallte in der riesigen Kammer wider.

Ripley legte ihren Schraubenschlüssel beiseite und wandte sich McQuade zu. »Orona war Regierungswissenschaftler. Er dachte sich einen Plan aus, in den infizierten Gebieten Atombomben zur Explosion zu bringen. Er bereitete alles vor, starb aber, ehe er sie auslösen konnte.«

»Wieso hat's dann kein anderer getan?«

Jetzt war es an Ripley, die Achseln zu zucken. »Vielleicht irgendeine Fehlfunktion. Vielleicht hat auch jemand kalte Füße bekommen, als es an der Zeit war, auf den Knopf zu drücken. Wahrscheinlich ist jeder, der darüber etwas sagen könnte, längst tot.«

McQuade schnaubte.

»Tja, deshalb sind wir hier, Captain.« Sie hob den Schraubenschlüssel auf und setzte ihn an einem der Greifer des Verladers an.

»Wie hast du das über Orona herausgefunden?« wollte McQuade wissen.

Ripley nahm den mechanischen Arm ab und legte ihn auf den Boden. »Allgemeinwissen oder so, dachte ich.«

»Yeah, man sollte meinen, daß das Korps Zugang zu dieser Information hat, aber ich habe nie davon gehört ...«

Ripley feixte ihn an. »So ist das Militär nun einmal. Ein Haufen, der nur darauf aus ist, sicherzugehen, daß keiner erfährt, was sie wissen. Sie horten kleine Trivialitäten, als wären es Diamanten, und scheißen Stahlbriketts, wenn's jemand herausfindet – wo es den meisten Menschen doch am Arsch vorbeigeht und man sie nicht mal für irgendeinen teuflischen Zweck verwenden kann.« Plötzlich fiel ihr ein, mit wem sie redete. »Tut mir leid.«

»Schon gut, ich bin ja deiner Meinung. Die Marines haben in dieser Krise von Anfang an ein schlechtes Bild abgegeben, erbärmlich organisiert. Ein Haufen Generäle läuft herum und plustert sich auf und erreicht praktisch nichts. Deshalb bin ich hier.«

Sie machten sich wieder an die Arbeit und legten die Maschinenteile zur Seite, die sie später zusammensetzen wollten. McQuade gefiel Ripley. Er wußte, was er tat, arbeitete schnell und effizient. Bei diesem Tempo würden sie halb fertig sein, ehe irgend jemand auftauchte. Aber daß McQuade nichts von den Bomben gewußt hatte …

Sie versuchte sich zu erinnern, wer ihr von Oronas Plan erzählt hatte, und zog eine Niete. Sie hatte kurz nach dem zweiten LV-246-Trip, aber vor Gateway davon gehört –

Brewster, Carvey, Adcox und Billie trafen im Dock ein und kamen auf sie zu.

McQuade sah Ripley fragend an.

»Nur zu«, sagte sie. »Immerhin sind es Marines.«

Sie sah zu, wie McQuade Befehle erteilte. Billie saß auf dem Boden und sortierte Haltezapfen und Schrauben nach Größe, während die drei Soldaten über den zweiten Verladeanzug herfielen. Strombetriebene Werkzeuge brummten, der Geruch von Schmiermittel und Metall, das sich nur widerstrebend bewegen ließ, hing in der Luft.

Seltsam, daß McQuade sie erst angesehen hatte, ehe er den Marines Befehle erteilte. Sie wußte, daß die Mannschaft sie als Führerin betrachtete, war jedoch vage erstaunt, daß es so … natürlich gekommen war.

Ihre Gedanken wanderten wieder zurück zum Projekt, allerdings machte sie sich vorher noch einen geistigen Vermerk, nach der Mittagspause die anderen nach Orona zu fragen.

Wilks beugte sich über Tullys Schulter und überflog den Ausdruck mit den Daten des Planeten.

»Atmosphäre atembar, aber gerade so eben«, sagte sie. »Viele Verseuchungsstoffe, wenig Sauerstoff.«

»Könnte schlimmer sein«, sagte Wilks. »Da draußen im Klimaanzug herumzustapfen, wäre die Hölle.«

»Jede Menge Wasser. Fast achtzig Prozent Ozean und viele Seen – nicht sehr schön. Reich an Spurenelementen und wahrscheinlich einheimischen Insekten. Es zu trinken ist nicht gerade empfehlenswert.«

Wilks beugte sich weiter vor. Die Schwerkraft war fast um ein halbes G höher als auf der Erde; nur gut, daß ihre Mannschaft körperlich stark war. »Kein Wasser trinken, keine Luft atmen?«

»Hä?«

»Alter Scherz. Was noch?« sagte er. »Wetter, Pflanzen, Tiere...?«

»Es ist windig«, meinte Tully, »jedenfalls in den gebirgigen Regionen. Die Landung dürfte heikel werden. Die Vegetation muß wohl von Hitze und Gift leben, denn die Sonne durchdringt nicht allzu oft die Wolkendecke. Wird nicht gerade schön sein. Ein paar Tiere wird es auch geben, aber ich habe keine gesehen.«

Wilks hörte sich das an. Diese verdammten Monster mußten doch irgendwas fressen. Es könnte schlimmer sein – doch sie waren im Begriff, auf einem heißen, nassen Giftplaneten zu landen, auf dem Joggen nur etwas für die Stärksten unter ihnen war. Das allmächtige Spitzen-Obermacker-Alien auf eigenem Grund und Boden herauszufordern und zu überwältigen. Na großartig.

He, was soll's? Kein Problem, die Marines sind groß, griesgrämig und gemein.

Yeah, stimmt.

»Okay«, sagte er. »Sieh zu, ob du für den Flyby morgen die wärmsten Gebiete ausfindig machen kannst.«

Er lehnte sich gegen die Wand und beobachtete Tully, wie sie nach den Informationen fahndete. Die Königinmutter hatte sich zweifellos einen angenehmen Flecken ausgesucht, um dort ihr Zuhause zu errichten, und sie würde sich sicher nicht kampflos ergeben.

Wieder ein mieser Ort zum Sterben. Und auf dieser Mission würde es wahrscheinlich passieren, auch wenn er das früher schon häufig geglaubt hatte. Das Universum verteilt an jeden nur eine bestimmte Menge Glück, und er hatte seinen Anteil weiß Gott schon längst aufgebraucht.

Ach, was zum Teufel...!

Wenn er jetzt fällig war, dann ließ sich daran eben nichts ändern. Und wenn nicht, na ja, das würde er schon früh genug herausfinden.

14

Billie strich Dylan übers Haar und sah ihm beim Schlafen zu; seine Beine lagen warm und glatt an ihren. Sie fürchtete sich nicht vor dem Einschlafen – ihre Angst vor dem Traum ließ mit einem Partner im Bett nach. Interessant, daß Sex so viel Frieden bringt. Sie fühlte sich entspannt und ruhig, war nur etwas zu nachdenklich zum Eindösen.

Er murmelte etwas im Schlaf und rollte sich von ihr weg. Dylan Brewster. Vor ein paar Stunden war er vor ihrer Tür aufgetaucht und hatte gefragt, ob sie Gesellschaft wollte. Sie spürte, wie ein kleiner, köstlicher Schauder ihr Rückgrat hinunterlief, als sie ihn jetzt ansah. Wie höflich er gefragt hatte, ob er über Nacht bleiben dürfe. Ein richtiger Gentleman ... anfangs jedenfalls. Der Sex war wild und leidenschaftlich gewesen.

Billie erinnerte sich, irgendwo gelesen zu haben, daß Sex in bedrohlicher Umgebung eine normale Reaktion war, ein lebensbejahender Instinkt. Wahrscheinlich war dem so; sie mochte den jungen Soldaten sehr und war froh, ihn bei sich zu haben. Aber sie liebte ihn nicht –

Sie dachte an Mitch und war erstaunt, daß es nicht mehr so weh tat. Welches Bedauern sie wegen ihrer zu kurzen gemeinsamen Zeit auch empfinden mochte, mit Dylan geschlafen zu haben, hatte damit nichts zu tun. Mitch hatte immer nur gewollt, daß sie sich geliebt und vollständig fühlte, ob er da sein konnte oder nicht; sie bezweifelte, daß er ihr jetzt ihren Seelenfrieden mißgönnt hätte.

Morgen früh würde die Mannschaft sich treffen, um die endgültigen Pläne zur Ausführung ihrer Mission zu besprechen. Sie würden in etwas weniger als zwölf Stunden auf dem Planeten landen. Ihr Magen verkrampfte sich beim Gedanken daran; wenn alles perfekt lief, konnten sie schon bald darauf wieder unterwegs zur Erde sein. Sie war nervös, aber auch aufgeregt. Es fühlte sich gut an, zur Abwechslung einmal in der Offensive zu sein, aktiv zu kämpfen, statt immer nur davonzulaufen. Und vielleicht für die Menschen, die noch auf der Erde lebten, eine Änderung herbeizuführen …

Billie glitt unter die Decke und kuschelte sich wärmesuchend an ihren neuen Liebhaber. Er wandte sich ihr zu und öffnete halb die Augen.

»Hey«, sagte er mit vom Schlaf schwerer Stimme. »Bist du okay?«

»Yeah. Glaube schon.«

Er gähnte und schloß die Augen wieder, lächelte aber leicht.

»Wie wär's?« sagte er und führte eine Hand zwischen ihre Schenkel. Sie spreizte sie und legte sich zurück.

»Ich dachte, du bist für heute nacht ausgepowert«, sagte sie und stöhnte, als er einen Finger in sie gleiten ließ.

»Bin ich auch. Achte einfach nicht auf mich«, sagte er.

Billie lachte und befühlte seine Erektion, bewegte ihre Hand an der seidenfaserigen Haut auf und ab. Er stöhnte, als sie sich auf ihn legte, seinen Körper mit ihrem bedeckte. Sie spürte, wie er tief in sie eindrang, warf sich ihm entgegen, um mehr Lust zu empfinden, spürte, wie sich ihr Höhepunkt aufbaute und sie auf die Erlösung zustrebte.

Das heißt Leben, dachte sie und schrie auf.

Ripley stand im Ladedock und betrachtete die Leute, die vor ihr versammelt waren, sah zu, wie sie die Informationen in sich aufnahmen, die Tully und Wilks ausgaben. Sie befanden sich im Orbit um etwas, was sich wie die Hölle anhörte.

Die *Kurtz* würde landen und die Landeeinheit absetzen, mit dem einige von ihnen die Lage sondieren sollten, um nach der Rückkehr Bericht zu erstatten. Alle waren sich einig, daß dies das beste war, ehe sie mit einem endgültigen Plan aufwarteten. Um sicher zu sein, womit sie es zu tun hatten.

Ich werde wohl im Alter weich, dachte sie. Es hatte einmal eine Zeit gegeben, in der es nie in Frage gekommen wäre, mit dem Handeln noch zu warten.

Moto hatte vorgeschlagen, zuerst eine Robotsonde zu schicken, aber dieser Plan war nicht durchgekommen. Keine schlechte Idee, aber die Sonden, die sie hatten, waren in ihrer Funktionstüchtigkeit stark eingeschränkt. Es zahlte sich nicht aus, ein falsches Bild zu bekommen, und wenn der Roboter, den man ausschickte, nicht gut sehen oder den Gestank des Aliens nicht wahrnehmen konnte, konnte das einem vielleicht ein falsches Sicherheitsgefühl geben.

Ripley mußte darüber lächeln. Sicherheit. Klar.

Wilks und Tully schlossen ihre Darlegung ab und wandten sich Ripley zu. Sie wußte, was von ihr erwartet wurde.

»Nun«, sagte sie. »Hat gestern nacht jemand von der Königin geträumt?«

Die Mannschaftsmitglieder sahen einander an und schüttelten den Kopf. Anscheinend keiner.

»Heißt das, sie weiß, daß wir hier sind?« fragte Adcox.

»Vielleicht. Es könnte aber auch nur heißen, daß wir in ihrem ›Funkschatten‹ sind. Schwer zu sagen.«

Adcox nickte, genau wie einige von den anderen.

»Ihr wißt über diesen Planeten Bescheid«, sagte Ripley. »Ich würde nie jemanden um etwas bitten, was ich nicht selbst auch täte, also werde ich an Bord der Landeeinheit sein – und ich bitte um Freiwillige. Die meisten von euch sind schon in Kämpfe verwickelt gewesen, aber einige von euch sind körperlich stärker und haben da draußen eine größere Chance. Ihr müßt die Entscheidung treffen, nicht ich.

Jedenfalls werden einige von euch an Bord des Schiffs bleiben müssen. Tully – du bist unser Computer-As, du bleibst hier.«

»Dachte ich mir schon«, sagte Tully. Sie versuchte enttäuscht zu klingen, aber Ripley sah, wie sie sich ein wenig entspannte.

Ripley fuhr fort: »McQuade und Brewster. Ihr seid Piloten – wir können nicht riskieren, auch nur einen von euch zu verlieren, und da ich ja da unten sein werde ...«

Brewster schnitt ihr das Wort ab. »Hey, ich bin bereit dafür! McQuade kann das Schiff fliegen, ich ...«

»Hör zu, ich sage ja nicht, daß du unfähig bist, Brewster, wir brauchen dich hier. Außerdem muß es jemanden geben, der die Scherben wieder zusammenkehrt, wenn wir Scheiße bauen. Kapiert?«

»Yeah«, sagte er in einem Ton, der deutlich machte, daß ihm das gar nicht paßte.

Kampfgeiler Protz, dachte Ripley.

»Jones, du bleibst auch hier.«

Der Arzt zuckte die Achseln. »Vielleicht braucht ihr mich dort«, sagte er.

»Mag sein. Aber wenn wir verletzt werden, können wir die Erste-Hilfe-Ausrüstung verwenden. Besser, du bleibst hier, wo du größere Reparaturen in relativer Sicherheit durchführen kannst, wenn wir zurückkommen.« *Falls wir zurückkommen*, sagte Ripley sich.

Falk stand auf. »Ich komme mit«, sagte er.

Ripley hatte schon vermutet, daß er sich freiwillig melden

würde. Sie nickte ihm zu. »In Ordnung, Falk. Willkommen an Bord.«

Dunston und Carvey erhoben sich gleichzeitig. Adcox stand auf, ebenso Billie. Wilks verließ Tully und gesellte sich zu den anderen, gefolgt von Ana Moto.

Ripley hob eine Hand. »Halt«, sagte sie. »Wie ich schon sagte, brauchen wir eine Reservemannschaft für den Fall, daß uns etwas zustößt. Und wenn wir alle gehen, haben wir keinen Platz mehr für Waffen. Moto, du bleibst; du bist wahrscheinlich der beste Stratege. Billie ...«

»Ich komme mit«, sagte sie mit ruhiger Stimme.

Die Entschlossenheit in den Augen der jungen Frau war unübersehbar. Ripley zögerte, dann nickte sie.

»Also gut«, sagte sie.

Sie wandte sich an McQuade und gab ihm grünes Licht. Er trat vor den Trupp und begann zu erklären, wie die Verladeanzüge funktionierten.

Ripley musterte ihre Mannschaft. Gute Leute, allesamt. Es könnte hinhauen, vielleicht klappt's.

Es *mußte* klappen.

Wilks stand mit McQuade, Brewster und Tully im Kontrollraum und sah zu, wie sie die Anzeigen über mögliche Landeplätze beobachteten. Es waren noch zwanzig Minuten bis zum Sturz, und er spürte, wie das Adrenalin durch sein Nervensystem schoß, wenn er durch die Abschirmung sah. Erneut würde er sich den Monstern stellen. Solange noch welche übrig waren und er atmen konnte, würde das wieder und wieder geschehen, aber es schien trotzdem nicht leichter zu werden. Man sollte meinen, daß er sich mittlerweile daran gewöhnt hätte.

Brewster fing eine Anzahl unregelmäßiger Bewegungen auf der Südhalbkugel auf, die zufällig mit Tullys Ortsbestimmung der wärmsten Temperaturen übereinstimmte. Dort wollten sie zuerst hin. Keiner bot eine Wette an, ob *sie* dort war oder nicht; jeder schien es zu wissen.

Das Treffen hatte sich noch eine Weile fortgesetzt, nachdem die Auswahl des Teams für die Landeeinheit erfolgt war. McQuade führte seine Behelfsanzüge vor, und Ripley faßte kurz ihre Kenntnisse über den Wissenschaftler Orona zusammen. Wilks hatte von Orona und seinen Bomben gewußt, Ana Moto ebenfalls. Komisch – Ripley war ihm erleichtert vorgekommen, daß sie davon wußten.

Es sah nach einem harten Flug dort hinunter aus, und es wäre ziemlich ärgerlich, wenn einer von ihnen von einer harmlosen Kaffeetasse verletzt würde, die jemand vergessen hatte zu verstauen, also inspizierten sie das Schiff und banden alles, was lose war, fest.

Wilks war nicht entgangen, wie sich Billie und Brewster während des Treffens und später wieder beim Verladen angesehen hatten. Es wollte ihm einfach nicht gelingen, diese Blicke zu ignorieren, weil er sich recht gut vorstellen konnte, was sie bedeuteten.

Nun ja, das ging ihn schließlich nichts an. Andererseits bereitete es ihm ein ziemlich mieses Gefühl. Daß Billie und der Corporal miteinander geschlafen hatten – schon der Gedanke daran ließ ihn mit den Zähnen knirschen. Er empfand … es war ihm unangenehm, obwohl er nicht genau festmachen konnte, weshalb. Billie war erwachsen, er brauchte sich nicht mehr um sie zu kümmern.

Daß er jetzt daran dachte, wenige Minuten, ehe sie zur Heimat der Königin aufbrachen, war töricht. Als gäbe es noch nicht genug, worüber er sich Sorgen machen müßte. Er schüttelte leicht den Kopf und konzentrierte sich auf die Computerlandschaft vor ihm. Sie waren drauf und dran, in einen Riesenschlamassel hineinzufliegen, und das erforderte seine volle

Aufmerksamkeit. Was ging ihn schließlich Billies Sexleben an …?

Mit Mühe verdrängte er diesen Gedanken aus seinem Verstand und holte tief Luft. Es wurde Zeit, die Sache anzugehen, zu erledigen, was erledigt werden mußte. Alles andere war zweitrangig. Es hieß, ihnen einzuheizen oder eingeheizt zu bekommen, und so oder so war er bereit.

Semper fi, ihr Dreckskerle, und möge der Teufel den Letzten aus dem Graben ziehen.

15

Moto setzte seine Schutzbrille ab und wandte sich zu Ripley um.

»Wenn das nicht dafür sorgt, daß es zubleibt, dann gar nichts«, sagte sie.

Moto war gerade damit fertig geworden, eine der Schleusen des Frachtraums mit zusätzlichen Streben zu verschweißen. McQuade arbeitete noch an der anderen. Ripley stand mit verschränkten Armen da und wartete darauf, daß das Glühen der Schweißstelle nachließ. Die Luft stank nach verbranntem Metall und Plastik.

In wenigen Minuten würden sie starten, und die Anspannung der Crew zeigte sich an ihren verkniffenen Mienen, doch Ripley war erstaunlich ruhig.

McQuade schaltete sein Schweißgerät aus. »Fertig«, sagte er etwas zu laut.

Ripley nickte ihm zu. Sie hätte geglaubt, inzwischen nervöser zu sein; ihr entspannter Zustand irritierte sie fast. Aber es war nicht mangelnde Sorge, es war eher …

Erfüllung, dachte sie. *Dort zu sein, wo ich sein sollte.*

Nachdem sie die Schleusen überprüft hatte, folgte Ripley den beiden anderen ins obere Deck. Die Schleusen wirkten stabil genug und waren so weit verstärkt worden, wie nur irgend möglich – aber hier handelte es sich um keinen Drohn. Ihr blieb nur die Hoffnung, daß dieses Miststück von Königin ihnen nicht über war. Sie hatte schon mit normalen Königinnen zu tun gehabt, und die waren größer, stärker und gemeiner als Drohnen. Sie hoffte, daß die Königin der Königinnen nicht so viel schlimmer war.

Egal. Sie hatten getan, was sie konnten.

Jetzt schnallte sich die Crew in ihren Sitzen an.

Billie warf ihr ein kurzes und nervöses Lächeln zu, als Ripley nach vorn ging und hinter der Abtrennung des Kontrollbereichs verschwand.

Brewster saß auf dem Sessel des ersten Piloten, Tully hinter ihm.

Wilks schnallte sich in der dritten Reihe an.

Ripley begab sich zum Sessel des Kopiloten und setzte sich.

Wilks sah zu ihr hin. »Hey, Ripley. Wir haben eine Matrix über die Bewegungen auf der Südhalbkugel erstellt, falls wir dort landen müssen …«

»Kein ›falls‹«, sagte sie. »Sie ist hier. Und das weißt du.«

Wilks schüttelte grinsend den Kopf. »Also gut, *wahrscheinlich*. Wir werden's früh genug herausfinden. Jedenfalls hat Tully Bergformationen gemessen, die kaum zu glauben sind. Das wird kitzlig. Außerdem geht ein leichter Wind.«

Brewster wandte sich vom Pult ab und nickte Wilks zu. »Wenn's einfach wäre, dann könnte es jeder. Außerdem ist die Topographie Sache der Landeeinheit. Meine Aufgabe besteht nur darin, euch abzusetzen.«

Ripley ließ die Verbitterung an sich abgleiten. Brewster war offenbar immer noch sauer darüber, daß er nicht an ihrem Spähtrupp teilnahm.

»Yeah, aber der Flug wird nicht einfach. Ich bin froh, daß du am Ruder bist, Brewster. Hitzköpfige wie du dürften damit keine großen Probleme haben.«

Brewster antwortete nicht, aber Ripley sah, wie er sich ein wenig entspannte. Gut. Sie würden sich in Gefahr begeben, und ein verärgerter Pilot war das letzte, was sie jetzt gebrauchen konnten.

Tully meldete sich zu Wort. »Carvey und ich haben die Komverbindung zur Landeeinheit gesichert«, sagte sie. »Wir haben einen Zerhacker zwischengeschaltet.«

»Großartig«, sagte Ripley. Sie schaute auf die Anzeigen vor ihr und verspürte, wie ihre Hände sich langsam zu Fäusten ballten. Mit der fehlenden Anspannung war es vorbei, jetzt, wo sie nichts weiter tun konnten, als zu sitzen und zu warten.

»Schätze, wir sind soweit«, sagte sie.

»Prima«, meinte Brewster, »jetzt geht's nämlich los, Kurs oh-sechs ...«

Seine restlichen Worte schienen regelrecht ausgeblendet zu werden, als er auf eine Taste schlug und sie aus dem Weltraum herausfielen.

Billie umklammerte ihre Sessellehnen, die Augen fest zugekniffen. Ihr Magen war durch den üblichen Taumel des freien Falls wie verknotet. Das war ein Gefühl, von dem sie nicht glaubte, daß sie sich je daran gewöhnen würde. Sie stellte sich vor, wie die *Kurtz* durch die dichte Wolkendecke schoß, vom Regen bombardiert, und –

Vergiß es, dachte sie, als sie Übelkeit in sich aufsteigen spürte. Sie suchte nach einem angenehmeren Gedanken. *Gestern nacht mit Dylan, die Nähe, die Berührungen, das Ansteigen und Verebben, immer wieder, der ewige Sturz* – o Gott, vergiß das auch.

Plötzlich schien das Schiff ihren verkrampften Magen einzuholen. Kein leichter Sturz, aber das Schlimmste war vorbei. Sie schlug die Augen auf. Sie hoffte, daß das Schlimmste vorbei war.

Char lächelte sie nervös an. »Noch am Leben«, sagte sie.

Billie nickte und blickte aus dem nächsten Bullauge. Nichts zu sehen; sie waren noch zu hoch.

Wilks schob seinen Kopf um die Trennwand, die Miene ernst. »Örtliche Winde bis zu hundertdreißig Knoten«, sagte er. »Und die haben wir direkt unterm Jeterstrahl. Macht euch lieber darauf gefaßt, daß es hart wird.«

Beim Klang seiner Stimme spürte Billie, wie sich ihr Magen wieder verknotete. *Soviel dazu, daß das Schlimmste vorbei ist.*

Sie rang mit einem zunehmenden Gefühl der Gefahr.

Sie spürte, daß ihr ganzes Leben sie nur auf diesen Augenblick vorbereitet hatte. Sie glaubte an das, was sie taten, war bereit, ihren Hals dafür zu riskieren – für Amy, für Ripley und Wilks und die anderen. Sie hatten alle ihre Gründe. Pflichterfüllung. Ehre. Sie sah zu Falk hinüber, auf sein ausdrucksloses Gesicht – er wollte Rache. Nicht der Gedanke an den Tod machte ihr angst, es war vielmehr die Ungewißheit.

Das Schiff beruhigte sich, flog fast sanft dahin.

Carvey und Falk schnallten sich los und traten vor eines der Bullaugen.

Ach, was soll's, dachte Billie und erhob sich, um sich ihnen anzuschließen.

Sie brachen aus der Wolke hervor und gerieten an den trostlosesten Ort, der Billie je untergekommen war. Die *Kurtz* bewegte sich zu schnell dahin, als daß man Einheiten hätte erkennen können, aber soweit sie sagen konnte, sah es überall gleich aus.

Kilometerweit erstreckten sich Flächen mit seichtem grauen Wasser, zerrissen und von schmutzigen Felsbuckeln umgeben. Klumpen farbloser Vegetation, offenbar größtenteils Pilze, erhoben sich am Rand des Wassers. Eine seltsame Spezies beigefarbenen Mooses schien alles zu bedecken. Sie kamen an einem Gehölz mit bizarrem Pflanzenleben vorbei, das Billie das Werk eines verrückten Bildhauers zu sein schien. Verdrehte Äste und Stämme verzweigten sich in die Luft und pulsierten leicht im Wind, der das Schiff schüttelte. Aus der Ferne sah Billie unmöglich hohe Felszinnen, die wie zufällig über die endlos dunkle See verteilt waren. Ein netter Ort. Sie wandte sich ab.

»Wir gehen besser runter zur Landeeinheit«, sagte sie.

»Richtig«, sagte Carvey. Er begab sich zu den Leiterschächten, gefolgt von Falk und Dunston.

Jones ging zurück zur Medizinischen.

Billie verharrte einen Augenblick, versuchte sich zu fassen.

»Bist du okay?« fragte Char.

Billie blickte ihre Freundin an, sah den Ausdruck von Sorge auf dem Gesicht des Lieutenants.

»Yeah. Bin nur etwas mit den Nerven runter.«

Als Billie hinter Char her in die untere Ebene trottete, konnte sie nicht verhindern, daß Furcht in ihr aufstieg. Waren sie etwa alle nur Teil eines großen Plans? War ihr Eindruck, ein Ziel vor Augen zu haben, falsch? Waren sie vielleicht gar nicht aus eigenem Antrieb hier, sondern hatten die Träume sie hergelockt ...?

»Buddha, was für ein herrlicher Ort«, sagte Brewster. »Vielleicht verbringe ich hier mal meinen Urlaub.« Er navigierte die *Kurtz* durch die fremdartige Umgebung. Seitenwinde peitschten das Raumschiff heftig genug, um es zum Schütteln zu bringen.

Wilks starrte hinaus. Yeah, das war ohne Zweifel der allererbärmlichste Planet, den er jemals gesehen hatte. Er konnte die klebrige Nässe der Luft rings um das Schiff herum fast schmecken, den toten, chemischen Geruch des alkalischen Wassers riechen. Allein der Anblick dieses Alptraums ließ ihn schon frösteln.

Brewster unterbrach seine Gedanken. »Ich habe eine Stelle ausgemacht, an der es offenbar relativ ruhig ist, nicht weit weg vom Hauptcluster der Bewegung.«

Eine Minute lang sagte keiner ein Wort.

»Ja oder nein, Leute – ich kann uns bei diesem verdammten Wind nicht lange oben halten«, sagte Brewster.

»Ja«, sagte Ripley und erhob sich. »Komm, Wilks, lassen wir diesen Hosenscheißer allein.«

Tully lächelte ihnen nach, als sie die Leitersprossen hinabstiegen. »Viel Glück«, rief sie.

Brewster kämpfte mit den Kontrollen, behielt aber die Oberhand.

Die anderen waren bereits um die Landeeinheit herum im Dock versammelt. Wilks bedeutete dem Rest der Mannschaft, an Bord zu gehen, und folgte als letzter.

Er sah zu, wie sich alle anschnallten, ehe er nach vorn ging. Billie saß hinter dem Schaltpult; sie würde die Außenaktivität überwachen, während sie sich dem Bewegungscluster näherten, das Brewster gemessen hatte.

Eine knisterne Stimme erklang aus dem Interkom.

»He, Kinder, wir sind fast da«, sagte Brewster. »Tully meint, die Bewegung habe aufgehört, aber sie scheint von einer Formation ungefähr westlich von der Stelle gekommen zu sein, an der wir euch absetzen – nämlich zwei-sieben-zwei, um genau zu sein.«

»Eine Felsformation?« fragte Billie.

»Negativ. Sieht organisch aus. Hör zu, Carvey, du schuldest mir noch Geld, also sei vorsichtig, okay? Das gleiche gilt für den Rest von euch.«

»Versteht sich«, sagte Billie.

»Danke, Brewster«, sagte Wilks. »Gib das Zeichen.«

Wilks kodierte die Fahrzeugkontrollen und überprüfte die Navigationsanzeigen. Es schien alles in Ordnung zu sein. Die mobile Einheit sah wie ein Klumpen Blei auf Rädern aus und war dafür gebaut, sich in jedem erdenklichen Terrain voranzubewegen, zwar nicht bequem, aber effektiv. Der Frontbildschirm bot eine gute Wiedergabe der Umgebung; derzeit das Innere des Docks. Es gab auch einen kleinen Klarstahlschild, der eine etwas eingeschränktere Sicht der Welt draußen lieferte.

Oben auf dem Dach waren rückstoßfreie Maschinengewehre angebracht, desgleichen vorn. Sie sollten etwaige Feinde in Schach halten – mit etwas Glück würden sie gar nicht zum Einsatz kommen.

»Bereitmachen«, sagte Brewster, von Statik begleitet.

Wilks spannte sich.

Die *Kurtz* setzte auf. Beim plötzlichen Aufprall ruckte Wilks' Kopf nach hinten, er spürte die Planetenoberfläche unterm Schiff kreischen und knirschen. Die Landeeinheit glitt nach vorn, während das Deck an Metallstreben ausgefahren wurde und die Außenschleuse sich öffnete.

»Los!«

Wilks packte den Kontrollstab und lenkte die Landeeinheit von der Rampe ins Wasser hinunter. Hier und da gab es verstreute Felsbrocken und seltsames Pflanzenwachstum, doch im wesentlichen sahen sie einen Ozean vor sich, der weniger als einen Meter tief war. Jedenfalls hier. Er umgab sie auf allen Seiten, so weit der Blick reichte. Wind brachte seine Oberfläche zum Kräuseln, baute Wellen auf, die sich in der Ferne brachen, wobei manchmal ein Windstoß feinen Schaum von der Oberseite einer Welle blies.

Die Hinterräder der Landeeinheit lösten sich vom Deck und versanken mit einem leisen Seufzen in der schlickigen Flüssigkeit.

»Gute Arbeit«, sagte Wilks. »Wir sind unten. Willkommen in der Stadt, Leute.«

»Und *wir* zischen wieder ab«, meinte Brewster.

Sogar im Innern der Landeeinheit war der Lärm des startenden Schiffs noch deutlich zu hören. Brewster und die anderen stiegen wieder auf, hoch über die Winde, und würden dort das Signal abwarten, sie wieder aufzunehmen.

Sofern einer übrigbleibt, der das Signal ausschicken kann, dachte Wilks. Irgend etwas stimmte nicht, das sagte ihm sein Magen; aber sie waren jetzt hier, und es war an der Zeit zu handeln.

»Auf denn!« sagte er. »Schauen wir mal, ob die Königin zu Hause ist.«

Rumpelnd setzte sich die Landeeinheit in Bewegung.

16

Von der Position der Kamera auf der Landeeinheit aus war es nahezu unmöglich, genau zu sagen, was vor ihnen lag. Der Bildschirm zeigte nichts als Wasser und Himmel, farblich so nah beeinander, daß sie kaum unterscheidbar waren. Es hatte den Anschein, als fuhren sie durch Leere.

Billie behielt ständig die Bewegungsmelder und den Doppler-Bildschirm im Auge. Plötzlich meldete sie: »Da sind sechs annähernd sphärische Objekte, in Abständen von ungefähr zwanzig Metern kreisförmig angeordnet. Der größte ist etwa dreißig Meter hoch; er befindet sich im Mittelpunkt des Kreises«, sagte sie.

»Klingt nach Adcox' Nest«, meinte Wilks.

»Yeah«, sagte Billie. Sie strich sich das Haar von der schweißbedeckten Stirn. Die Kühlaggregate der Landeeinheit kamen gegen die feuchte Hitze des Planeten, die auf ihnen lastete, nicht an.

Langsam rumpelte und polterte die Landeeinheit durchs flache Wasser.

»Von wegen ebenmäßig«, sagte Wilks. »Ich möchte mal wissen, was Brewster unter rauhem Gelände versteht.«

Billie kam das alles wie ein Traum vor, und ihr Herz klopfte so fest und laut, daß sie gar nicht glauben konnte, daß es keinem auffiel.

»Wilks – das soll doch ein Spähtrupp sein, oder? Wieso bewegen wir uns dann direkt auf das Nest zu? Sollten wir uns nicht zuerst einen sicheren Platz suchen und herausfinden, ob ...«

»Schau dich um. Wo, würdest du sagen, sollten wir hin?«

»Ich meine ja nur, daß wir uns vielleicht etwas gründlicher vorbereiten sollten, erst einmal eine Sonde losschicken ...«

»Hör zu, Kleines, wir fahren mit dem Ding nicht ihr Nest über den Haufen, wir rumpeln nur bis vor die Haustür und warten dann ab, was passiert, okay? Wenn die Sonden, die wir bei uns haben, irgendwas wert wären, würde ich eine losschicken, aber keiner der Roboter im Arsenal kommt dafür in Frage.«

Billie nickte, machte sich aber weiterhin Sorgen. »Ich fühle mich dabei unwohl, Wilks«, sagte sie.

Er preßte die Lippen zusammen. »Yeah«, meinte er. »Ich nehm's zur Kenntnis.«

Billie seufzte. An dieser Stelle waren Wilks und sie schon einmal gewesen. Nicht an diesem Ort, aber in dieser Lage. Irgendwie tröstete sie das etwas. Sie beide hatten schon ein paar kitzlige Situationen miteinander erlebt.

»ETA, zwei Minuten«, sagte sie.

»Wir sind bereit«, rief Ripley hinter ihr.

Billie wollte zu Ripley gehen und mit ihr über ihre Angst sprechen. Vielleicht war es ja eine psychische Einflußnahme.

Plötzlich kam die Landeeinheit mit einem lauten Kreischen zum Stehen. Die Einheit neigte sich nach links und warf dabei Billie aus dem Sessel.

»Was zum Teufel ...?« begann Falk.

Ripley hob die Hand und gebot Schweigen. »Wilks, Billie, wie sieht's aus?«

Billie führte eine Diagnose durch. »Eine der hinteren Radaufhängungen ist verbogen, aber ich glaube, das wär's«, sagte Billie. Ihre Stimme bebte.

»Was haben wir gerammt?« fragte Adcox.

Wilks sprach über die Schulter nach hinten. »Keine Ahnung. Es liegt unter Wasser; hat die Lauffläche angehoben, so daß wir Haftung verloren. Wartet, ich versuche uns wieder auf festen Boden zu kriegen.«

Die Maschinen der Landeeinheit heulten auf. Es dauerte ein paar Sekunden, doch Wilks schaffte es, sie vom Hindernis zu befreien. »In Ordnung, wir sind frei.« Dann: »Seht einmal auf den Schirm.«

Ripley blickte zum Vidschirm auf und zog scharf die Luft ein, als die Kamera nach links schwenkte.

»O mein Gott«, sagte Adcox.

Weniger als hundert Meter von ihnen entfernt hockte eine große, runde Kugel im schlammigen Wasser, rosa-grau gefärbt, deren Oberfläche kreuz und quer mit seltsamen Linien bedeckt war.

Wie Adern, dachte Ripley.

Ein langes, dickes Tau verband sie mit einer weiteren Kugel, die noch größer war. Die, der sie am nächsten waren, war etwa so lang wie die Landeeinheit und vielleicht doppelt so hoch.

»Ich glaube, wir sind über etwas gefahren, was mit diesem Teil verbunden ist«, sagte Wilks.

»Billie, ist jemand zu Hause?« fragte Ripley.

»Keine Bewegung. Wenn jemand da ist, muß er schlafen.

Hör zu, ich finde, wir sollten uns etwas zurückziehen. Die Sache gefällt mir nicht.«

Ripley krauste die Stirn. »Wir bleiben. Wenn sie uns anklopfen gehört haben und trotzdem nicht kommen, schätze ich, sind wir in einer Minute sicher.«

Alle beobachteten äußerst gespannt den Bildschirm.

Nichts geschah.

Ripley erwartete halbwegs, einen Schwarm Rieseninsekten hinter den seltsamen Kugeln hervorschießen und sie angreifen zu sehen. Sie schielte zu Billie hinüber; das Mädchen musterte aufmerksam die Sensoranzeigen.

Keine Bewegung ...

Es war Falk, der die Stille unterbrach. »Schauen wir uns mal um, was meint ihr?« Er erhob sich, langte nach einem Kom-Set, schob es sich über den Hinterkopf und ergriff den Stiefel eines der Mechano-Anzüge.

Auch Dunston erhob sich.

Ripley schüttelte den Kopf. »Ich finde, wir sollten warten und vielleicht erst einmal eine der Kugeln mit der Landeeinheit anstupsen«, sagte sie. »Wir wissen nicht, womit wir es hier zu tun haben.«

Falk zog sich weiter an. »Sind wir nicht deshalb hier?« meinte er. »Um das herauszufinden?«

Carvey stand auf und half Dunston, einen der Druckstiefel anzuschnallen, ehe er sich einen dritten Anzug schnappte.

»Die Idee ist prima«, sagte Carvey. »Wir springen nur kurz raus und schauen uns um. Wir haben Waffen, wir tragen Panzerungen, und die Landeeinheit ist hier. Wir bleiben höchstens fünf Minuten draußen.«

Ripley dachte darüber nach. Sie wußten, wozu die Aliens fähig waren; sie gingen nicht hinaus, ohne sich darüber im klaren zu sein, was geschehen konnte. Und Carvey hatte nicht einmal so unrecht – sie waren so gut vorbereitet, wie es nur irgend ging. Das war auch nicht verrückter als die ganze Mission, die jedesmal, wenn sie darüber nachdachte, weniger Sinn ergab.

»In Ordnung«, sagte sie.

»Nein«, rief Billie hinter ihr. »Ripley, laß sie nicht gehen, das klappt nicht. Spürst du's denn nicht?«

Dunston trat vor, häßlich anzusehen in seinem Anzug. Hydrauliken wimmerten, und schwer stapften seine Stiefel, als er sich bewegte. »Billie«, sagte er mit ruhiger Stimme. »Wir haben uns entschieden! Wir wollten herkommen. Und was wir jetzt tun, gehört dazu.«

Etwas an seiner Miene, vielleicht die Ergebenheit ins Schicksal, hielt Billie von weiteren Protesten ab. Sie drehte sich um und ging ohne ein weiteres Wort.

Die drei Männer standen in voller Montur neben der Tür und warteten auf Ripleys Stichwort. Jeder trug eine dicke Weste mit Kopfschutz und zusammengesetzte Metallschienen an den Gliedmaßen. In der Hand hielten sie Standard-Militärkarabiner, die gleichen 10-mm-Automatikwaffen, die Ripley häufig benutzt hatte.

»Achtet auf eure Kom-Sets«, sagte sie. »Billie überwacht den Cluster. Wenn es Ärger gibt, kommt ihr sofort zurück; wir wollen keine toten Helden. Viel Glück.«

Sie hielt kurz inne. *Was gab es noch zu sagen?* Nichts.

»Los«, sagte sie.

Die Schleuse glitt auf.

Wilks spürte den Schwall feuchter Hitze, als die Tür sich schloß. Es stank wie in seiner Erinnerung, nur schlimmer – nach verwestem, vergiftetem Fleisch. Der Wind pfiff um den offenen Schleusenrahmen.

Er holte durch zusammengebissene Zähne Luft und betrachtete den Bildschirm. Billie stand blaß und angespannt neben ihm, ließ dabei die Anzeigen auf dem Monitor aber keinen Moment aus den Augen.

Wilks wünschte, mit den anderen draußen zu sein, schob den Gedanken jedoch beiseite. Er konnte die Landeeinheit von allen am besten fahren, und wenn etwas schiefging, dann würden sie schnell aufbrechen müssen.

»Falk, rede mit mir!« sagte er.

»Wir kommen gut voran, sind jetzt vielleicht dreißig Meter entfernt. Wir bleiben auf dieser Seite der Kugel.« Falks Übermittlung war einwandfrei.

»Mein Gott, das stinkt wie der Teufel«, sagte Carvey. »Du verpaßt etwas, Sarge.«

»Worüber beschwerst du dich? Wenigstens kannst du noch atmen.«

»Ich wünschte, ich hätte daran gedacht, einen Drachen mitzubringen. Der Wind hier draußen hat gut und gern seine hundert Sachen drauf.«

»Hundertfünfzehn«, sagte Wilks.

Er beobachtete, wie die drei Männer am unteren Rand des Bildschirms auftauchten. »Okay, jetzt haben wir euch in der Optik«, sagte er.

Eine der Gestalten drehte sich um und winkte. »Hi, Mom!«

Wilks grinste. »Laß den Scheiß, Carvey, schließlich bist du Teil eines Elitespähtrupps.«

Der Versuch, die Spannung zu mindern, wirkte ein wenig bemüht, aber es war besser als nichts.

Die Gestalten näherten sich der Kugel. Ihre Stiefel hoben und senkten sich in dem Schlick, und der Wind fegte in dünnen Fäden hochgeschleuderte Tropfen davon.

Wenige Meter vor der Kugel trennten sie sich; Falk blieb vorn, während Dunston und Carvey zu beiden Seiten um sie herumgingen.

»Entfernt euch nicht zu weit vom anderen«, sagte Wilks. Die

drei Männer blieben stehen. »Bleibt in Sichtweite voneinander.«

»Das Ding ist über und über mit Schleim bedeckt«, sagte Carvey. »So eine Art, äh – Gelee.«

»Scheint aus dem Innern des Gebildes auszutreten.« Das kam von Dunston.

»Was *sind* das für Dinger?« sagte Carvey. »Für Eiersäcke sind sie zu groß … jedenfalls *hoffe* ich, daß es keine sind. Was zum Teufel das auch immer ist, es trieft wie Scheiße.« Er hob einen mechanischen Arm, um es zu berühren.

Billie keuchte auf, und Wilks spürte, wie sein Herzschlag stockte.

»O nein, Bewegung!« sagte sie.

»Alle Mann *sofort* zurück!« rief Wilks.

»Es kommt aus dem Innern der Pötte!« sagte Billie ins Interkom. »Schnell, haut ab!«

Die drei Gestalten auf dem Schirm stolperten zurück, als die nächstgelegene Kugel sich wie ein riesiger Eiersack öffnete und sich ein gewaltiger, glitzernder Schemen daraus erhob.

Adcox schrie hinter ihnen auf. Ein Drohn von der Größe einer Königin, größer als jeder, den Wilks bisher gesehen hatte, streckte so schnell seine Klaue aus, daß Carvey kaum mitbekam, wie sie auf ihn zuschoß und auf seinem Kopfschutz landete.

Das Monster hob Carvey in die Luft wie ein Kind sein Spielzeug.

»Falk, herrje, schaff's mir vom Leib, schaff mir das Mistding vom Leib …!«

Carveys Schreie fanden abrupt ein Ende, als der Drohn ihm mit seiner anderen Klaue die Kehle zerfetzte. Das Wesen warf die Handvoll Fleisch davon und riß Carvey einen Arm aus. Warf auch den davon.

Oh, Scheiße …!

So gottverdammt schnell!

Dunston und Falk hatten kaum Zeit gefunden, ihre Waffen in Anschlag zu bringen.

»Wir kommen!« brüllte Ripley ins Kom-Gerät, doch die beiden Männer stolperten schon rückwärts zur Landeeinheit. »Los, Wilks! Ich schnapp' mir die Feuerorgel!«

Falk schoß auf den Drohn. Der ließ Carvey fallen, schrie auf und wandte sich ihm zischend zu, stürzte dann jedoch ins Wasser, als auch Dunstons Karabiner das Feuer eröffnete. Sie mochten größer und schneller als normale Drohne sind, waren aber nicht unverwundbar.

Wilks brachte die Landeeinheit auf Touren.

Billie schlug mit der Faust aufs Pult. »Scheiße, Scheiße, Scheiße, die anderen Eiersäcke!«

Ripley richtete gerade die Waffen der Landeeinheit aus, als sie Billie hörte.

»*Mach* schon!« rief sie Wilks zu.

Die Landeeinheit ruckte vor – nur um abrupt wieder zum Stehen zu kommen. Der Antrieb wimmerte laut.

»Dunston!« Das war Falk, der da brüllte.

Ripley schaute in dem Moment auf den Sichtschirm, als ein Alien über einen der Eiersäcke *hinwegsprang* und sich auf den Lehrer stürzte. Platschend fiel er auf den Rücken, absorbierte so den Aufprall des riesigen Drohn, und rammte ihm die Waffe in den Bauch –

Falk bemühte sich um einen sauber plazierten Schuß, als die Einheit plötzlich wieder nach vorn ruckte –

»Stirb!« rief Dunston.

Nichts geschah. Seine Waffe mußte einen Aussetzer haben. Er hob den freien Arm und hielt mit dem mechanischen Greifer den Kopf des Aliens von seinem weg –

Das Wesen schrie auf und öffnete seine gigantischen Kiefer. Ruckartig stieß es den Kopf vor.

Die Stahlpanzerung zerknitterte wie Papier, als das Innenmaul des Aliens hervorschnellte und Dunstons Gesicht durchbohrte. Helles Blut ergoß sich ins Wasser, und der Körper des Lehrers erschlaffte.

»Drecksding!« brüllte Falk und eröffnete das Feuer auf den Drohn. Der Geschoßhagel zerfetzte das Alien. Rings um das gefallene Wesen herum zischte und brodelte es, als sein Blut das Wasser verätzte. Daß etwas davon auf Dunston fiel, tat nichts mehr zur Sache.

Falk verschwand vom Bildschirm, als die Landeeinheit zum Stehen kam.

»*Wilks!*« rief Ripley.

»Laß mich nicht erst anklopfen, um Gottes willen!« stöhnte Falk durchs Kom.

Adcox stand hinter der Tür, die Waffe im Anschlag. Billie schlug auf den Öffnungskontakt, und keuchend stürzte Falk ins Innere.

»Schließen!« brüllte er.

Ripley erspähte eines der Wesen, die sich rasch durch den Schlick bewegten. Sie richtete den Zielgeber ihrer Waffe darauf –

Wieder schlug Billie auf den Schleusenkontakt. »Nun mach schon!«

Das Monster kam näher gesprungen, spritzte fauliges Wasser gegen die Front der Landeeinheit –

Ripley sagte: »Zu nahe zum Schießen, das besudelt die ganze Hülle!«

Die Luke schloß sich.

»Nehmt uns auf, sofort!« sagte Billie. Mit zitternden Fingern hielt sie ihr Kom-Set am Kopf fest.

»Wir können über eurer derzeitigen Position nicht niedergehen«, sagte Brewster. Seine Stimme klang gequält. »Wir haben hier oben gerade einen Orkan Stärke drei. Verschwindet vom Nest, fahrt dorthin, wo wir euch abgesetzt haben!«

»Scheiße!« sagte Billie.

»Billie, bist du okay? Wo ist ...«

»Keine Zeit, Brewster«, sagte Wilks. »Tut euer Bestes. Wir haben einen echten Notfall.«

Billie unterbrach die Verbindung und wandte sich an Wilks. Die Aliens waren so viel größer und stärker als bisher –

Ehe sie etwas sagen konnte, hämmerte irgendwas gegen die Hülle der Landeeinheit, hart genug, um Metall verbiegen zu können.

Billie schaute kurz auf die Anzeigen. »Drei davon«, sagte sie.

Die ganze Einheit wurde angehoben und schräggestellt, ehe sie krachend wieder zu Boden fiel. Der Vidschirm wurde schwarz, und Schlamm spritzte gegen das Klarstahlfenster. Metall ächzte. Etwas zerriß mit glockenhellem Klingen.

»*Wilks*«, sagte Billie, ihre Stimme nur noch ein Flüstern. Sie sah die Anzeigen an, ohne zu blinzeln, und hoffte, daß sie nicht stimmten.

»Unser internes Kühlsystem hat gerade den Geist aufgegeben ...« Noch als sie hinsah, stieg bereits die Temperatur. »Hier drin wird's ganz schön heiß werden. Auf so was ist leider ziemlich Verlaß.«

Wilks blickte auf den Monitor. »Ripley, hier oben gibt's Ärger.«

Keine Antwort.

Ripley schnallte gerade die Weste zu und wäre fast hingefallen, als die Landeeinheit kippte. Sie hob Falks Waffe auf und überprüfte die Munitionsanzeige. Wilks schrie ihr etwas zu, als sie den Boden nach zusätzlichen Magazinen absuchte. Alles rollte umher; die Klips rutschten unter den Vorratsschrank.

»*Ripley!*« brüllte Wilks wieder.

Sie ging in dem klobigen Anzug nach vorn. Falk und Adcox lehnten an der Wand gegenüber der Tür, die Waffen im Anschlag.

»Scheiß drauf«, sagte Falk. »Brennen wir uns hier raus.«

Wilks drehte sich in seinem Sessel um. Er musterte Ripley von Kopf bis Fuß. »Herrgott«, sagte er. »Du bist ja verrückt.«

»Fahr einfach dorthin, wo man uns abgesetzt hat.«

»Geht nicht. Der Handbetrieb ist hin, die Steuerung blockiert. Unser Reaktor hat einen Knacks weg – wir können ungefähr zehn Minuten lang geradeaus fahren, dann setzt die Kernschmelze ein. Irgendwelche Ideen?«

»Yeah«, sagte Ripley. »Benutz die Waffen der Landeeinheit und behark diese drei da draußen damit; jetzt ist es auch egal, ob die Säure die Hülle beschädigt. Verriegle die Schleuse und gib Vollgas, sobald ich draußen bin. Ich brauche ein paar Minuten, um ihr Nest zu erreichen.«

»Und was willst du tun, wenn du dort bist? Sie auf einen Scheißtee einladen?« fragte Wilks.

»Ich habe nicht den langen Weg hinter mich gebracht, um sie jetzt entwischen zu lassen«, sagte Ripley. »Wenn ich sie nicht einfangen kann, dann kann ich sie doch wenigstens töten. Ich muß es versuchen. Hör zu, es hat Spaß gemacht, mit dir zu arbeiten …«

»Du bist verdammt noch mal irre!« sagte Billie.

Ripley grinste und begab sich zur Heckschleuse der Landeeinheit. Adcox folgte ihr, bereit, ihr Deckung zu geben.

Wilks löste die Waffen der Landeeinheit aus. Eine davon funktionierte noch. Die Urangeschosse zerfetzten die angreifenden Aliens. »Die Luft ist rein«, sagte er. »Im Augenblick.«

»Viel Glück«, sagte Ripley.

Die Schleuse ging auf, und Ripley sprang hinaus.

17

»Meine Anzeigen melden mehrere Schemen, die mit hoher Geschwindigkeit auf die Einheit zukommen«, sagte Billie. Ihr Mund war trocken. Trotz der Hitze fröstelte sie am ganzen Leib. Die Impulse auf dem Schirm schlingerten und sprangen, näherten sich aber unablässig.

»Das bedeutet wohl, daß Ripleys Plan aufgeht«, sagte sie.

Wilks hantierte an den Kontrollen und würdigte sie keines Blicks. »Der Reaktor geht demnächst hoch, die Landeeinheit wird von Rieseninsekten angegriffen – yeah, ich würde auch sagen, ihr Plan geht auf. Als Steigerung könnten wir uns höchstens noch das Gehirn rausblasen und diesen Bastarden die Mühe abnehmen.«

»Soll ich noch mal die *Kurtz* anfunken?«

»Später. Wir geben Ripley ihre fünf Minuten und machen weiter, bis die Motoren der Einheit den Geist aufgeben oder die Achse bricht.«

»Und dann?« Sie wandte sich ihm zu. Ihre Sicht war vom Schweiß ganz verschwommen.

»Soweit bin ich noch nicht«, sagte er.

Die Landeeinheit schaukelte. Billie blickte auf den Sensor und schrie auf.

»Mein Gott!« entfuhr es Wilks. Ein riesiges, triefendes Aliengrinsen tauchte auf der anderen Seite des Klarstahls auf. Das Wesen hob gewaltige, klauenbewehrte Hände zum Fenster und stieß mit gedämpftem Kreischen seinen Kopf durch den Schirm. Das durchsichtige Metall platzte ins Innere und verteilte sich überall, während das Alien nach Billie griff –

Ripley fiel ins seichte Wasser, grunzte und sprang in die Hocke. Sie versuchte in alle Richtungen gleichzeitig zu sehen; keine unmittelbare Gefahr.

Sie glaubte nicht, daß die Drohne ihre Königin ungeschützt zurückgelassen hatten, doch die einzige Bewegung um sie herum war das sanfte Wogen des Ozeans.

Das heißt nicht, daß es so bleibt …

Alle ihre Sinne waren bis aufs äußerste gespannt. Der faulige Gestank des Planeten, die Hitze und die Schwerkraft machten sie benommen. Außer dem Geräusch der davonfahrenden Landeeinheit hörte sie nur das Schwappen des Wassers gegen ihre Beine. Die heftigen Windböen waren fast völlig abgeflaut.

Der Schrei eines Aliens hallte durch die stille Luft, doch er kam aus der Richtung des sich entfernenden Fahrzeugs.

Sie wandte sich der Gruppe von Nestern zu.

»Jetzt heißt es du oder ich«, sagte sie.

Wilks griff nach seiner Waffe.

Das Monster hatte seine Klauen bereits um Billie gelegt. Es zischte, und sein ätzender Atem erfüllte die Luft, als Wilks seinen Karabiner anlegte. Alles geschah langsam, als schleppte sich die Zeit mühsam durch die größere Schwerkraft vorwärts …

Zu spät, zu spät, tönte es in seinem Hirn.

Die Explosion donnerte in seinen Ohren. Der Drohn flog mit einem Aufschrei der Wut und des Schmerzes nach hinten. Säure spritzte heraus, brodelte und rauchte auf den Scherben des Klarstahls.

Adcox machte einen Schritt nach vorn, die Waffe ausgestreckt. Das Alien war fort.

»Oh, *Scheiße*«, sagte Billie.

»In Ordnung?« fragte Adcox.

Billie blickte auf ihr zerrissenes Hemd und dann wieder zum Lieutenant. »Yeah.«

Wilks stieß schwer den Atem aus und checkte den Bewegungssensor. »Einer weniger«, sagte er.

Heiße, ungesunde Luft spülte über sie hinweg. Billie hatte vom Klarstahl einen kleinen Schnitt am linken Arm davongetragen, aber mehr auch nicht. Erstaunlich, daß die Aliensäure sie nicht durchtränkt hatte ...

Darüber kannst du später noch nachdenken, sagte sich Wilks. Er warf einen Blick auf die Anzeigetafel der Landeeinheit und stellte fest, daß die Temperatur des nuklearen Kerns weiter anstieg.

»Behaltet das Ding im Auge«, sagte er.

Falls es überhaupt ein Später gibt, dachte er.

Das Wasser platschte, als Ripley sich langsam den Kugeln näherte. In der Ferne hörte sie Schüsse.

»Ich wette, wir haben eins von deinen Babies erwischt«, sagte sie. Ihre Muskeln schmerzten von der Schwerkraft; sie hatte den Eindruck, daß man weitere hundert Kilo an jedes ihrer Glieder geschnallt hätte. Sogar das Atmen fiel ihr schwer. Aber sie konnte die Königin *spüren*, die mächtige Aura dieses Miststücks –

Hinter ihr spritzte es auf. Mit erhobener Waffe fuhr Ripley herum –

Der Drohn war noch zwanzig Meter entfernt. Er schrie, öffnete die Kiefer –

Ripley zog den Abzug durch, feuerte eine rasche Salve auf die Brust des massigen Ziels ab. Das rennende Wesen blieb abrupt stehen, und die Explosivkraft der Geschosse schälte seinen Unterleib nach außen. Er stürzte ins Wasser, zischte wie ein undichter Lufttank auf. Eine kräftige Welle schlug gegen Ripleys Beine, und sie kämpfte ums Gleichgewicht. Der Lärm der Schüsse tat ihren Ohren weh. *Ich hätte Dämpfer tragen sollen –*

Noch ein Schrei zu ihrer Linken. Wieder fuhr sie herum. Dieser Drohn war näher und bewegte sich mit unglaublicher Geschwindigkeit, sogar hier unter dieser hohen Schwerkraft.

Sie feuerte zweimal.

Das riesenhafte Alien fiel rückwärts um, streckte eine Sekunde lang die klauenbewehrten Füße in die Luft, ehe es zur Seite kippte. Der Gliederschwanz des Wesens drosch wie wild, peitschte das Wasser auf und kam zur Ruhe. Tropfen spritzten Ripley ins Gesicht.

Sie kauerte sich eine Minute hin und lauschte: nur das Zischen des Alienbluts, als es sich im Wasser auflöste.

Sie wandte sich dem Nest zu.

»Ist das alles, was du drauf hast?« sagte sie schwer atmend. »Das sind deine ausgesuchten Beschützer?«

Schweigen.

»Warum zeigst du dich nicht?« Ripley schlug mit dem Arm ihres mechanischen Anzugs gegen eines der Verbindungstaue. Es zitterte und schwankte leicht. Sie spürte Wut in sich aufsteigen ...

„Was, zum Teufel, soll das? Wieso kommst du nicht heraus und stellst dich mir?«

Wieder schlug sie gegen das Tau und ging näher auf die Kugel im Zentrum zu.

»Das bist du der Mannschaft der *Nostromo* schuldig. Und der *Sulaco*. Der ganzen Erde! Das bist du meiner *Tochter* schuldig, du Miststück!«

Ripley wartete, und ihr Atem kam stoßweise.

Plötzlich ging ein Ruck durch die große Kugel. Das durchsichtige Gelee wabbelte. Ein langer Riß bildete sich an der Oberseite des Etwas, pulsierte leicht. Er begann aufzuklaffen.

Ripley betätigte ihr Kom-Gerät, ohne den Blick vom Nest zu nehmen. »*Kurtz*, hier Ripley«, sagte sie rasch. »Stellt meine Position fest, und setzt euren Arsch hierher in Bewegung.«

Brewsters unscharfe Stimme ertönte in ihrem Ohr. »Ich habe Wilks doch gesagt, daß der Wind ...«

»Der Wind ist abgeflaut. Bringt das Schiff über meine Koordinaten, *sofort!*«

Als sie sprach, begann sich etwas Schwarzes in der Kugel zu regen. Eine glänzende, große Gestalt erhob sich, der Schädel gut und gern zwei Meter lang. Drei krallenbewehrte Finger schoben sich aus der Öffnung des Risses, dann noch drei. Langsam zog sich die Königin hoch. Sie zischte Ripley an, und Speichel tropfte von den Kiefern, während sie aus ihrem Haus kroch.

Die *Königin*. Die Mutter aller Mütter. Sie kam, um ihren Besucher zu empfangen.

Sie war mindestens acht Meter lang, der peitschende, knöcherne Schwanz noch einmal weitere acht. Ihr Kamm war schmal und naß. Mehrere Wirbel ragten wie Dornen nach außen, erstreckten sich wie Finger den Rücken entlang. Sie hatte vier Arme. Sie war das größte Lebewesen, das Ripley je gesehen hatte, größer als der Elefant, den sie einmal als Kind im Zoo bewundert hatte. Herrje.

Die Königin schob den Kopf nach vorn und nach unten, neigte den obszönen Schädel, um besser erkennen zu können, was sie da in ihrer Ruhe gestört hatte.

»So ist's recht«, sagte Ripley. Sie wich vor der sich nähernden Kreatur zurück. »Komm raus und sieh mich an.«

»Temperatur steigt. Kernreaktion in – sieben Minuten«, sagte Billie. Ihr Leib bebte noch immer, aber es war ihr gelungen, das Schlimmste in den Griff zu bekommen.

»Weißt du, was das bedeutet, Kernreaktion?« meinte Wilks. »Wenn der Kern sich durch die Flüssigbrennkammer brennt, fliegt hier alles in die Luft.«

»Wie ärgerlich«, warf Char ein. »Dabei lief bisher doch alles so *gut.*«

Wilks überflog die Kontrollen. »Nun, der Antrieb und die Räder funktionieren noch«, sagte er. »Das bedeutet, daß dieses Ding wohl weiterrollt, bis es soweit ist. Zeit, die Party zu verlassen. Wir müssen zu Fuß zur Abwurfstelle.«

»Das ist aber nun *echt* Scheiße«, sagte Char.

»Schnappt euch alle Munition, die ihr tragen könnt, und dann raus hier. Es sei denn, ihr wollt geröstet werden.«

»Neue Anzeigen in der Außenperipherie«, sagte Billie.

Mit schmalen Augen sah sie auf den Bewegungssensor, schlug dann hart gegen die Seite des Geräts. »Sie bilden eine regelrechte *Mauer*, Wilks!«

Noch als sie sprach, blitzten ein Dutzend oder mehr Lichter auf dem Schirm auf.

»Was …?« sagte Char. »Die laufen ja an uns vorbei!«

»Mutti ruft ihre Kinderchen heim«, sagte Wilks.

Billie vermochte sich die Anzahl der rennenden Geschöpfe kaum vorzustellen, die eine solche Anzeige ergäbe.

»Das müssen Tausende sein«, sagte sie. Der Knoten in ihrem Magen wurde fester. »Ripley.«

»Sie wird tun, was sie tun muß«, meinte Wilks. Er stand auf und ging nach hinten.

Billie und Char sahen beide ein paar Sekunden lang aus dem offenen Bullauge, und würgende Luft schlug stinkend gegen ihre Gesichter. Die Armee der Drohne kam wie eine Regenwand auf sie zu, näher und näher. Dutzende liefen an der Landeeinheit vorbei, zurück zur Königin. Billie hörte über dem zunehmenden Wimmern des Fahrzeugs ihre Schreie.

»Reiner Selbstmord, da hinauszugehen«, meinte Char. »Was ist nur aus unserer netten Brise geworden?«

»Hierzubleiben aber auch«, sagte Billie. »Vielleicht sind die Bastarde auf Autopilot oder so etwas und bemerken uns gar nicht.«

Ohne ein weiteres Wort gingen sie zu Falk und Wilks zurück.

Die beiden Männer reichten ihnen geladene Waffen und zusätzliche Magazine. Dann gingen sie zur Heckschleuse.

»Spart Munition«, sagte Wilks, »und feuert nur auf Ziele, die direkt auf euch zukommen. Bleibt zusammen.«

Billie wollte etwas sagen, ein paar letzte Worte, aber ihr fielen keine ein. Wilks schlug auf den Knopf, sprang, glitt aus und landete platschend auf der Schulter.

Geheul erhob sich im Chor rings um die Landeeinheit, als Billie tief Luft holte und ebenfalls sprang.

Ripley zog sich weiter von der zischenden Königin zurück. Es schien verdammt lange zu dauern, bis sie ein Geräusch hörte, daß dieses Miststück übertönte.

Der Lärm der *Kurtz*, die über ihr auftauchte, erschien ihr wie Engelsgesang.

»Wir gehen so tief wie möglich«, knisterte Brewsters Stimme in ihrem Kom, »und dann – heilige Scheiße!«

»Der Kandidat hat hundert Punkte«, sagte Ripley. »Öffne die Kammer und komm runter.«

»Yeah«, sagte Brewster. »Aber wenn der Wind wieder zunimmt ...«

Die Königin wandte ihre Aufmerksamkeit jetzt dem donnernden Raumschiff zu. Sie wich etwas vor Ripley zurück und stieß einen hohen, miauenden Laut aus.

»Schönes Schiff«, sagte Ripley. »Sieh nur, so ein schönes, schönes Schiff.« Sie schaute kurz zur niedergehenden *Kurtz* hoch, dann wieder auf die Königin. »Möchte unser kleiner Bastard nicht auf dem schönen Schiffchen reisen?«

Die Königin antwortete nicht.

»Tiefer, Brewster, mach schon.«

Die Königin wich noch etwas zurück, wackelte mit dem großen Kopf, blickte Ripley an, dann das Schiff.

Der Laderaum der *Kurtz* war unmittelbar über ihnen, die

Schleuse geöffnet. Die Waffe weiter auf die Königin gerichtet, hob sie den anderen Arm. Der Greifer am Anzug öffnete sich und schloß sich dann um Metall.

Sie zog sich hoch. Es kostete sie unglaubliche Kraft. Trotz der Verstärkung durch den Anzug meinte sie, daß jeden Moment ihr Arm aus dem Schultergelenk riß.

Das Alien sah zu, versuchte ihr aber nicht zu folgen.

So groß das Schiff auch war, glaubte Ripley doch nicht daran, daß das Monster sich fürchtete. Vielleicht war es neugierig, aber diese gottverdammten Mistdinger schienen sich nie vor etwas zu fürchten.

Ripley wuchtete ihre Ellbogen aufs Deck und schwang sich seitlich mit den Beinen hoch.

Dann erhob sie sich und blickte auf die Königin hinab.

Die Kreatur zischte sie an. Ihre metallischen Zähne glitzerten feucht im trüben Licht.

Ripley lächelte. »Perfekt, Brewster. Halte die Position für einen Moment.«

Sie richtete ihre Waffe auf die nächstliegende Kugel und drückte ab.

Die Königin schrie auf, als Stücke ihres Nests durch die Luft flogen. Ripley hielt den Abzug durchgezogen, schickte einen stetigen Strom von Geschossen in die Kugel hinein. Teile der seltsamen, fleischigen Substanz fielen ins Wasser und versanken.

Sie ließ den Abzug los. Die Königin wandte sich von den Überresten ihrer zerstörten Heimat ab und heulte vor Wut auf. Sie sah Ripley an.

Sie weiß, daß ich es war, dachte Ripley. Weiß, was eine Waffe ist, ohne je zuvor eine gesehen zu haben.

Dann schau her!

Ripley zielte auf die nächste Kugel und eröffnete das Feuer. Mit einem Aufschrei sprang die Königin sie an.

Ripley stolperte nach hinten, als die Königin ihre riesigen

Klauen zur glänzenden Legierung hin ausstreckte. Das Alien packte den Rahmen der Schleuse und hielt sich daran fest.

»Jetzt hoch! Hörst du, hoch!« schrie Ripley ins Kom.

Die *Kurtz* stieg auf.

Die Königin zog sich aufs Deck, während Ripley auf die Innenschleuse zurannte.

»Verriegelt die Außenschleuse!«

Die Königin stieß einen Laut äußerster Wut aus und sprang auf Ripley zu.

Ripley schnellte herum, sah die Königin und die fast geschlossene Schleuse. Sie mußte sichergehen –

Der dunkle Schwanz der Königin peitschte, und sie traf Ripley an der Tür. Die Spitze zuckte nach unten, prallte gegen das Schutzgitter des Mechano-Anzugs, verbog Metall und geschichtete Karbonfasern, knallte auf Ripleys Schädel. Die Wucht des Schlages warf sie zu Boden.

Die Kammer verwaberte. Kleine Lichtexplosionen umgaben das aufheulende Alien. Ripley schüttelte den Kopf, als die Königin sich von ihr abwandte, auf das Schleusentor zusprang und dagegentrommelte. Das gefangene Monster schrie nach Freiheit.

Der grelle Lärm verklang, als Ripley langsam rückwärts kroch und die Welt grau wurde.

Wilks, Billie, Adcox und Falk bildeten einen Kreis, mit dem Gesicht nach außen. Gruppenweise sprangen die Drohne an ihnen vorbei, ohne innezuhalten, gischteten durch das seichte Wasser auf ihre Mutter zu. Als wären der widerliche chemische Gestank der Verwesung, die schwere Luft und die Hitze noch nicht genug, strömten auch noch Hunderte der alptraumhaften Wesen an ihnen vorbei. Wilks fühlte sich in nie dagewesenem Maß in die Hölle versetzt.

Hinter ihm feuerte jemand. Aliens schrien auf und zischten und rannten weiter.

Einer der Drohne steuerte auf ihn zu, erreichte ihn, die Klauen ausgestreckt –

Wilks drückte auf den Auslöser und beharkte das Alien mit einer kurzen Salve.

Das Ding fiel ins Wasser. Drei oder vier dieser Wesen stolperten über die tote Kreatur, liefen aber weiter.

Noch eines dieser Monster heulte auf, sprang Wilks an. Wieder feuerte er.

Hinter ihm fluchte Falk in einem fort, als weitere dieser Monster stehenblieben und gekillt wurden.

Wilks wußte, daß sie es niemals bis zur Abwurfstelle schaffen würden. Es gab keine Möglichkeit, sich inmitten der Armee hirnloser Wesen zu bewegen und dabei einander Deckung zu geben. Er zielte auf einen der grinsenden Drohne, der plötzlich in ihre Richtung blickte, und feuerte eine Salve ab. Der Kopf des Aliens explodierte. Er brach im Wasser zusammen, das jetzt vom Säureblut seiner Brüder wie wild brodelte.

»Wir schaffen's nicht!« rief Billie.

Wilks richtete seine Waffe auf ein weiteres Alien und schoß. »In fünf Minuten explodiert die Landeeinheit«, entgegnete er lauthals. »Wir nehmen diese Scheißviecher mit ins Grab!«

Wieder und wieder drückte er auf den Auslöser und hoffte, daß ihre Munition reichen würde, bis die weiße Hitze der Landeeinheit allem ein Ende bereitete …

Der Schwanz der Königin schlug gegen Ripleys Bein und traf es hart genug, um die Schmerzen aus ihrem Kopf zu vertreiben. Sie öffnete abrupt die Augen. Sie hatte sich neben der Schleuse an die Wand gekauert, als –

Mein Kopf, dachte sie. Noch immer trommelte die Königin

hektisch gegen die Außenschleuse, die jedoch um keinen Deut nachgab.

Ripley betätigte den Knopf, der sie aus dem Gefahrenbereich bringen würde. Die Schleuse ins Innere der Landeeinheit glitt auf.

Bei diesem Geräusch drehte sich die Königin um. Mit zusammengerolltem Schwanz bereitete sie sich auf den Sprung vor –

Ripley stürzte in die saubere Luft des Docks und riß die Beine hinterher. Da stand Moto, einen Schweißbrenner in der Hand.

»*Schnell!*«

Moto schlug auf die Kontrollen. Die Schleuse schloß sich einen Sekundenbruchteil, ehe die Königin sich hindurchzwängen konnte. Auf der anderen Seite setzte dumpfes Hämmern ein, doch das verstärkte Metall hielt.

Ripley lehnte sich gegen die Wand und sah zu, wie Moto den Eingang versiegelte. Nie hätte sie geglaubt, daß die konservierte Schiffsluft ihr einmal himmlisch süß erscheinen würde, aber so war es; sie lebte noch ...!

Und sie hatte die *Königin* gefangen!

»Mach dich reisefertig, Miststück.«

McQuade trat vor und half Ripley dabei, die untere Beinpartie des Anzugs abzulegen. »Mein Gott, Ripley, du hast es geschafft!« sagte er.

Ripley zuckte zusammen, als er den Metallstiefel von ihrem linken Fuß zog. »Yeah. Beeil dich, wir müssen noch die anderen hochholen!«

Moto beendete ihre Arbeit an der Schleuse und richtete sich auf. Sie und McQuade wechselten einen Blick.

»Geht nicht«, meinte McQuade. »Brewster sagt, daß wir jetzt schleunigst von hier abhauen müssen.«

»Wovon redest du da?« sagte Ripley. »Sind sie tot?« Sie

fühlte sich plötzlich ganz elend und preßte eine Hand gegen ihre Stirn.

»Nein. Die Landeeinheit explodiert – in wenigen Minuten. Die Gruppe sitzt in einem engen Tal fest, und Brewster sagt, daß wir sie da nicht aufnehmen können ...«

McQuade hatte noch nicht ausgesprochen, als Ripley bereits zu den Leiterschächten lief. Moto und der Captain folgten. Sie stieg hinunter, ignorierte die stummen Schmerzensschreie ihres Körpers und betrat den Kontrollraum.

Brewster und Tully saßen mit grimmiger Miene am Pult.

»Ripley«, sagte Brewster. »Ich bin froh, daß du ...«

»Flieg zu unseren Leuten, *sofort*!«

»Schau mal, das geht nicht! Ich wünschte bei Gott, es wäre anders, aber der Wind frischt auf, wir haben verdammt noch mal nicht genug Platz und keine Zeit!«

»Finde einen Weg«, sagte sie. »Wenn wir sterben, dann sterben wir eben. Was, wenn das da unten du wärst?«

Brewster runzelte die Stirn. »Hör zu ...«, begann er.

»Nein, *du* hörst zu. Flieg hin, sonst mach' ich es.« Sie hatte noch den oberen Teil des Anzugs an, und die Servos wimmerten, als sie die Greifer ausschaltete.

Er stieß heftig den Atem aus. »Scheiße.« Er nickte. »Also gut«, sagte er. »Halt dich fest.«

»Ich habe keine hundert Salven mehr!« brüllte Char.

Falk fluchte und warf seine Waffe weg. »Leer!«

Billie schob sich näher und gab ihnen Deckung. Ihr Kopf schmerzte und pochte vom endlosen Lärm der Explosionen und Schreie. Die Luft drückte sie, die Welt war ein einziges Kreischen und Sterben, und es kostete sie schon unerträgliche Mühe, einfach nur stehen zu bleiben –

Sie hoffte, daß Ripley es geschafft hatte, daß nicht alles umsonst gewesen war. Sie spürte Tränen ihre Wangen hinablaufen. Eine gewaltige Leere tat sich in ihrem Innern auf, als sie noch einem geifernden Alien das Lebenslicht ausblies. Sie war nicht zum ersten Mal in dieser Lage, hatte sich aber noch immer nicht daran *gewöhnt.* Wenigstens fürchtete sie sich nicht mehr so sehr wie früher. Was konnte ihr schon zustoßen? Der Tod?

Plötzlich verteilten sich die Bestien, zogen sich von ihrem kleinen Trupp zurück. Zu Hunderten heulten sie plötzlich auf, und ihre Arme wiesen gen Himmel. Es war ohrenbetäubend. Verwirrt wandte sich Billie Wilks zu –

Er deutete nach oben, ein böses Grinsen auf dem Narbengesicht.

Die *Kurtz*! Sie hatte den Antrieb nicht gehört, weil ihre Ohren vom Aliengekreisch und Geschützlärm fast taub waren.

Wilks packte sie grob, riß sie von der Landestelle des niedergehenden Schiffs weg.

Die Aliens schrien auf und liefen auf das sinkende Raumschiff zu. Dutzende wurden in die schlammige Flüssigkeit gedrückt, verschwanden unter dem Gewicht ihrer Artgenossen im weichen Morast.

Der Planet grollte unter ihren Füßen. Eine stinkende Ozeanwoge erhob sich und schlug ihnen auf Brusthöhe entgegen. Char fiel hin, doch Falk fing sie auf; Wilks legte einen Arm um Billie und stemmte sich der Welle entgegen. Er schoß auf einen Drohn, der auf sie zugelaufen kam.

Die Ladeluke der Einheit stand offen. Ripley und Moto hielten sich zu beiden Seiten des Docks an Metallverstrebungen fest. Sie hatten Waffen auf den vierköpfigen Spähtrupp gerichtet und feuerten unentwegt.

Billie und Wilks liefen aufs Dock zu. Billie sah Ripley und war erleichtert, daß ihr nichts fehlte. Doch dann formte Ripleys Mund einen Schrei. Als sie in den Frachtraum stolperten, warf Billie einen kurzen Blick über ihre Schulter. Die Aliens rannten ins Sperrfeuer hinein und stürzten zu beiden Seiten des Schiffs massenweise zu Boden. Falk war unmittelbar hinter ihnen, aber –

Einer der Drohne hatte sich Char geschnappt. Sie war nach vorn gestürzt, mitsamt dem Alien, das direkt hinter ihr gewesen war. Wie in einer brutalen Parodie auf Sex drängte es sich gegen sie, drückte ihr das Gesicht unter Wasser. Billie sah, wie eine Klaue Chars Genick durchtrennte, und erlebte mit, wie der Kopf ruckartig zur Seite schnellte. Ihr Blut war in dem gräulichen Wasser erstaunlich rot. Der Kopf fiel zur Seite, nur noch von wenigen Fleischfetzen gehalten.

Der Triumphschrei des Aliens riß ab, als es von Gewehrkugeln zerfetzt wurde – doch auch Charlene Adcox war ein für alle Mal tot.

Hunderte von Drohne warfen sich gegen die zugleitende Schleuse, während Ripley und Moto unablässig durch den enger werdenden Spalt schossen. Kurz bevor er sich endgültig schloß, streckte eine heranstürmende Bestie noch ihre Klauenhand in den Frachtraum. Das sich periskopartig verengende Tor schloß sich und schnitt dem Drohn zwei Finger ab. Sie brodelten und zischten auf dem Schiffsboden, brannten rauchende Krater in den Belag.

Sie wurden allesamt auf den Boden des Docks gepreßt, als das Schiff plötzlich einen Sprung machte und in den Himmel hinaufschoß.

»Paßt auf! Die Landeeinheit geht in ein paar Sekunden hoch!« brüllte Ripley. Die Worte schienen von weit her zu kommen. Wilks hatte einen Arm um einen Metallbalken gelegt und hielt mit dem anderen Billie fest.

Billie hörte die Explosion nicht, doch das Schiff geriet merklich ins Schlingern. Es legte sich schräg, bis an die Grenze des Machbaren strapaziert. Billie und Wilks krachten der Länge nach gegen die Wand.

Und dann war es vorbei. Die *Kurtz* schüttelte sich, wurde ruhig. Nur das Dröhnen der Maschinen zerriß noch die Stille.

Billie holte tief Luft und begann an Wilks' Brust zu schluchzen. Er strich ihr sanft durchs Haar und ließ es geschehen.

»Schon okay. Wir haben's ja geschafft. Jetzt ist alles wieder gut.«

Sie waren dem Teufel noch einmal von der Schippe gesprungen.

18

Stöhnend stieß Wilks die graue Stange nach oben und ließ sie langsam wieder auf seine Brust herabschicken. Er atmete tief durch, hob sie erneut.

Er war allein im kleinen Fitneßraum der *Kurtz*. Falk war hiergewesen, als er kam; der große Mann hatte ihm einmal kurz zugenickt, wortlos seine Anwesenheit zur Kenntnis genommen und sich zu den Duschen aufgemacht. Wilks verstand das. Die erfolgreiche Gefangennahme der Alienkönigin wurde vom Tod dreier aufrechter Menschen überschattet. Niemand wollte darüber reden.

Die Entscheidung, mit dem Tiefschlaf noch ein paar Tage zu warten, hatte keiner Diskussion bedurft; sie befanden sich nur einen Tag vom Planet der Königin entfernt, und die Crew brauchte Zeit, um zu verdauen, was geschehen war. Und im Schlaf verstrich schließlich keine Zeit.

Wilks setzte die Stange in der Halterung ab und erhob sich, griff nach den kleineren Handgewichten, um an seiner Brustmuskulatur zu arbeiten. Das war schon sein zweiter Durchlauf; seine Muskeln zitterten leicht, als er die Arme ausstreckte und wieder anzog. Aber die Erschöpfung des Körpers konnte er ignorieren. Es half etwas, sich aufs Training zu konzentrieren. Der Schweiß, der ihm von der Haut tropfte, spülte einen Teil der Gefühle davon. Wut. Trauer. Die Schuld, die ihn so lange Zeit verfolgt hatte, die Schuld darüber, daß er noch lebte, was immer das wert sein mochte. Ein Karrieresoldat, der nie über den Rang eines Sergeants hinausgekommen war, der die Menschen nicht retten konnte, die zu ihm aufblickten.

Billie hatte sich in ihrem Quartier verkrochen. Wilks hatte ihr gestern abend einen Besuch abgestattet und heute morgen wieder und ihr etwas zu essen gebracht.

Sie war lustlos gewesen, wortkarg. Der Weinkrampf, der sie im Frachtraum befallen hatte, hatte sich nicht wiederholt. Er hatte nach etwas gesucht, was er sagen könnte, um diesen gehetzten Ausdruck in ihren Augen zu vertreiben, aber was? Fast konnte er sehen, wie sie den Tod des Lieutenants immer wieder durchmachte, während sie die Wand anstarrte. Den Tod ihrer Freundin. Einer Freundin, die sich zweifellos für sie verantwortlich gefühlt hatte.

Wilks hatte Billie mehr als einmal das Leben gerettet, und sie ihm seins – aber sie vor Schuldgefühlen zu bewahren? Das gelang ihm ja nicht einmal bei sich selbst. Also hatte er einfach nur dagesessen und sie beobachtet, bis die Frustration so groß geworden war, daß er sich entschuldigt hatte und hierher gekommen war.

Feigling, flüsterte es in ihm. *Verdammter Feigling.*

Ein anderer Teil in ihm meldete sich zu Wort. *He, ich bin kein Seelenklempner! Ich bin bloß ein Marine...*

Yeah. Stimmt.

Er seufzte schwer und ging wieder zur Rudermaschine. Vielleicht würde ein dritter Durchlauf sein Gehirn zur Aufgabe zwingen.

Billie saß auf dem Bett und versuchte nicht zu denken. Sie befanden sich im All, die Alienmutter wohl verwahrt im Frachtraum, und sie waren unterwegs, um die Brut auf der Erde zu töten und Amy zu retten –

– die wahrscheinlich längst tot ist, wie Char, wie Carvey und Dunston, ermordet, tot –

Sie preßte die Hände gegen die Stirn und wartete darauf, daß Tränen kamen. Keine Chance. Sie hatte diese Erleichterung nicht verdient, und die Trauer war zu groß. Daß sie *Kurtz* schon so nahe gewesen waren, nur Zentimeter von der Sicherheit entfernt...

Carvey und Dunston auch. Brewsters bester Freund und der Mann, der Lehrer gewesen war, der sie überzeugt hatte, eine Entscheidung zu treffen. Die Entscheidung zu sterben. Keinen von beiden hatte sie so gut gekannt wie Char. Charlene. Billie hatte sie auf der Mission, die sie das Leben gekostet hatte, gefragt, wofür die Abkürzung ihres Vornamens stand.

Wilks hatte sie aufgesucht, zweimal. Als er wieder weg gewesen war, hatte sie zu essen versucht, aber das Essen war ihr im Hals steckengeblieben. Wilks' normalerweise ausdrucksloses Gesicht war äußerst beredt gewesen. Sie wußte, daß er es ihr leichter machen wollte, aber natürlich gab es nichts zu sagen. Sie trugen alle schon genug an ihrer eigenen Schuld.

Dylan Brewster war gestern abend, als Wilks gerade eben gegangen war, vorbeigekommen und hatte ihr erklärt, daß es ihn hätte treffen sollen, nicht Carvey. Daß Carvey nie ein »richtiger« Marine gewesen war – sein Freund sei im Grunde seines Herzens ein Kind gewesen, das gefallen wollte. Verdammt, Carvey hatte diese Reise ja überhaupt nur wegen Brewster *mitgemacht* –

Billie begriff seinen Schmerz, hatte jedoch genug mit ihrem zu tun.

Sie hatte ihn nicht zum Bleiben aufgefordert.

Sie versuchte objektiv zu sein, sich zu sagen, daß Char ihre Entscheidung selbst getroffen hatte. Das stimmte auch – und doch war es einerlei, weil sie tot war.

Sie hatte geglaubt, um Amys willen gekommen zu sein, aber in Wahrheit wollte sie sich selbst retten. Char Adcox hatte sich mit ihrem Verlust abgefunden, und Billies Gründe wirkten im Vergleich dazu selbstsüchtig. Heiligte der Zweck die Mittel? Woher sollte sie das wissen? Vielleicht war es den Aliens bestimmt, die Erde zu besitzen; wie kam sie dazu, mit dem Schicksal zu hadern?

Billie legte sich hin und zog die Decke bis ans Kinn. Vielleicht würde sie später zu Ripley gehen, um mit ihr zu reden. Aber nicht jetzt.

Ripley saß, den Rücken an die Wand des Docks gelehnt, neben dem Frachtraum und lauschte. Hin und wieder raschelte die Königin, ein gleitendes, klickendes Geräusch, wenn sie mit ihrem gepanzerten Körper über das glatte Innere der Metalllegierung ihres Gefängnisses strich.

Ripley hatte den größten Teil der Nacht hier zugebracht; in den frühen Morgenstunden war die Königin es endlich müde geworden, zu hämmern und zu schreien. Ripley hatte den Navigationscomputer überprüft und McQuade Reparaturanweisungen gegeben – der Schaden an der *Kurtz* war minimal gewesen. Jones hatte versucht, sie ins Medolabor zu bringen, aber sie fühlte sich den Umständen entsprechend gut. Und sie hatte eine Weile zuhören wollen, wie die Königin nutzlos gegen die Wand hämmerte.

Ripley tat der Tod von Dunston, Carvey und Adcox leid; sie waren alle gestorben, um die Königin an Bord der *Kurtz* zu holen, und sie wußte, daß ein großer Teil der Verantwortung auf ihren Schultern ruhte. Aber auch sie wäre gestorben, falls es sich als nötig erwiesen hätte. Um die mörderische Brut auszulöschen, die Königinmutter der Aliens, die schon so viele Tode bewirkt hatte...

Das flüchtige Verlangen, daß sie empfunden hatte, die Königin möglichst in eine Million Fetzen zu sprengen, war nichts verglichen mit ihrem Haß. Ihre Wut war heftig und kurzfristig; ihr Haß war kalt und tief und währte ewig. Die Auslöschung dieser Bestie würde auch dem kein Ende bereiten.

Sie wußte, daß es nicht gerade gesund war, nur für die Rache zu leben. Aber das war ihr gleich. Sie tat das Richtige, und das wurde ihr mit jedem verstreichenden Augenblick klarer; jede Stunde brachte sie der Erfüllung einen Schritt näher.

Die leere Bucht vor ihr verdoppelte sich plötzlich. Ripley blinzelte mehrmals. Die Vision verging.

Ihr schmerzte immer noch der Kopf vom Schwanzschlag der Bestie, aber das tat nichts zur Sache. Auch die große Schwellung an ihrem Bein schien bereits zurückzugehen. Sie war einfach nur müde, hatte lange nichts gegessen –

Der Gedanke an Essen und Schlaf war verlockend. Sie erhob sich und begab sich von der Tür zur Kammer.

»Auf bald, du Stück Scheiße«, rief sie über die Schulter zurück.

Als sie zu den Leiterschächten ging, fiel ihr auf, daß das Schiff eine leichte Schräglage nach rechts aufzuweisen schien. Sie krauste die Stirn und hielt inne, streckte eine Hand aus und berührte die Wand. Eigentlich sollte die Schwerkraft nicht derart wechseln, dachte sie und machte noch einen Schritt auf die Leiter zu. Plötzlich hatte sie den Eindruck, wieder an der Wand zu stehen. Sie lehnte sich dagegen, versuchte den Effekt zu begreifen.

»Tully!« rief sie.

Keine Antwort.

Irgend etwas lag furchtbar im argen. Sie sah den Alarmknopf an der Wand und griff danach.

Wieso hatte sich der Alarm nicht von selbst ausgelöst...?

Das war ihr letzter Gedanke, als sie auf den Knopf schlug und die Lichter ausgingen.

19

Billie saß schweigend mit den anderen in der Messe. Nach McQuades kurzem Bericht über die Reparatur der *Kurtz* schien es nicht mehr viel zu sagen zu geben.

Sie warteten darauf, Jones' Stimme über Kom zu hören – oder Ripley den Raum betreten zu sehen.

Vor einer Stunde hatte Sirenengeheul Billie aus dem Schlaf gerissen, und sie war auf den Korridor hinausgelaufen, bereit, die Wutausbrüche der Königin aus dem unteren Deck zu vernehmen. Schon Sekunden später war der Alarm aufgehoben worden, und Ana Moto hatte über Kom schiffsweit gemeldet, daß sie Ripley bewußtlos vorgefunden und zur Medizinischen gebracht hatte.

Sie waren alle in die Messe gegangen, um abzuwarten, was sich daraus ergäbe.

Ein paar Minuten darauf war Moto aufgetaucht und hatte ihnen erzählt, daß der Doc gerade eine Diagnose durchführe und sich melden werde, wenn er etwas Näheres wisse.

Billie war dermaßen müde, daß sie ihre ganze Kraft brauchte, um die Augen aufzuhalten. Die Spannung im Raum erschöpfte sie nur noch mehr. Wann würde das aufhören? Jetzt war es Ripley, die jederzeit sterben konnte, die Frau, die sie zu respektieren und zu bewundern gelernt hatte und die ihr wichtig geworden war –

Wilks saß neben ihr und trank Kaffee. Wie üblich verriet seine Miene wenig. Billie beneidete ihn um seine Selbstsicherheit. Nichts schien ihn länger als ein paar Sekunden zu beeinträchtigen; er reagierte , indem er sich einfach mit dem befaßte, was war.

Im Vergleich zu ihm war sie noch ein Kind, chronologisch und emotional gesehen. Ihre inneren Aufschreie über die Ungerechtigkeit der Welt waren banal und zwecklos. Und sie änderten nichts...

Billie biß sich auf die Unterlippe und wartete.

Wilks spielte mit seiner Kaffeetasse, wohl wissend, daß jetzt der richtige Zeitpunkt war, um mit Billie zu reden. Er machte sich Sorgen um Ripley, doch der Fachmann war Jones. Es gab nichts, was er in dieser Sache tun konnte. Er war so hilflos wie alle anderen.

Billie starrte ausdruckslos auf den Tisch, als sähe sie sich ein Holo an. Auch wenn Bueller auf Spear's Planetoid zurückgeblieben war, so war sie doch fähig, darüber zu reden. Wenigstens einigermaßen.

Als Moto und Falk quer durch den Raum ein Gespräch begannen, war er endlich soweit.

»Wie geht's dir?«

»Ganz gut«, sagte sie mit matter Stimme.

»Tut mir leid wegen Adcox«, sagte er. Keine Antwort. »Ich wünschte, sie wäre hier. Ich wünschte, ich hätte den Platz mit ihr tauschen können.«

Billie schaute ihn an. »Warum? Es ist nicht deine Schuld.«

»Nachdem Ripley weg war, hatte ich die Verantwortung für die Landeeinheit. Das nehme ich auf meine Kappe.«

»Du hast sie nicht gezwungen, uns zu begleiten, Wilks! Ich...« Sie stolperte über ihre Worte, stockte.

Wilks legte ihr eine Hand auf die Schulter. »Du auch nicht«, sagte er.

Er hatte nicht den Eindruck, daß er der Richtige war, um sie zu trösten, aber er konnte den Ausdruck auf ihrem Gesicht nicht ertragen – er spiegelte wider, wie er sich die meiste Zeit über fühlte. Er hatte gelernt, wie man das verbarg, aber es war da. Sie litt. Das wußte er.

Sie entspannte sich etwas unter seiner Hand.

»Es ist wirklich nicht deine Schuld, Billie. Du hast das alles nicht herbeigeführt.«

Lange Zeit blickte sie weg, und schließlich nickte sie. Sie wandte sich ihm wieder zu, mit feucht glänzenden Augen, nickte. »Nein«, sagte sie. »Das habe ich wirklich nicht.«

Wilks spürte, wie sein verkrampfter Magen sich ein wenig entspannte. Das war ein Anfang. Vielleicht hatte er es doch nicht so übel gemacht.

»He, Leute«, knisterte es im Kom. »Seid ihr da?«

Das war Jones.

Tully antwortete ihm. »Was ist los? Wie geht's ihr?«

Alle im Raum wandten sich dem Wandkom zu. Wilks umklammerte Billies Schulter fester.

»Sie ist okay«, sagte Jones. »Wird im Handumdrehen wieder wie neu sein.«

Falk und Moto sprangen grinsend auf. McQuade umfaßte mit den Händen die Stuhllehne und lachte.

Wilks lächelte Billie zu, deren ganzer Körper sich schüttelte, als sie zu weinen begann. So lange kannte sich diese Crew noch gar nicht, und doch war Wilks genauso erleichtert wie jeder andere. Ripley war etwas Besonderes. Zum Teufel, sie waren alle etwas Besonderes. Er legte den Arm um Billie, und sie lehnte sich an ihn, ließ den Tränen freien Lauf. Er begriff, daß sie noch lange weinen würde. Auf die Erleichterung folgte das Sichgehenlassen. Nicht gerade etwas, worin er selbst viel Übung hatte.

Ripley schwamm langsam aus der Dunkelheit. Ganz in der Nähe sprach jemand. Sie war müde, der Kopf tat ihr weh.

»... wird im Handumdrehen wieder wie neu sein«, sagte die Stimme. Weit entfernt lachte jemand. Ripley bemühte sich, die Augen zu öffnen.

»Was ist geschehen?« Diese Stimme war weit weg und dünn.

Jetzt sprach wieder die nähere Stimme. »Sie hat eine Kopfverletzung davongetragen, wurde ihr wohl von der Königin zugefügt.«

Ripley schwanden die Sinne. Sich zu konzentrieren fiel ihr schwer. Doch dann – »Königin«. Die Königin. Sie spürte, wie sich ihre Hände zu Fäusten ballten. Es mußte sein. *Wach auf. Wach auf.*

»Das Rückenmark ist unversehrt, keine Fraktur. Ich habe mir wegen einem Blutsturz Sorgen gemacht, aber nichts weist darauf hin. Größtenteils Erschöpfung, denke ich. Eine leichte Gehirnerschütterung. Sie ist ziemlich zäh. Zäher, als sie aussieht.«

Jones. Sie befand sich auf der *Kurtz*, im Medilab, und die Königin –

Ripley stöhnte und drehte den Kopf zur Seite. Sie schlug die Augen auf.

Jones stand neben dem Wandkom. Er warf ihr einen kurzen Blick zu und sah auf seine Armbanduhr.

»Ups. Ich muß mich um meinen Patienten kümmern. Ich laß euch wissen, wenn sie Besuch empfangen kann.«

Ripley krümmte sich, als sie sich umsah. Ein kaltes Zimmer, seltsamer Geruch, glänzende Instrumente. Das machte ihr angst, und sie wußte nicht, warum.

»Wo ist die Königin?« sagte sie. Ihre Kehle war ganz trocken.

»Im Frachtraum eingesperrt. Keine Sorge. Es ist nichts passiert, du bist nur ohnmächtig geworden«, sagte er. »Alles in Ordnung.« Er brachte ihr ein Glas Wasser vom Essensverteiler und hob ihren Kopf an, so daß sie trinken konnte.

»Wie lange?« fragte sie und lehnte sich zurück.

»Etwa zwanzig Minuten, seit Moto dich gefunden hat.«

Ripley richtete sich auf. »Nichts gegen dich, Jones, aber ich stehe nicht auf Ärzte. Ich möchte gern wieder in mein Quartier.«

»Wäre mir lieber, wenn du hier bliebest.«

»Mir nicht. Ich bin doch okay, stimmt's?« Sie schwang die Beine über den Tischrand und hielt einen Moment inne, mit pochendem Schädel. Sie mußte *raus* aus diesem schrecklichen Zimmer!

»Also gut«, sagte er. »Aber laß zu, daß ich dir helfe. Man wird nach dir sehen müssen, wenn wir wieder auf dem Gateway sind; was deinen Typ betrifft, bin ich nicht gut genug ausgebildet. Ich meine, ohne die Blutprobe hätte ich es gar nicht gemerkt.«

Ripley stand auf und entzog sich Jones' ausgestreckter Hand.

»Wovon redest du? Hast du nicht gerade gesagt, daß ich okay bin?«

»Yeah, okay schon. Tatsächlich bin ich sogar ziemlich beeindruckt. So nah, und doch so fern.«

»Jones«, entfuhr es ihr wütend. »Worauf, zum Teufel, willst du hinaus?«

»Reg dich ab, Ripley. Du bist in Ordnung, aber du brauchst Ruhe. Mir will einfach nur nicht in den Kopf, wieso du es mir nie *gesagt* hast. Ich meine, was, wenn ich einen Noteingriff hätte vornehmen müssen? Eine Bluttransfusion oder so etwas?«

»A positiv«, sagte sie. »Steht das nicht in deinen Unterlagen?«

Jones grinste sie an. »Deine Blutgruppe schon, aber nicht, was dahintersteckt. Du hast ja nicht einmal einen Rhesusfaktor. Obwohl mich das nicht erstaunt, so weit entwickelt, wie du bist. Ohne Mikroskop wäre es mir nie aufgefallen; sogar die

Farbe ist perfekt. Ziemlich beeindruckend. Komm, ich helfe dir auf die ...«

»Wovon, zum Teufel, *redest* du? Was heißt das, ›so weit entwickelt, wie ich bin‹?«

»Yeah, ich hatte schon gehört, daß sie in den AP-Labs ziemliche Fortschritte erzielt hatten, ehe die Monster landeten, aber du bist so dicht dran, daß man's kaum glauben kann.«

Jetzt begriff sie. Das war ein schlechter Scherz. Wütend schlug sie seine Hand weg. »Jones, du Arschloch! Das ist alles andere als komisch. Was glaubst du wohl, wer du bist? Nein, das ist *absolut* nicht komisch. Mein Gott!«

Sein Grinsen schmolz dahin. »Ripley«, sagte er und riß die Augen weit auf. »Herrje. Du hast es nicht gewußt? Du meinst – wie kannst du das nicht wissen? Scheiße, tut mir leid – ich dachte ...«

Er stockte. Seine dunklen Züge waren eine Maske der Verlegenheit. Ripley spürte, wie ihr Zorn ein wenig wich, als sie die Wahrheit auf seinem Gesicht sah. Sie lehnte sich schwer gegen die Wand.

Nein, nein, das – das kann nicht sein, nein, dachte sie. Das ist nur ein weiterer böser Traum, ein weiterer Alptraum. Das kann nicht wahr sein. Völlig unmöglich. Ich bin ein Mensch! Und kein – kein –

Androide.

20

Wilks öffnete die Tür und sah einer erschöpft wirkenden Ripley ins Gesicht.

»Ich weiß, daß es spät ist, aber kann ich trotzdem einen Moment mit dir reden?«

»Yeah, klar. Wie fühlst du dich? Wir dachten schon...« Er verstummte, als sie sich an ihm vorbeidrängte und sich auf den Bettrand setzte, den Kopf gesenkt. Sie strich sich mit der Hand durchs zerwühlte Haar. Ihre Schultern waren gespannt, und sie hatte dunkle Schmierspuren unter den Augen. Ihr Gesicht war aschgrau.

Sie schaute mit einer Miene zu Wilks hoch, die er nicht ganz einordnen konnte. Etwas wie – Furcht? Scham?

»Was ist los, Ripley?«

»Ich weiß, daß keiner offiziell die Leitung dieser Mission übernommen hat, aber bisher haben alle mich als Chefin angesehen«, sagte sie. Sie schien durch ihn hindurch zu starren, als spräche sie zu einer Wand.

»Das ist richtig«, sagte er vorsichtig. »Und du hast deine Sache verdammt gut gemacht.«

»Tja, ich kündige. Ich geb's an dich ab, Wilks. Ich will, daß du es zu Ende bringst.«

Sie erhob sich, als wäre das Gespräch vorbei, und wandte sich Richtung Tür.

»Einen Augenblick, Ripley – was geht hier vor? Du bist gerade aus der Medizinischen entlassen worden, du siehst hundsmiserabel aus, und jetzt willst du die Verantwortung für unseren Passagier *mir* aufbürden? Wie fest war der Schlag auf den Kopf eigentlich?« Er grinste, um seinen Worten etwas von ihrer Härte zu nehmen, war aber nichtsdestoweniger baß erstaunt.

»Ich bin nicht bereit zu Diskussionen, Wilks. Sieh mal, wenn du die Leitung nicht übernehmen willst, sprich mit McQuade oder Moto oder sonst jemandem darüber. Mir ist das gleich. Ich bin für allemal *draußen.*« Ihre Wangen röteten sich, aber Wilks konnte die Emotion immer noch nicht deuten.

»Wieso?« fragte er. »Kannst du mir das sagen? Was ist passiert?«

Ripley senkte den Blick und schien zu schrumpfen. Sie sagte nichts, machte aber keine Anstalten zu gehen.

Wilks wartete verwirrt ab. Vom ersten Tag an war diese Mission Ripleys Baby gewesen. Sie hatte die Königin eigenhändig an Bord gebracht, und wäre sie nicht gewesen, dann wären Billie, Falk und er inzwischen atomarer Staub – wenn die Aliens sie nicht schon vorher erwischt hätten.

»Ich hatte gerade eine lange Unterredung mit Jones«, sagte sie schließlich. Sie sprach langsam und wohlüberlegt und sah ihm dabei nicht in die Augen. »Ich bin eine Synthetische, Wilks. Eine Nachahmung.« Sie verschränkte die Arme und blickte ihn ausdruckslos an. »Ich bin kein Mensch, und ich habe es nicht einmal gewußt.«

Wilks sah sie ein paar Herzschläge lang an, während ihm allmählich dämmerte, was sie gesagt hatte. Eine Androidin? Er holte tief Luft. »Bist du sicher?«

»Jones hat mir Blutproben gezeigt; wir haben alle möglichen Tests durchgeführt. Yeah, ich bin mir sicher.« Sie preßte den Handrücken gegen die Stirn, die Augen geschlossen.

»Ich will's ja nicht herunterspielen, Ripley, aber verdammt noch mal, was soll's? Du hast uns bis hierher gebracht, und...«

»*Begreifst* du denn nicht?« Ihre Stimme war schrill und bebte. »Wer weiß, wie mein Auftrag lautet – vielleicht hat mich irgendein Konzern mit der Idee programmiert, ihm ein Alien zu *Studienzwecken* zu besorgen. Was ist, wenn ich darauf geeicht bin, euch alle umzubringen, wenn wir die Erde erreicht haben?« Sie senkte ihre Stimme. »Ich bin nicht vertrauenswürdig.«

»Hast du keinen, äh, Zugang zu deinem Programm?«

»Nein. Anscheinend bin ich ein ziemlich weit fortgeschrittenes Modell. Keine mechanischen Teile, keine Inputslots oder Anschlußbuchsen.« Ihre Stimme war von Selbstekel erfüllt. »Jones meinte, daß er es ohne Mikroscan nie herausgefunden hätte. Ich gehe bis auf mikroskopischer Ebene als Mensch durch.«

Wilks krauste die Stirn. »Ich verstehe«, sagte er. »Aber ohne Scheiß, ich glaube nicht, daß das etwas ändert. Du hättest uns auf dem Planeten zurücklassen können, du hättest uns schon längst umbringen können – und mehr als einmal. Außerdem, wen gibt's auf der Erde denn noch, der etwas studieren könnte?« Er hielt einen Moment inne. »Ich glaube, was immer dein Auftrag sein mag, daß er positiv ist. Und wenn man den Unterschied nur per Mikroscan feststellen kann, was ändert das schon?«

Ripley ging zur Tür und stieß sie auf. »*Mich* ändert es«, sagte sie. Sie trat auf den Korridor hinaus.

Wilks blickte auf die halb offene Tür. Jesus und Buddha. Wie würden die anderen das aufnehmen? Wenn sie erfuhren, daß das, was sie für einen Menschen gehalten hatten –

Billie, dachte er. Ripley kam offenbar nicht besonders gut damit zurecht. Vielleicht konnte Billie ihr helfen; sie hatte Bueller auch dann noch geliebt, nachdem sie die Wahrheit erfahren hatte...

Wilks machte sich auf die Suche nach ihr.

Billie klopfte an Ripleys Tür und wartete. Keine Antwort. Die Temperatur in der *Kurtz* war für die Standardnacht herabgesetzt worden; Billie schlang die Arme um ihren Oberkörper, damit sie nicht mehr so fröstelte. Wieder klopfte sie an, diesmal leiser.

Vielleicht schläft sie, dachte sie. *Gut.*

Sie wartete noch eine Weile und ging dann zu ihrer Unterkunft zurück, Wilks erhob sich, als sie ihr Zimmer betrat.

»Sie schläft«, sagte Billie.

»Oder antwortet einfach nur nicht«, sagte er. »Vielleicht kannst du morgen mit ihr reden.«

Sonst schien es nicht viel zu sagen zu geben. Er ging, kehrte in seine eigene Kabine zurück.

Billie war müde, aber es geschah zu viel, als daß jetzt an Schlaf zu denken wäre. Sie setzte sich auf den Bettrand.

Was hätte sie Ripley gesagt? Was *konnte* sie ihr sagen?

Uh, tut mir leid, Ripley, das ist hart. Weißt du, ich war einmal in einen Soldaten verliebt, und dann stellte sich heraus, daß er auch nicht echt war. Das hat mir ganz schön zugesetzt, als ich's erfuhr – ich hatte wohl das Gefühl, betrogen worden zu sein...

Das wäre wirklich eine große Hilfe.

Billie atmete langsam aus und legte sich zurück. Sie starrte die Decke an und versuchte, fehlerhafte Stellen im glatten Plastikbelag zu finden, während sie ihre Gedanken streifen ließ.

Mitch war fähig gewesen zu lieben; davon war sie jetzt fest überzeugt. Aber als ihr das klargeworden war, hatten Wilks und sie sich bereits auf Spears' Schiff befunden.

Änderte es etwas, daß sie das mit Ripley wußte? Billie dachte an den bisherigen Verlauf der Mission. Von Anfang an war es Ripleys oberstes Ziel gewesen, die Kreaturen zu vernichten - nein, ihre Achtung für Ripley war so groß wie eh und je.

Seit Billie sie kannte, hatte Ripley immer den Eindruck gemacht, niemanden zu brauchen. Aber es klang, als hätte sie jetzt etwas Unterstützung nötig. In gewisser Hinsicht fühlte sie sich plötzlich echter –

Menschlicher, dachte sie. So wie Mitch während der letzten Sendung gewesen war.

Billie kannte all die Vorurteile, die die Menschen gegenüber Synthetischen immer noch hatten; manchen fiel es schwer, mit Maschinen zu reden und sich dabei nicht unwohl zu fühlen.

War Mitch bloß eine Maschine? Oder Ripley?

Nach Mitch sah sie das alles in einem anderen Licht. Es ging nämlich nur um eins: Ripley war nicht auf die übliche Weise geboren worden. Aber hatte sie deswegen keine Seele? War sie deswegen als Wesen weniger Wert? Wo sollte man den Trennstrich ziehen?

Schließlich schlief Billie ein. Sie träumte von Fragen ohne Antworten.

Ripley gestand sich ihren Hunger ein, als deutlich wurde, daß er nicht mehr weggehen würde.

Schön, dachte sie. *Ich habe Hunger. Na großartig.*

Es war spät am Morgen. Sie hatte mindestens zehn Stunden geschlafen und war trotzdem noch müde aufgewacht. Sie lag im Bett, die Augen geschlossen.

Sie konnte an nichts anderes denken, und dabei war es doch so eine Lappalie. Wie sollte sie sich sonst fühlen? Und was machte es schon für einen Unterschied? Ihre Gefühle waren Simulationen, falsch.

Wenigstens wurden ihr jetzt ein paar Dinge klarer. Die Gedächnislücke nach der *Sulaco*. Die Abwesenheit von Träumen seitdem. Und das starke Mißtrauen gegenüber Ärzten – offenbar einprogrammiert, um der Wahrheit zu entgehen. Du kannst nicht zulassen, daß sie in dir herumstochern, sonst kommen sie noch dahinter.

Das *Warum* war schwer faßbar, und vielleicht war es auch nebensächlich. Alles, woran sie glaubte, war in Frage gestellt; man durfte Androiden nicht trauen, sie konnten sich selbst blendend betrügen. Das lag in ihrem Naturell. So wie man sie betrogen hatte...

Der Synthetische an Bord der *Nostromo* war ein Mörder gewesen, der sich als Freund ausgegeben hatte. Bishop war in Ordnung gewesen, aber –

Ripley runzelte die Stirn. Sogar an Bishop war etwas grundlegend Falsches gewesen, eine Zweiheit, obwohl sie sich nicht genau erinnerte –

Es klopfte an der Tür.

»Ripley, hier ist Billie. Kann ich reinkommen?«

Ripleys Herz verkrampfte sich. *Billie*. Die junge Frau hatte bei alledem verdammt viel Courage bewiesen. Ripley war stolz auf sie gewesen.

Komisch, dachte sie. *Wie menschlich von mir.*

»Jetzt nicht, Billie.«

»Es dauert nur eine Minute! Wilks will heute abend in Tiefschlaf gehen, und –«

»Geh weg, Billie. Ich will allein sein.« Der bloße Gedanke, darüber zu reden, ermattete Ripley noch mehr.

Sie spürte das Zögern. Ripley stellte sich vor, wie Billie dastand und nach den magischen Worten suchte: *Das stört doch keinen*, würde sie sagen, *echt, das ist absolut in Ordnung* –

Die Vorstellung, daß Billie Mitleid für sie empfinden könnte, bereitete ihr Übelkeit. Und das Gefühl war noch nicht einmal echt.

Verdammt.

»Jetzt nicht.«

Sie hörte, wie Billie davonging. Sie war froh, daß die anderen sich in Tiefschlaf versetzten; sie wollte unbedingt allein sein.

Ripley knurrte laut der Magen; sie zog die Knie an die Brust und flehte, es möge aufhören.

21

Wilks fühlte sich großartig. Er richtete sich in der Kammer auf und sah sich im Kreis der kalten, schlafenden Gestalten um. Das völlige Fehlen der üblichen Nebenwirkungen überraschte ihn, aber es wurde ihm kaum bewußt. Für ihn zählte nur, wie er sich fühlte.

Er zog seine Kleidung an und grinste über die warme, leichte Kraft seines Körpers. Er hätte regelrecht Bäume ausreißen können. Nein, es war mehr das. Da war so ein Gefühl –

Absolution, dachte er. Es war etwas, was er so lange gewollt hatte, daß es ihm nicht mehr möglich erschienen war. Und es kam ihm nicht im geringsten merkwürdig vor, daß er auf diese Weise erwacht war; es wurde verdammt noch mal Zeit. Es war, als wäre im Schlaf ein Gefühl von Ruhe und Frieden herangereift, ein Wissen darum, daß alles endlich so war, wie es sein sollte …

Er lachte laut auf, als er zum Leiterschacht ging. Jahrelang hatte er so viel mit sich herumgeschleppt, die Schuld und Qual der Vergangenheit hatte so schwer auf seinen Schultern gelastet. Und wozu? Es war weg, in die Leere das Weltraums entschwunden. Da war nichts mehr, worüber er sich Gedanken machen müßte; er war frei!

Eine kühle Stimme sprach sanft in seinen Gedanken, führte ihn durch diese – Offenbarung. *Freiheit*, sagte sie leise, *der Schlüssel …*

Ihm blieb nur noch eins zu tun. Er ging die Stufen hinunter und durch das Dock für die Landeeinheit; seine Füße berührten kaum das Metall. So viel Zeit seines Lebens vergeudet! Aber jetzt war alles gut …

Er trat an die Schleuse des Frachtraums und langte nach den Kontrollen, wie im Traum.

Freiheit, Leben, Erlösung …

Eine Woge der Wärme und des Friedens brandete über ihn hinweg, als seine Hand kurz vor dem Knopf verharrte. Die Gefühle wurden intensiver, stärker.

Laß mich laufen, laß mich laufen –

Halt. Wilks zog seine Hand zurück, plötzlich unsicher. Was ging hier vor? Wer war …

LASS MICH GEHEN –

Ein Gefühl großer Macht und furchtbarer Gefahr durchwogte ihn. Er taumelte zurück, fort von der Tür. Er war ein leerer Raum, der schlagartig von Trauer und Verzweiflung ausgefüllt wurde.

Aber sie war doch dagewesen! schrien seine Gedanken. Diese zauberhafte Ruhe, diese –

Erlösung, Freiheit ... Die Stimme troff von Versprechungen. Und Liebe.

Er brauchte nur den Knopf zu drücken.

Wilks kauerte sich am Fuß der Wand zusammen und weinte zum ersten Mal seit seiner Kindheit.

Billie stand im Dock der Landeeinheit. Es war kalt und halbdunkel. Sie sollte sich hier mit jemandem treffen, wußte aber nicht mehr –

»Billie!«

Eine gedämpfte Stimme drang durch die Wand des Frachtraums. Eine Stimme, die sie kannte und liebte.

»Billie! Ich bin's, Mitch!«

Sie ging auf die Schleuse zu; ein Anflug von Hoffnung regte sich in ihrer Brust.

»Mitch?« Ihre Stimme überschlug sich etwas.

»Yeah. Mach auf, Billie! Ich liebe dich.«

Wenige Meter von der Schleuse entfernt, blieb sie stehen. Ihr Lächeln schwand dahin. Nein. Es war ganz und gar unmöglich, daß –

»Billie! Billie, ich bin's, Char! O Gott, laß nicht zu, daß sie mich erwischt, Billie, o bitte, nein ... «

Wie hatte sie glauben können, daß es Mitch war? Char hatte Schwierigkeiten, und es war an Billie, daran etwas zu ändern! Sie rannte zur Schleuse und langte nach dem Knopf.
Aber –

Char ist tot.

»Laß nicht zu, daß sie mich umbringt, o Billie, tu mir das nicht an, mach die Schleuse auf!«

»Du bist schon tot«, sagte Billie leise. »Du bist nicht da drin.« Sie zog ihre zitternden Hände von den Kontrollen weg.

»Du hast recht«, sagte die Stimme auf der anderen Seite. »Ich könnte ebensogut tot sein. Das schert dich einen Dreck, Billie; dir geht es nur um dich. Laß mich hier. Nichts anderes zählt.«

Das war Ripley.

»Nein«, sagte Billie. Das stimmte alles nicht! »Ripley, du bist mir wichtig! Ich will dir helfen, das weißt du doch! Laß zu, daß ich dir helfe ... «

Ripley klang hoffnungslos, verloren. »Du willst ja noch nicht einmal mit mir reden, Billie. Ich dachte, du wärst meine Freundin, aber nein, du läßt mich hier drin einfach verrecken ... «

»Nein! Ich ... « Wieso konnte sie die Schleuse nicht öffnen? »Ripley, ich kann nicht! Da drin ist etwas ... «

Die Königin. Plötzlich wurde ihr das mit aller Deutlichkeit bewußt. Im selben Moment schreckte sie von der Schleuse zurück, und ein Chor von Stimmen ertönte, flehte –

»Laß mich raus ... «

»Ich liebe dich ... «

»Bitte, nicht ... «

Hinter alledem erhob sich auf einmal ein verzweifelter Aufschrei, der sich ins Flehen ihrer verlorenen Freunde einfügte. Eine mächtige Musik, jetzt voll schriller Akkorde, die pochten, hämmerten ...

Wie eine Lärmwoge brandete es über sie hinweg und durchflutete alles mit eisiger Finsternis ...

Ripley saß mit dem Rücken zur Schleusentür da, der Karabiner geladen und entsichert auf dem Schoß. Die Mannschaft schlief bereits seit zwei Tagen. Bald würde sie sich ihnen anschließen, aber vorerst saß sie einmal hier herum. Und wartete ...

Den ersten Tag hatte sie abwechselnd mit Schlafen und Essen verbracht. Mehr als einmal war der Gedanke in ihr aufgekommen, allem ein Ende zu bereiten, und jedesmal hatte sie es eingehender in Erwägung gezogen; wen scherte es schon, ob es einen Androiden mehr oder weniger gab? Sich einfach aus einer Schleuse katapultieren, das wäre kein großer Verlust. Der Plan ging auch ohne sie auf. Die anderen brauchten sie dazu nicht ...

Sie hatte gerade ziellos die Vorratskammer durchstöbert, als die Königin aufschrie, ein Laut, der sich in der tödlichen Stille der schlafenden *Kurtz* gut fortpflanzte. Beinahe reflexhaft hatte Ripley nach einem Gewehr gegriffen und war zum Frachtraum geeilt.

Sie hatte die Bucht der Landeeinheit betreten, mit vor Entsetzen rasendem Herz und voll Angst, daß der Königin irgendwie die Flucht gelungen wäre – aber alles war fest verriegelt gewesen. Die Königin hatte geschrien und gegen die Wände gehämmert, war aber eingeschlossen.

Seit fast einer Stunde war die Alienmutter auf der anderen Seite der Wand jetzt schon still, der Wutanfall hatte nur ein paar Minuten gedauert.

Ripley war froh, daß sie noch lebte. Es war ihr nicht mehr viel wichtig, aber *etwas* schon.

Das Miststück hinter mir erwartet seinen Tod, und es wird seine gottverdammten Kinder mit sich nehmen, wenn es den Abgang macht.

Ripley wollte das sehen. Sie mußte wissen, daß es tatsächlich geschah.

Im Augenblick war das für Ripley Grund genug weiterzuleben. Was auch immer sie war.

Wilks stöhnte auf, als das Licht auf ihn einbrandete. Die

Schleuse zum Frachtraum öffnete sich zischend, und die Wärme seiner Schlafgruft entwich in die kühle Luft. Der ganze Körper tat ihm weh.

Er richtete sich langsam auf und erinnerte sich an große Traurigkeit –

Die Träume.

»Alle bleiben hier«, sagte er. Seine Stimme war ein heiseres Krächzen. Er hustete und räusperte sich. »Keiner verläßt den Raum, ehe wir gesprochen haben!«

Die anderen rissen sich zusammen, wirkten benommen und mürrisch beim Erwachen. Wilks achtete nicht auf die Schmerzen seines Körpers, als er sich den Overall schnappte und zur Tür ging. Flugs kleidete er sich in der kühlen Luft an und wartete auf die anderen.

Er entspannte sich teilweise, als er sah, daß Ripley unter ihnen war. Auch sie hatte sich schnell angezogen und kam jetzt dorthin, wo er stand. Sie wollte vorbeigehen.

»Einen Augenblick, Ripley. Die Königin hat Botschaften ausgesandt, als wir schliefen. Ich finde, wir sollten … «

»Ich träume nicht«, sagte sie. »Und jetzt entschuldige mich.«

Er wollte etwas erwidern, besann sich aber eines anderen. Er nickte ihr zu, als sie vorbeiging.

Brewster zupfte an seinem Hemd und wandte sich mit finsterer Miene Wilks zu. »Was hat das zu bedeuten, Wilks?« meinte er.

Die anderen blickten ihn erwartungsvoll an. Er durchforschte ihre Gesichter nach irgendwelchen Veränderungen, aber sie sahen alle nur müde und gereizt aus, genauso wie er sich fühlte.

»Hat jemand von euch geträumt, die Königin freizulassen?« fragte er.

»Ja«, sagte Billie.

Ana Moto nickte, dasgleichen McQuade und Jones.

Brewsters Gesicht wurde weicher. »Yeah.«

»In Ordnung«, sagte er. »Wir können nach dem Frühstück darüber reden.«

»Die Botschaft war ziemlich nachdrücklich«, sagte Moto. »Sie wirkte wie ein ständig wiederholter Werbeslogan: ›Schau, was du gewinnst, wenn du die Zaubertür öffnest.‹ Kein Wunder, daß du dich bei uns rückversichern wolltest. Mit so etwas hattest du noch nie zu tun.«

Wilks nickte.

Billie schluckte einen Brocken Protosoja hinunter und sah Wilks an, neugierig, was er wohl geträumt hatte.

»Wollte sichergehen, daß keiner von uns mitspielt, nehme ich an«, sagte Brewster.

»So etwas in der Art.«

»Willkommen im Klub der Träumer«, sagte Moto.

Sie saßen an einem Tisch und aßen zum erstenmal seit Wochen. In weniger als zwanzig Stunden würden sie in den Erfassungsbereich von Gateway geraten. Billies Pulsschlag beschleunigte sich beim Gedanken an die Erde …

Ripley war auf dem Weg zur Messe an ihnen vorbeigekommen, als sie ein Tablett zurück in ihr Quartier gebracht hatte. Billie wünschte, daß sie zumindest mit ihnen gegessen hätte; schlimm genug, daß es drei Besatzungsmitglieder weniger gab, aber Ripley *lebte* noch.

»He, wo ist der Boß?« sagte Brewster. »Wieso ißt er nicht mit uns?«

»Yeah«, fügte Tully hinzu. »Wir müssen noch einmal durchgehen, was wir zu tun haben, um an Gateway vorbeizukommen.«

Billie warf Wilks einen kurzen Blick zu. Er legte seine Gabel hin.

»Ripley hat persönliche Probleme«, sagte Billie.

»Welcher Art?« wollte Falk wissen.

Wilks bedeutete Billie mit einem Nicken, fortzufahren.

Sie erhob sich.

Alle hörten auf zu essen und sahen sie an.

»Wir müssen darüber reden«, begann sie. »Ich bin nicht sicher – Ripley möchte wohl lieber nicht darüber sprechen, aber sie würde wollen, daß ihr es alle wißt.« Sie klang viel ruhiger, als sie sich fühlte.

»Ripley ist eine künstliche Person. Ein Androide. Sie hat es offenbar erst bei der ärztlichen Untersuchung erfahren, die kürzlich durchgeführt wurde, und die Neuigkeit hat sie schwer getroffen.«

Sie hielt inne und schaute sich am Tisch um. Im Raum war es unangenehm still.

»Ripley hat mich gebeten, dort weiterzumachen, wo sie aufgehört hat«, sagte Wilks. »Aber das wird nur in einer gemeinsamen Anstrengung möglich sein. Ich bin nicht gerade eine Führernatur, und ...

»Wie, zum Teufel, konnte sie das nicht *wissen*?« sagte McQuade. »Wissen denn nicht alle, was sie sind?«

»Nicht unbedingt«, sagte Jones. »Ripley hat's jedenfalls nicht gewußt.«

»Wir haben ihr vertraut«, sagte Tully ruhig.

Billie spürte einen Funken Wut in sich aufsteigen.

»Das erklärt, wie sie die Königin ganz allein einfangen konnte«, sagte Falk. Er klang deprimiert.

»Wenn ich das gewußt hätte«, begann McQuade, »hätte ich ihr nicht ... «

»*Scheiß* drauf, was du getan hättest, wenn du's gewußt hättest«, sagte Billie; die kühle Messe war plötzlich sehr warm geworden. »Ripley hat's auch nicht gewußt, kapiert?« Sie starrte Tully an. »Sie hat sich *selbst* vertraut! Wie würdest du dir denn vorkommen? Glaubst du, sie hat das *absichtlich* gemacht?«

Sie wandte sich Falk zu. »Das letzte, was sie braucht, ist, daß diese Crew ihr Bigotterie vorwirft!«

Sie hatte die Kontrolle verloren. Billie holte tief Luft und zwang sich dazu, sich zu setzen. »Jones ist besser qualifiziert, diesbezügliche Fragen zu beantworten.«

»Eigentlich nicht«, meinte Jones. »Ich kann euch nur sagen, daß sie so nahe am Menschen dran ist, wie man sich's nur vorstellen kann. Und ich glaube, daß Billie recht hat.

Ripley ist ein guter Anführer.« Er hielt inne und sah ein wenig verlegen drein.

Die anderen nahmen die Information in sich auf.

Moto nickte langsam.

»Okay«, sagte Wilks. »Wichtiger ist im Augenblick, daß wir der Station näher kommen. Ich glaube, daß es da ein paar Leute gibt, die gern ein Schwätzchen mit uns halten würden ... «

Während Wilks mehrere Möglichkeiten diskutierte, beruhigte sich Billie. Tully und Falk sahen sie beide an, als wollten sie sich entschuldigen, obwohl McQuade immer noch angeekelt zu sein schien.

Sie staunte über sich selbst. Allerdings nicht so sehr, wie sie noch vor wenigen Monaten gedacht hätte. Der Ausbruch war ihr gut bekommen, und sie fand, daß er vielleicht sogar geholfen hatte. Ripley hatte nichts *falsch* gemacht. Es war bedrückend, daß irgendeiner von diesen Leuten ihre Stärken übersehen konnte.

Billie sehnte sich nach der Art von Courage, die Ripley eigen war. Sie würde sie brauchen, um Amy zu helfen ... wenn Amy noch am Leben war.

Mit klopfendem Herzen wandte sie ihre Aufmerksamkeit wieder der Diskussion zu.

22

Wilks teilte sich die Kontrolle mit McQuade und Tully. Theoretisch sollte das Schiff sich außerhalb des visuellen und sensorischen Erfassungsbereichs von Gateway bewegen. Man wußte zwar nie, ob nicht gerade irgendein Technikfreak sie durchs Teleskop beobachtete, aber das war nicht allzu wahrscheinlich.

Wilks umklammerte fest die Rückenlehne von Tullys Sessel und hoffte, daß ihr abgeschirmter Ruf durchkäme.

»Jetzt müssen wir warten«, sagte Tully, als sie aufgehört hatte, auf der Tastatur herumzuspielen. »Wenn wir Glück haben, wird die Botschaft bald aufgefangen.«

»Und wenn nicht?« fragte McQuade.

»Dann warten wir noch etwas länger«, sagte Wilks. Wenn man den Kniff kannte, konnte man ein kodiertes Signal präzise übermitteln. Theoretisch wäre es Außenstehenden dann unmöglich, es aufzufangen, sofern sie nicht aufmerksam danach suchten, und selbst in diesem Fall gelänge es ihnen nicht, es anzuzapfen. Ein gewisses Risiko existierte zwar, aber das sollte minimal sein, und außerdem war es eines, das sie nun mal eingehen mußten.

Die Zeit verstrich.

Statik knisterte explosionsartig über das Kom, ein Summen wie von unterdrückten Stimmen. Und dann war da noch die Zeitverzögerung, aber –

»Wird auch langsam Zeit. Ich habe Sie schon vor einer Woche erwartet«

Tully lächelte. »Hallöchen, Fem Elliot! Wie läuft's denn so in eurem Kasten?«

Wieder nahmen sich die Radiowellen hingebungsvoll Zeit, und sie warteten auf die Antwort.

»Maria? Hätte ich mir denken können, daß du noch dabei bist! Sag mal, glaubst du, daß die Sendung genügend dekodiert ist? Mein Computer schuftet wie blöde. So clever sind die Vorgesetzten hier nicht, weißt du. Für wie wichtig haltet ihr euch eigentlich?«

Wilks beugte sich über das Kom. »Wir dachten, wir schauen mal vorbei und sehen, was *ihr* davon haltet.«

»Oh, mein Herz! Ist das der berüchtigte Sergeant Wilks? Wie läuft's denn so, Sarge?«

»Nicht schlecht, Leslie. Wir haben gefunden, wonach wir suchten.«

»Großartig, Jungs! Gratuliere. Und wie geht's euch so?«

Wilks sagte: »Wir hatten ein paar Verluste.«

Es gab eine etwas längere Pause, als die Funkwellen erforderten. »Tut mir leid, das zu hören.«

»Yeah«, meinte Wilks.

Tully meldete sich zu Wort. »Unsere Hauptsorge ist im Moment, wer uns *noch* erwartet hat. Wie sieht's aus, Les?«

»Tja. Vor einigen Monaten habt ihr alle für einen gehörigen Aufruhr gesorgt. Ich glaube, es war die Rede von ›subversiv‹ und ›geistig instabil‹. Oh, und von ›böser Absicht‹. Um es kurz zu machen, alles lief offiziell darauf hinaus, daß ein Haufen Irrer aus keinem anderen Grund ein Schiff gestohlen hatte, als sich mit übermächtigen Kräften anzulegen.«

McQuade kicherte. »Gar nicht so weit daneben«, sagte er.

Wilks runzelte die Stirn. »Ist das alles?«

»Sie machen wohl Witze, was? *Inoffiziell* hat man General Peters einen verdammt großen Schuh in seinen zugekniffenen Arsch gerammt, weil er das Ausmaß Ihres Wahnsinns nicht erkannt hat. Man hat für Sie alle Haftbefehle ausgestellt. Die guten Nachrichten sind, daß man sie samt und sonders für ausgerastet hält, so daß man sie vielleicht in ein nettes sauberes Krankenzimmer steckt und nicht in eine vorschriftsmäßige

Zelle. Und wenn überhaupt, dann erwartet man Sie frühestens in weiteren sechs Wochen zurück.«

»Wieso das?« meinte Wilks.

»Oh, in Ihrem Quartier wurde eine Karte entdeckt, die Ihren Zielort viel weiter weg ansetzt«, sagte er.

Billie machte einen Schritt vor, das blasse Gesicht angespannt und neugierig. Wilks hatte gar nicht bemerkt, daß sie hereingekommen war.

»Leslie, hier Billie. Wie steht's auf der Erde?«

»Seit Wochen kein Funkkontakt. Atmosphärische Statik, zunehmende Sonnenfleckenaktivität, diese Dinge. Aber was immer diese Mistviecher da unten auch anstellen, es ist schlimmer geworden.«

»Was ist mit den Satellitenverbindungen?« sagte Billie. Sie schien den Tränen nahe zu sein, doch ihre Stimme war fest.

»Die letzten Signale, die wir hereinbekommen haben, waren alte Nachrichtensendungen – und ich muß dir sagen, es sah nicht gut aus. Wer auf der Erde noch übrig war, gehört jetzt wahrscheinlich den Aliens, auf die eine oder andere Weise. Tut mir leid.«

Wilks legte seine Hand auf Billies Schulter, doch sie schüttelte sie ab. »Hör zu. Tu mir einen Gefallen, und übermittle uns die Sendungen der letzten paar Tage. Ist das drin?«

»Kein Problem.«

»Vielen Dank«, sagte Billie. Sie verließ den Raum.

»Hört zu, es hat mich gefreut, von euch zu hören, aber treiben wir's nicht zu weit. Auch mit Zerhacker – ich laß es euch wissen, wenn sich was Wichtiges tut. Paßt auf euch auf, okay?«

»Du auch«, sagte Wilks.

Das Kom-Gerät verstummte. McQuade wandte sich an Wilks. »Klingt nicht so, als gewännen wir hier Stimmen«, sagte er.

Wilks zuckte die Achseln. »Um an die Bomben heranzukommen, müssen wir ihnen irgendwann vor die Flinte kommen«, sagte er. »Und wir haben die Königin. Ich bezweifle, daß sie uns irgendwie helfen werden, aber vielleicht können wir sie dazu bringen, es auf unsere Weise zu machen. Und selbst im schlimmsten Fall werden sie uns nicht in die Luft sprengen – sie wollen die *Kurtz* zurück.«

McQuade nickte, wirkte aber immer noch unsicher. Wilks ging nach hinten, um mit dem Rest der Crew zu reden. Die Station würde sie erst in einigen Stunden auf die Schirme bekommen, so daß ihnen noch genug Zeit blieb, um Alternativpläne auszuarbeiten.

Wilks wußte, daß er in Streßsituationen gut war; darin war er geübt. Aber ein solcher Scheiß –

Verdammt noch mal, wieso kümmert sich Ripley nicht darum? Zum Teufel mit ihrer Menschlichkeit, oder daß es ihr daran fehlt – sie wären weitaus besser dran, wenn *sie* die Sache in die Hand nähme. Er kannte seine Grenzen, und die hatte er fast erreicht.

Billie saß allein hinter dem kleinen Computer im Medolab. Der Raum war kalt und strahlend weiß; er rief wehmütige Erinnerungen an die Kliniken wach, in denen sie den größten Teil ihres Lebens verbracht hatte. Im Augenblick hatte sie aber Wichtigeres zu tun …

Sie tippte eine kurze Beschreibung von Amy ein und wartete auf die Identifikation.

Der Schirm flimmerte. Das verschwommene Bild eines jungen Mädchens mit schlecht geschnittenen Haaren blitzte auf. Sie starrte Billie ein paar Sekunden lang an, wobei sie zu ernst für ein Kind dreinsah. Wie alt war sie jetzt? Dreizehn? Vielleicht vierzehn?

Was für ein Baby, dachte Billie. Ihr Herz verkrampfte sich, doch zugleich empfand sie große Erleichterung.

»Läuft die Kamera?« sagte Amy. Ihre Stimme war etwas tiefer geworden, und es schien, als hätte sie versucht, sich das Gesicht zu säubern.

»Nur zu, Kleines«, sagte eine Stimme aus dem Off.

»Ich und Daddy sind hier in einer Fabrik in Northern Carolina, die einmal Mikrochips hergestellt hat. ,Wir ziehen wahrscheinlich bald um. Onkel Paul ist jetzt nicht mehr bei uns. Vor fast zwei Wochen hat er sich auf die Suche nach Lebensmitteln gemacht, und ich hoffe, daß er sich nur versteckt hält, aber das glauben wir eigentlich nicht.« Ihr Gesicht umwölkte sich, als sie sprach, doch ihre jungen Augen sahen weiter in die Kamera.

»Es wird ständig wärmer. Wir haben einen neuen Freund namens Mordecai, der sagt, daß die Aliens seiner Meinung nach mit ihrem Nestmaterial irgendwie die Atmosphäre aufgeheizt haben.«

Sie grinste breit, eine erstaunlich erwachsene Geste. »Mordecai meint auch, daß die gottverdammten religiösen Arschlöcher inzwischen schon genauso schlimm wie die Aliens wären.« Sie schaute dümmlich an der Kamera vorbei und hob dann die Augenbrauen, weil man ihr offenbar einen mißbilligenden Blick zugeworfen hatte.

»Na ja, das *waren* nun mal seine Worte!«

Jemand seufzte. »Ich weiß, Kleines. Mach weiter.«

»Egal. Wir wollten euch mitteilen, daß sich die Aliens seit ein paar Wochen seltsam verhalten. Sie rotten sich zusammen und sind manchmal tagelang völlig reglos, und keiner weiß, wieso.«

Das kleine Mädchen runzelte die Stirn. »Ich schätze, das war's«, sagte sie.

Die Stimme des alten Mannes nannte wie üblich Datum und Koordinaten, dann wurde der Schirm weiß.

Billie starrte noch einen Moment auf den leeren Monitor und lachte dann befreit auf. Sie lebte noch! Die Sendung war zwar über einen Monat alt, aber die Familie hatte sich jetzt schon so lange durchgeschlagen, daß sie einfach noch am Leben sein *mußte*!

Ich wüßte es, wenn sie tot wäre, dachte sie. *Ich wüßte es.*

Das Band zwischen ihnen, das Billie empfand, war zu stark, als daß es anders hätte sein können. Die genannten Koordinaten hatte sie sich eingeprägt.

Oronas Bomben gehörten zu einem altmodischen Militärarsenal, das irgendwo im Nordwesten der Vereinigten Staaten lag. Billie war einmal dort gewesen, als sie und Wilks von der Erde geflogen waren und es sie auf Spears' Planetoid verschlagen hatte. Sie, Wilks und Mitch …

Sie schüttelte die Erinnerung ab. Ein Militärbunker mußte doch über Transportmittel verfügen … ?

Das war durchaus möglich. Alle Puzzlestücke fielen jetzt an ihren Platz; sie war dazu *bestimmt*, diese Familie zu retten. Amy zu retten.

Zum ersten Mal, seit sie den Planeten der Alienmutter verlassen hatten, fühlte sich Billie vollkommen wach. Lange Zeit war sie anderen gefolgt, hatte den größten Teil ihres Lebens Befehle entgegengenommen. Jetzt hatte sie die Chance, etwas zu ändern. Es war kein ferner Traum mehr, sondern greifbar *nahe*. Die völlige Auslöschung der Aliens war eine Sache – sie begnügte sich mit kleineren Zielen, die ebenso ihren ganzen Einsatz verlangten.

Sie saß da und träumte von einer möglichen Zukunft. Halt durch, Amy. Nur noch etwas länger.

»Hier spricht Gateway-Station. Bitte identifizieren Sie sich.«

Wilks blickte McQuade an und nickte.

»Hier spricht Captain McQuade an Bord der *Kurtz*«, sagte er. »Ich möchte gern mit dem befehlshabenden Offizier sprechen.«

Die zeitliche Verzögerung wurde weit überzogen. Wilks stellte sich die hektische Betriebsamkeit vor, die sie gerade hervorgerufen hatten, und mußte fast lächeln.

»Jede Wette, daß sich gerade ein paar Typen furchtbar in die Hosen machen«, sagte McQuade.

»Sir«, meldete sich eine Stimme, »bitte bleiben Sie am Gerät. Major Stone kommt gleich.«

»Es geht los«, sagte Wilks.

»Captain McQuade, hier ist Major Stone.« Die Stimme des Majors dröhte vor Autorität. »Öffnen Sie Ihr Kontrollmodem für die Übernahme.«

»Eigentlich, Major, wollten wir nur einen Augenblick mit Ihnen reden. Wir haben ... «

»Captain, wir werden gern mit Ihnen reden, wenn Sie erst einmal hier sind. Sie kennen die Vorschriften. Wenn Sie jetzt bitte zulassen würden, daß wir Sie andocken, ließe sich alles andere gewiß auch ganz problemlos regeln.« Major Stone sprach langsam und bedächtig, als gäbe er einem Kind Anweisungen. Oder einem Geisteskranken.

»Major Stone, hier ist Sergeant Wilks. Wir betreten Gateway *nicht*. Wir haben die Alienkönigin an Bord der *Kurtz* und bringen sie zur Erde. Es ist unnötig, daß sich Gateway militärisch einmischt; das wollten wir Sie nur wissen lassen.« Er versuchte, ruhig und vernünftig zu klingen.

Das verfing beim Major nicht. »Sergeant, wir haben bereits Leute ausgeschickt, die Sie holen sollen. Entweder kommen Sie wie zivilisierte Menschen mit, oder wir ziehen Sie kreischend und um sich schlagend an den Haaren hierher, aber Sie *betreten* die Station! Ist das klar?«

Wilks schaltete das Kom-Gerät aus. »Tully?«

»Ein Schiff hat die Station verlassen«, sagte sie. »Das Antriebssignal läßt meine sämtlichen Langwellensensoren wie verrückt ausschlagen.«

»Tja, zumindest haben wir's versucht. Okay, McQuade, bring uns hier weg.« Er schlug auf die Kom-Taste und sagte schnell: »Ich muß jetzt den Abflug machen, Major, war nett, mit Ihnen zu plaudern.«

»Wilks, Sie können nicht … «

Er schaltete Stone aus und ging auf schiffsweite Kommunikation. »Kopf hoch, Leute. Sieht so aus, als wollte jemand von Gateway bei uns zum Essen vorbeikommen. Uns bleibt nicht viel Zeit. Gleich ist hier die Kacke am Dampfen.«

Wilks' Nachricht hallte durch die leere Bucht der Landeeinheit. Ripley achtete nicht darauf. Ihnen fiel schon etwas ein; das zählte alles nicht, solange sie die Königin hatte.

»Wir wollen doch eure Wiedersehensfeier nicht verpassen, oder?« flüsterte sie. »Ich bringe dich nach Hause, wo du mit deinen Babies zusammen krepieren kannst, du Monster. *Alle* werdet ihr krepieren.«

Nur das zählte.

23

»Können wir ihnen davonfliegen?« fragte Falk.

»Nein«, sagte Brewster. »Ihr Schiff ist manövrierfähiger und viel schneller.«

»Sie werden doch nicht auf uns schießen, oder ?« Das kam von Jones.

»Ich glaube nicht«, sagte Wilks. »Sie wollen uns heil zurückhaben. Na ja, wenigstens wollen sie das *Schiff* heil zurückhaben. Aber das macht keinen Unterschied, was uns betrifft.«

Die Crew stand nervös in der Messe herum. Ihnen blieb noch ungefähr eine Stunde, bis das Gateway-Schiff in Reichweite kam. Billie bemerkte, daß es zur Abwechslung mal zu warm war. Sie fuhr sich übers Gesicht und fragte sich, wo Ripley sein mochte.

»Allerdings könnten sie versuchen«, antwortete Tully auf Jones' Frage, »mit einem Laserschuß unseren Antrieb so weit zu beschädigen, daß wir nicht mehr geradeaus fliegen können. Aber das ist knifflig – sie könnten danebenschießen und uns ein Loch in den Rumpf brennen und dabei versehentlich etwas zerstören, was sich nur schwer reparieren läßt. Oder teuer ist. Ich stimme Wilks zu; ich glaube nicht, daß sie das riskieren.«

»Was *können* sie denn tun?« sagte Jones. »Kreise um uns ziehen, bis wir ganz benommen sind und aufgeben?«

Keiner lachte.

Tully meinte: »Sie können die Kontrollsysteme der *Kurtz* mit einem elektromagnetischen Impuls lahmlegen und uns entern. Das wäre das einfachste – einfach in Reichweite kommen und auf einen Knopf drücken. Das würde *ich* tun.«

»Ist unsere Elektronik nicht abgeschirmt?« fragte Falk.

»Auf diesem Schrotthaufen? Herrje.«

Billie runzelte die Stirn. »Können wir ihnen nicht zuvorkommen?«

»Einen *Frachter* lahmlegen?« meinte Brewster. »Träum weiter. Dieses Schiff ist nicht für Kämpfe gebaut, gleich welcher Art. Keine Abwehrschirme, keine Waffen – wir sind verdammt noch mal verratzt.«

Aber was ist mit Amy? wollte Billie ausrufen. Sie konnten doch nicht einfach *aufgeben*!

Moto seufzte. »Sie werden uns auf Gateway schon nicht *umbringen*. Ich meine, wenn wir erst einmal da sind, können wir ihnen ja alles erklären. Immerhin haben wir die Königin. Das Militär könnte sie übernehmen und den Job für uns erledigen – wahrscheinlich nicht so gut, aber wenigstens brächte ihn jemand zu Ende.«

Keiner antwortete, doch Billie sah, wie sich Bereitschaft auf den Gesichtern zeigte. Vielleicht gefiel es ihnen nicht, aber hatten sie denn eine Wahl?

Das ist nicht fair, dachte sie und wischte sich frustriert den Schweiß von der Braue. Daß sie nach allem, nachdem Menschen gestorben waren, damit das hier klappte, sich einfach abwandten und –

Plötzlich lag ein Grinsen auf ihrem Gesicht. Etwas, das Tully gesagt hatte, hatte es ausgelöst. »Halt mal. Es gibt eine Möglichkeit«, sagte sie. »Ich habe eine Idee.«

Alle starrten sie an.

Antriebslos flog die *Kurtz* durch die Schwärze des Alls in Richtung Erde, ließ sich von der Schwerkraft einfangen und würde, wenn die Spiralbahn nicht unterbrochen wurde, als Hagel glühender Metallteile enden, die nach dem Wiedereintritt in den Indischen Ozean stürzten.

»Alle Systeme heruntergefahren«, sagte Tully, »außer Licht und Funk.« Ihre Stimme drang nur leise aus den Kopfhörern, obwohl die Geräte, die die Bordkommunikation ermöglichten, sich unmittelbar unter ihnen befanden.

»Moto? Hast du deine Köpfhörer auf?« fragte Wilks.

»Yeah. Ich bin bereit.«

Wilks und McQuade erwarteten im Kontrollraum den Funkruf. Die anderen hatten sich hinter ihnen im Mannschaftsbereich festgeschnallt. Wilks hatte noch nicht mit Ripley gesprochen, den Plan aber über Schiffskom erklärt; er hoffte, daß sie zugehört hatte.

»Ich rufe die Besatzung der *Kurtz*. Hier spricht Commander Hsu von der *Adams*.«

»Hier spricht McQuade«, knurrte der Captain. »Was, zum Teufel, wollen Sie? Ich habe zu tun.«

»Sir«, sagte Hsu höflich, »wir sind hier, um Sie nach Gateway zurückzubegleiten. Es gibt keinen Anlaß, unvernünftig zu sein. Öffnen Sie Ihr Modem, und wir können alle Unannehmlichkeiten vermeiden ...«

McQuade unterbrach ihn. »Kommt nicht in die Tüte. Wir fliegen zur Erde, und daran werden auch Sie uns nicht hindern, Hsu. IhreWaffen haben keine Wirkung auf uns – wir sind gesegnet! Sie können uns nicht aufhalten! Wir sind unverwundbar!«

Bei seinen letzten Worten flackerten die Lampen und gingen aus.

Einige Sekunden verstrichen, dann schaltete sich der automatische Notstrom ein.

Sie hatten es mit einem elektromagnetischen Impuls versucht. Wären ihre Systeme hochgefahren gewesen, dann wäre jetzt die halbe Elektronik verschmort.

Wilks drehte sich zu McQuade um. »Tja, meiner Einschätzung nach bist du jetzt mehr oder weniger offiziell geisteskrank, Captain. Hsu hat inzwischen wohl schon das halbe Ärzteteam auf Gateway aufgescheucht, damit es sich mit einem starken Trinomin-Pflästerchen bereit hält; man stellt dir den Jagdschein aus.«

Wilks schaltete die Kopfhörer wieder an. »Moto, Tully. Ihr könnt anfangen.«

Es dauerte nicht lange. Zwanzig Minuten oder so. Dann hallte ein dumpfer Schlag durchs Schiff, und die *Kurtz* verlangsamte, hielt schließlich an. Einen Augenblick später begann sich das Schiff in eine neue Richtung zu bewegen, auf Gateway zu, obwohl sie bei ausgeschalteten Systemen von innen heraus nichts sehen konnten.

»Sie haben ihre magnetischen Schleppseile befestigt«, sagte Wilks beinahe lautlos, als könnte man ihn im anderen Schiff irgendwie hören.

McQuade nickte. »Wie ein Fisch an der Angel.«

Wenn das nicht hinhaut, dachte Wilks, *stecken wir bald unglaublich tief in der Scheiße.*

Billie saß mit Jones, Falk und Brewster im Mannschaftsbereich. Falk hatte bei McQuades Rede, die sie durch die Trennwand hindurch mitangehört hatten, leise gelacht. Jetzt warteten alle schweigend, gespannt.

Brewster schnallte seinen Gurt los und setzte sich in den Sessel neben Billie.

»Was dagegen, wenn ich mich hier hinsetzte?« meinte er.

Sie schüttelte den Kopf und sah zu, wie er sich wieder anschnallte und sich ihr dann zuwandte. Er schien sich seiner nicht sicher zu sein.

»Wie geht's dir so?« fragte er.

»Ich bin okay. Eine Weile ging's mir ziemlich mies, aber das ist vorbei.« Sie war froh, daß sie auch meinte, was sie sagte.

»Gut zu hören«, erwiderte er. »Ich bin mit meiner Scheiße auch recht gut fertig geworden.« Er hielt inne, wollte offenbar noch mehr sagen.

Billie lächelte ihn sanft an. »Dylan. Wir mußten uns auf dieser Mission beide mit einer ganzen Menge Dinge herumschlagen, und das ist noch nicht vorbei. Aber ich betrachte uns als Freunde, und darum sollst du wissen, ganz gleich, was passiert, ich will nur dein Bestes.«

»Ich bedaure nichts«, sagte er leise. Sogar in diesem halbdunklen Raum konnte sie sehen, daß er ein wenig errötete. Er berührte ihre Hand.

»Ich auch nicht.« Ihre gemeinsame Nacht war schön gewesen. Einen Moment lang umfaßte sie seine Finger und drückte sie leicht, ehe sie losließ.

Die sexuelle Begegnung zwischen ihnen war jetzt nicht so wichtig, und sie fühlte, daß er das genauso sah; Dylan war in Ordnung. Und sie auch. Mehr oder weniger.

»Macht euch bereit«, rief Wilks nach hinten.

Billie lehnte sich an ihren Sitz zurück und schloß die Augen.

»Fertig.« Tullys Stimme knisterte in Wilks' Ohren. Er nickte McQuade zu und hielt eine Hand hoch. Der Captain beugte sich über die Kontrollen und wartete auf das Signal.

Billies Plan war fast erschreckend einfach. Sich totzustellen, bis man sie einholte, dann zu beschleunigen und die Antriebskontrolloberfläche des anderen Schiffs so hart zu rammen, daß sie beschädigt wurde. Bis Gateway ein weiteres Schiff geschickt hatte, wäre die *Kurtz* längst unterwegs zur Erde. Herrje, es war schon erstaunlich genug, daß ihnen *überhaupt* etwas eingefallen war!

»Achtung«, rief Wilks über die Schulter. Er deutete auf McQuade. »Los!«

Brummend erwachte die *Kurtz* wieder zum Leben. McQuade schlug auf die Kontrollen, und das Schiff schoß wie eine Rakete seitlich nach vorn.

Unmöglich lange Zeit über wirbelte sie durchs All.

Wilks bleckte seine Zähne.

Der Schiffsrumpf erbebte beim Aufprall, es knirschte laut. Obwohl Wilks angeschnallt war, wurde er schwer durchgeschüttelt. Dann rasten sie weiter, am Schiff vorbei, das sie gerade gerammt hatten.

Das Magnettau spannte sich, und die Verankerung riß heraus, als das kleine Schiff nach der Karambolage weitergeschleudert wurde.

Da wird sich die Versicherung freuen, dachte Wilks. Ihm fiel ein alter Witz über Peitschen ein. *Das hält doch kein Schwanz aus.* »Sofort Energiepegel senken!« befahl er.

Die Adams konnte immer noch einen Magnetimpuls ausstrahlen –

Die Systeme erstarben; Tully und Moto hatten den Saft wieder abgedreht. Hoffte er.

Wilks zählte in Gedanken bis zehn und sprach dann ins Kehlkopfmikro.

»Haben sie uns erwischt?«

»Nein«, sagte Tully. Sie klang außer Atem.

»Umgebungsmelder ein«, sagte Wilks. Ein Paar Konsolenlampen flammten auf. McQuade schaute auf den kleinen Bildschirm und lachte laut.

Sie trieben dahin, hatten aber ein ziemliches Tempo drauf. Die Zeit verstrich, und Wilks glaubte, daß sie nie mehr enden würde.

»Erfassungsbereich verlassen«, meldete McQuade. »Und es scheint, als flögen sie im Kreis.«

Wilks grinste. »Gute Arbeit da unten«, sagte er zum Maschinenraum. »Alle Systeme an.«

»Du weißt, was du zu tun hast, Captain«, wandte er sich an McQuade.

Als die *Kurtz* ihre Systeme hochfuhr, wieder zum Leben erwachte, schaltete Wilks die schiffsweite Kommunikation ein. »Gratuliere, Billie. Allem Anschein nach sind wir unterwegs zur Erde.«

Ripley saß allein in ihrem Zimmer. Es überraschte sie nicht, daß sie noch unterwegs waren; die Leute hier an Bord waren nicht dumm. Wilks hatte sich offenbar als recht fähiger Anführer erwiesen.

Jemand klopfte an die Tür.

»Ripley? Bist du da? Ich bin's, Billie.«

Sie erwog, gar nicht erst zu antworten, dann seufzte sie. So groß war die *Kurtz* nicht; wo sollte sie sonst sein?

»Komm später wieder«, sagte sie.

»Nein. Ich muß jetzt mit dir sprechen.«

Erneut seufzte Ripley. *Dann kann ich's genauso hinter mich bringen.* »Komm rein.«

Billie trat ein und setzte sich auf den Rand des Bettes. »Wie geht's dir?«

Ripley hatte den Eindruck, als hätte sie sich verändert. Vielleicht war sie nicht mehr so schüchtern, etwas selbstbewußter. Sie hatte Billie in Streßsituationen immer nervös gefunden, aber die junge Frau, die jetzt auf ihrem Bett saß, wirkte keineswegs so.

»Wie's mir geht? Na, alles bestens. Prächtig. Es könnte nicht besser gehen.«

»Wirklich? Ich hatte den Eindruck, daß du uns nicht mehr besonders magst.«

Ripley hob die Augenbrauen. »Spiel keine Spiele mit mir, Billie.«

Die junge Frau zuckte die Achseln. »Wieso nicht? Tust du doch auch.«

Ripley war verwirrt. »Ist es das, worüber du mit mir sprechen wolltest? Das ist meine Sache, weißt du, und ...«

»... und das brauchst du keinem zu erklären. Um Himmels willen, Ripley, du mußt *mir* doch keine Rechenschaft ablegen. Aber diese Mission war *deine* Idee, und jetzt läßt du uns einfach hängen!«

Ripley antwortete nicht. *Na und?* dachte sie wütend. *Du bist nicht grundlos hergekommen.* Anscheinend wollte sie nur stänkern; auch gut. Und sie hatte recht – Ripley brauchte das keinem zu erklären.

»Wir brauchen dich, Ripley. Ich brauche dich. Du bist mir wichtig.« Sie holte tief Luft.

Jetzt kommt's, dachte Ripley.

»Ich bewundere dich«, sagte Billie.«. »Ich denke, das ist es wohl, was ich sagen wollte. Ich wünschte, daß ich in vieler Hinsicht deine Kraft hätte.«

»Meinst du das nicht in der Vergangenheitsform?« sagte Ripley. Ihr war klar, wie verbittert das klang, aber was, zum Teufel, fiel Billie ein, einfach so hereinzuschneien und ihr das vorzusetzen? »Das bin nicht *ich*, Billie! Du bewunderst ein Programm, eine Maschine.«

Billie hielt ihrem Blick unerschütterlich stand. »Ich war einmal in eine Maschine verliebt«, sagte sie. Ihre Stimme wurde weicher. »Sein Name war Mitch. Willst du mir erzählen, daß meine Liebe wertlos war, weil er war, was er nun einmal war? Daß seine Liebe zu mir irgendein Trick war, ein – ein Defekt?«

Ripley wich Billies Blick aus. Das war nicht das Mitleid, mit dem sie gerechnet hatte.

»Ich bin nicht Mitch«, sagte sie.

»Nein«, sagte Billie. »Du bist Ripley. Ich habe deine Aufzeichnungen gesehen, lange ehe wir uns trafen; ich habe die Geschichte gehört. Du benimmst dich genau wie Ellen, soweit ich das beurteilen kann. Was soll's, wenn du eine künstliche Person bist? Ich vermute, daß der, der dich geschaffen hat, darauf zurückgriff, was du bereits *warst*. Also bist du eine Kopie deiner selbst. Na schön, vielleicht bist du nicht perfekt. Aber wer, zum Teufel, ist das schon? Wenn du weiter hier herumsitzen und dich dafür bemitleiden willst, daß du nicht die Frau bist, für die du dich gehalten hast, dann nur zu. Das ändert auch nichts. Und wenn wir jetzt Scheiße bauen, weil du uns deine Hilfe verweigerst, dann mußt du das auf deine Kappe nehmen.«

Billie stand da und starrte sie einen Moment lang an, dann ging sie hinaus, ohne ein weiteres Wort zu sagen.

Ripley starrte ihr nach. Mein Gott.

O mein Gott.

24

Sie schafften es bis zur Erde, ohne daß Gateway ihnen noch Steine in den Weg gelegt hätte.

Was will der Mensch mehr? dachte Wilks. Sie waren problemlos in die Atmosphäre eingetaucht und flogen nun hoch über einem Ozean in Richtung des nordamerikanischen Kontinents. Brewster saß an den Kontrollen; in der Luft war er ein besserer Pilot als McQuade.

»Wir erreichen den Zielort in etwa neunzig Minuten«, sagte er.

»Okay«, sagte Wilks. Er schnallte sich los, verließ den Sitz des Kopiloten und ging zur Messe. Die anderen würden in wenigen Minuten nachkommen. Er bewegte sich langsam, in Gedanken versunken.

Und jetzt? Sie hatten es mit einer psionisch begabten Alienkönigin bis zur Erde geschafft, um dort – wie sie hofften – die Pest auszurotten; sie hatten drei Leute verloren, und ihr Anführer hatte eine Abneigung gegen das Anführen entwickelt. Waren sie erst einmal gelandet, dann würde jedes Alien auf dem Planeten hinter ihnen her sein. Ganz abgesehen davon, daß im Erfolgsfall die Rückkehr nach Gateway für sie wohl Gehirnwäsche und Gefangenschaft auf Lebenszeit bedeutete.

Wilks grinste, als er aus dem Korridor in die Messe trat. *Und zu allem Überfluß ist auch noch das Essen unschlagbar,* dachte er.

»Was ist so komisch, Wilks?«

Ripley stand an einer Ausgabestelle, eine Tasse Kaffee in der Hand. Bis auf sie beide war der Raum leer.

»Ich habe gerade an all den Spaß gedacht, den wir bisher hatten«, sagte er. »Hallo, Ripley.« Er tat beiläufig, freute sich aber, sie zu sehen. Sie trat an einen anderen Spender und bestellte ein Steak. Na ja, jedenfalls etwas, was hier als Steak durchging. Die Freuden des Soja.

Etwas, was wie ein dampfender, plattgetretener Haufen Scheiße aussah, erschien im Ausgabefach. Wilks schüttelte den Kopf und nahm sein Tablett.

Ripley begleitete ihn zu einem Tisch und setzte sich ihm gegenüber hin.

»Wilks«, begann sie. »Ich will dir dafür danken, daß du für mich eingesprungen bist, was die Leitung dieser Mission betrifft. Und jetzt, wo wir hier sind, möchte ich dir gern meine Hilfe anbieten – sofern du nicht alles im Griff hast …« Letzteres war fast eine Frage.

Er stocherte in dem Kotelett auf seinem Tablett herum. »Ehrlich gesagt, hatte ich gehofft, daß du etwas in der Art sagen würdest«, meinte er. »Willkommen daheim. Ich bin ein miserabler Anführer.«

»Klingt, als hättest du's ganz passabel gemacht«, sagte sie.

Er zuckte die Achseln. »Wieso hast du dich anders entschieden?«

»Billie hat mit mir gesprochen. Sie hat mir so sehr die Leviten gelesen, daß ich angefangen habe, darüber nachzudenken, wie ich mit allem umgehe.« Sie starrte eine Minute auf ihre Hände und blickte dann zu ihm hoch.

»Wie immer meine Lage auch aussieht, wir müssen nach wie vor unseren Job tun, stimmt's?« Sie lächelte, aber der Ausdruck war frei von Humor.

Falk und Moto betraten gemeinsam den Raum; sie schwatzten miteinander. Als sie sahen, wer da war, blieben sie stehen.

»Hey, schön, dich zu sehen, Ripley«, sagte Moto.

Falk grinste sie an. »Yeah, sorgst du jetzt dafür, daß Wilks nicht mehr wie der letzte Arsch aussieht?«

»Ich werde mein Bestes tun«, sagte sie. »Wunder dauern etwas länger, wißt ihr?«

Wilks lachte. Er hatte sich seit dem Tiefschlaf nicht mehr so wohl gefühlt.

Billie traf ein. Sie winkte ihnen zu und ging zu einer Ausgabestelle für Kaffee. Wilks sah, daß sie bei Ripleys Anblick breit grinste, und ein herzliches Gefühl für sie stieg in ihm auf. Sie hatte sich so sehr verändert, seit er sie aus der Klinik auf der Erde befreit hatte; sie war stärker geworden, mutiger, schöner –

Statt diesen Gedanken wie bisher sofort wieder zu verdrängen, verweilte er einen Moment dabei. Billie war nicht mehr darauf angewiesen, daß er sie beschützte. Sie hatte viele Male gezeigt, daß sie mehr als fähig war, ihren Mann zu stehen. Er arbeitete gern mit ihr zusammen, er vertraute ihr – sie kam einem echten Freund wirklich am nächsten. Aber als Geliebte?

Wieso, zum Teufel, eigentlich nicht? Klar, du bist alt genug, um ihr Vater sein zu können, und hast genug emotionale Schwierigkeiten für zwei – aber jede Wette, daß sie nur auf ein Wort von dir wartet!

»Bist du wach, Wilks?«

Billie wedelte mit der Hand vor seinem Gesicht herum, ehe sie sich setzte. Er blinzelte. Jetzt waren alle da, bis auf den Piloten.

… prima Zeitpunkt zum Tagträumen, Sarge. Vielleicht solltest du noch ein tolles Gedicht aufsagen, während die Crew sich um alles kümmert –

»Tut mir leid«, sagte er und lächelte sie an. »Ich hab nur nachgedacht.«

Plötzlich fiel ihm eine der Redewendungen aus seiner Ausbildungszeit ein, an die er seit Jahrzehnten nicht mehr gedacht hatte: Mach keinen Narren aus deinem Barren.

Er schüttelte den Kopf und schob all diese Gedanken beiseite. Später …

»Also, wie entladen wir unsere Fracht, ohne von ihr gefressen zu werden?« sagte Moto.

»Oder von ihren glücklosen Kindern den Arsch versohlt zu bekommen?« sagte McQuade.

Obwohl die Fragen nicht unbedingt an sie gerichtet waren, hatte Ripley den Eindruck, daß man nur auf eine Antwort von ihr wartete.

»Ich habe ziemlich klare Vorstellungen von der Richtung, in die's geht«, sagte sie. »Wir müssen die Sache schnell abwickeln; sie wird die Bestien zu sich gerufen haben, ehe wir gelandet sind.«

Billie meldete sich zu Wort. »Sie ruft sie jetzt schon zu sich, glaube ich. Ich habe mir ein paar von den Aufzeichnungen von vor sechs Wochen angesehen, die Leslie uns zugeschickt hat – die Leute auf der Erde behaupten, daß die Aliens sich zusammmengerottet haben und nicht mehr so oft angreifen.«

»Tauschen sich wohl darüber aus, daß wir ihre Mom entführt haben«, fügte Moto hinzu. »Klingt danach, als bereitete sie sich vor.«

Die Crew sah Ripley an, wartete, daß sie etwas sagte. Sie war vage erstaunt darüber, daß man sie ohne weiteres wieder als Anführerin akzeptierte, wollte sich damit aber nicht aufhalten. Ihre Probleme waren im Augenblick nicht weiter wichtig.

»Die Sache wird ziemlich knapp«, meinte sie. »Das Arsenal ist in einem Berg untergebracht, auf der einen Seite – wir setzen die Königin auf der anderen Seite ab und arbeiten so schnell, daß alles erledigt ist, ehe die Mehrheit ihrer Brut auftaucht. Sie wissen vielleicht ungefähr, wo wir landen, aber nicht genau.«

»Nicht daß es wichtig wäre oder so, aber weiß einer von euch, wie man die Bomben auslöst?« sagte Falk.

Ripley seufzte. Früher oder später mußte diese Frage ja aufkommen. »Das ist Teil meiner Programmierung«, sagte sie. Sie fühlte sich resigniert, als sie ringsum in die Gesichter schaute und sich fragte, was sie wohl zu sehen bekäme. Einen Moment lang sprach niemand.

Tully lächelte. »Tja, Buddha sei verdammt noch mal Dank«, meinte sie. »Das ist doch etwas.«

»Glaubt ihr, daß sie den Bunker schon überrannt haben?« Das kam von Jones.

Wilks zuckte die Achseln. »Kann sein. Normalerweise schon, aber er liegt ziemlich abgelegen.«

Das ganze Thema wurde so schnell wieder fallengelassen, wie es aufgenommen war. Ripley wurde plötzlich klar, daß sie nicht die Reaktion erleben würde, die sie erwartet hatte. Denn wie die Besatzungsmitglieder auch immer dazu standen, sie schienen sich damit abgefunden zu haben, daß sie eine Synthetische war – jedenfalls, was die weitere Zusammenarbeit anging.

Prima, dachte sie, *sofern ich keinen Mist baue und sie alle umbringe.*

Brewsters Stimme drang aus dem Kom-Gerät. »He, das interessiert euch vielleicht – wir fliegen jetzt über Land. Sieht so aus, als hätte gestern jemand eine ziemlich tolle Party geschmissen und die ganze Gegend verwüstet.« Sein Versuch, lässig zu klingen, mißlang.

Mehrere von ihnen sahen Ripley an. Sie nickte.

»Ausgeklügelter wird unser Plan nicht«, sagte sie. »Sehen wir uns das mal an.«

Als Ripley der Crew in den Korridor folgte, trottete Billie hinterher und legte Ripley eine Hand auf den Arm. Langsam gingen sie hinter den anderen her.

»Hör mal, was ist denn mit Amy?« sagte Billie.

Ripley runzelte die Stirn. »Das Mädchen aus den Aufzeichnungen?«

Billie nickte. »Wir müssen ihr helfen. Sie versteckt sich nicht weit vom Landeplatz entfernt, vielleicht ein oder zwei Stunden, und ich könnte einen Flieger nehmen, um zu ihr zu kommen.«

»Woher willst du wissen, daß sie noch lebt?«

»Sie lebt noch. Ich weiß es.« Billie sah besorgt aus, ihr Gesicht verkniffen.

Ripley erinnerte sich, wie wichtig Billie das Mädchen damals auf der Station gewesen war. Sie blieb stehen und wandte sich der jungen Frau zu. Einerseits wußte sie genau, wie sie sich fühlte, andererseits stand mehr auf dem Spiel als ein Menschenleben.

»Billie«, sagte sie sanft, »wir werden sehen, wie die Lage ist, wenn wir ankommen, aber uns wird nicht viel Zeit bleiben. Ob sie am Leben ist oder nicht, ich weiß nicht, ob wir uns das erlauben können. Tut mir leid.«

Einen Moment lang huschte ein Ausdruck des Entsetzens und der Frustration über Billies Gesicht, so intensiv, daß Ripley glaubte, daß das Mädchen zu weinen anfinge. Dann entspannte sie sich und sah zu Boden.

»Ich hab's kapiert«, sagte sie. Sie strich sich mit einer Hand durchs lange Haar. »Aber ich werde nicht aufgeben, ohne es versucht zu haben.« Mit fester Miene schaute zu sie Ripley hoch.

»Nun, wir werden sehen, was sich machen läßt.«

Billie ging vor ihr her, den Kopf gesenkt. Sie tat Ripley leid, aber sie mußten alle Opfer bringen. Wichtig war *einzig und allein* ihre Mission.

Billie stand mit verschränkten Armen da und sah zu, wie die Erde ihnen ihre Geschichte erzählte. Die *Kurtz* flog hoch über den Oststaaten dahin, zu hoch, als daß man ohne Hilfsmittel die Details der Verwüstung hätte ausmachen können, die die

Kameras auf den Vergrößerungsschirm des Schiffs übertrugen. Stumm standen die Männer und Frauen um sie herum da, die Gesichter ausdruckslos, während die Trümmer ihrer Heimatwelt unter ihnen hinwegzogen.

Die Mittagssonne ersparte ihnen nichts. Der Schirm bot einen Ausblick auf eine tote Stadt. Mehrere Klumpen verbrannter und zerfallener Gebäude waren zu sehen, die einmal stolze Hochhäuser gewesen waren. Abfall bedeckte die Straßen, wurde verweht, Fahrzeugteile, verschwommene Flecken Schwarz und schmierige Schatten, die das Flickwerk zu einem düsteren Teppich verknüpften. Überall lagen explodierte Teile von Plastikret und Holz, willkürliche Stücke geschmolzenen Metalls und Ziegel und Knochen.

Der Bildschirm schaltete um, zeigte einen anderen Anblick. Er glich dem vorigen Bild und dem Bild davor – verwüstet und leblos. Das hier war ein Industriegebiet, eine Anzahl langer, niedriger Gebäude, die man gesprengt hatte. Billie konnte sehen, wo jemand versucht hatte, eine Barrikade aufzubauen – gewaltige Kreuze aus einem unbekannten Material bedeckten eine Wand, gleich neben einem Riesenloch, das durch das gesamte Gebäude führte. Wahrscheinlich eine Explosion …

Schnitt zu einer Reihe identischer Häuser mit eingeschlagenen Fenstern und offenen oder fehlenden Türen. Hier gab es Leben; Billie wurde angewidert klar, daß es sich bei den huschenden Bewegungen um die Häuser herum nur um eine Armee Nager handeln konnte.

Die *Kurtz* machte zufällig Aufnahmen von Dörfern, Städten und Parks, die für die Menschheit verloren waren. Die Mannschaft wirkte wie benommen; es gab keine klugen Bemerkungen, nicht das übliche Geplänkel, das Billie inzwischen von den Soldaten gewohnt war. Sie war in Kliniken aufgewachsen, nicht Teil dieser Welt gewesen – doch der Gedanke, daß sie einfach aufgehört hatte zu existieren …

Beim nächsten Motiv riß Billie weit die Augen auf.

»Hey«, sagte Brewster aufgeregt. »Sind das nicht ...« Er brach abrupt ab. Eine kleine Gruppe Menschen bewegte sich eine Straße entlang. Beim ersten Hinsehen hatte Billie große Hoffnung verspürt – bis ihr klargeworden war, daß die vier oder fünf Gestalten eine weitere hinter sich herzogen, die in Ketten geschlagen war. Die Gruppe stolperte dahin, zerlumpt, die Waffen im Anschlag – sie schienen zum Himmel hinaufzusehen, zum Schiff. Billie fiel das Video ein, das sie sich seinerzeit auf der Station angesehen hatte, das Menschenopfer – das hier waren Fanatiker auf der Jagd nach Menschen, die als Brutkammern dienen sollten. Die letzten wahnsinnigen Reste der Menschheit.

Sie dachte daran, was Ripley ihr gesagt hatte – nicht genug Zeit, um nach Amy zu suchen –, und spürte, wie ihre Entschlossenheit zunahm. Sie würde Amy und ihrer Familie helfen oder bei dem Versuch umkommen, ob sie nun genug Zeit hatten oder nicht. Scheiß drauf.

Billie riß sich vom Bildschirm los und blickte sich um. Die anderen schienen alle in ihren eigenen Welten versunken zu sein. Ihr fiel auf, daß Moto und Falk sich an den Händen gefaßt hielten. Fast lächelte Billie bei dieser kleinen Erinnerung daran, daß es auch noch Gutes auf der Welt gab. Nicht viel, aber ein wenig.

Sie bemerkte, daß auch Wilks' Blick auf Falks und Motos ineinander verschränkten Fingern ruhte. Wilks sah sie kurz an und lächelte, ein Ausdruck großer Trauer auf dem Narbengesicht. Sie war erstaunt, ihn zulassen zu sehen, daß ein Gefühl seine normalerweise unerschütterliche Fassade durchdrang. Als er wegsah, spürte sie das starke Verlangen, ihn zu trösten; bisher hatte Billie eigentlich noch nie darüber nachgedacht, aber jetzt wurde ihr plötzlich klar, wie wichtig ihr Wilks war.

David, dachte sie. Der Name klang seltsam in ihrem Kopf, aber er war ja auch ein seltsamer Mann; so stark und emotional, doch so unsicher.

Billie wandte sich wieder dem Monitor zu. Wichtig war nur, daß sie hier waren; auf die eine oder andereWeise entwickelte sich alles, entfaltete es sich …

Aus dem Frachtraum drangen die unmißverständlichen Schreie der gefangenen Königin herauf. Sie schrie und hämmerte in ihrer Kammer hoch über der stillen Erde, während sie ihrem Schicksal entgegenflogen und dem, was auch immer es für sie bereithalten mochte, fast, als wüßte sie, wie sie selbst einmal enden würde.

Wenn sie das wirklich wußte, dann war sie ihnen allen voraus.

25

Wie aufs Stichwort erwachten die Bilder auf dem Schirm zum Leben. Die Königin heulte nutzlos, und unten auf der Erde begannen dunkle, springende Gestalten aufzutauchen. Erst nur ein paar, doch die Zahl stieg rasch an. Jeder Bildausschnitt zeigte Dutzende der Kreaturen, die alle in eine Richtung liefen – der *Kurtz* hinterher.

Ripley verspürte eine Woge kalten Triumphs, leicht mit Sorge durchsetzt. Wie erwartet begann jetzt der Anfang vom Ende, und wenn sie keinen Mist bauten –

»Heilige Scheiße«, sagte McQuade. »Scheint, als stünde uns ein Mordsgefecht bevor.«

Der Monitor zeigte Hunderte von Aliens, die durch die geschwärzten Überreste einer großen Stadt eilten. Noch als sie hinsahen, schoßen Dutzende der schimmernden Insektengestalten aus den Ruinen hervor und schlossen sich der wachsenden Gruppe an.

»Die packen wir nie«, sagte Tully. »Es sind zu viele.«

Ripley warf der Frau einen scharfen Blick zu. Tully sah nicht besonders gut aus – die Augen weit aufgerissen, der Atem kam stoßweise.

»*Tully*. Wir fliegen in eine sehr abgelegene Gegend, von Bergen und Wasser umgeben. Sie werden länger brauchen, um auf dem Landweg dorthin zu kommen.«

Die Hackerin holte tief Luft und nickte Ripley dann zu. »Ich – yeah, hab's kapiert.«

»Gut. Grab ein paar Geländekarten aus, irgendwas Nützliches über Nordkalifornien und Oregon. Schau dir auch das Nachbarland an. Und geh ins Medilab, okay?«

Wieder nickte Tully und erhob sich. Wenn man einen Job tun mußte, half das, wußte Ripley. Die Frau wirkte bereits gefaßter, als sie an den anderen vorbeiging.

Dr. Jones lächelte Ripley an und folgte Tully.

»Brewster, wie lange noch?«

»Dreißig Minuten, ungefähr.«

»Schön. Moto, wieso sehen wir nicht mal nach, was wir so an Werkzeugen auftreiben können?«

Moto ließ Falks Hand los und ging zum Schacht.

Captain McQuade setzte sich auf den Sitz des Kopiloten. »Und ich achte besser darauf, daß Brewster keine Bruchlandung baut«, sagte er.

»Bleiben für uns nur noch die Waffen«, meinte Wilks. »Billie? Falk?«

Ripley nickte. Gut. Zu sehen, in welchem Zustand der Planet sich befand, war schlimm gewesen, aber es hatte offenbar jeder genug zu tun, um die Bilder des Grauens eine Weile von sich wegzuschieben. Zuletzt würde ohnehin alles sehr schnell gehen.

»Sag Tully, daß sie mir Bescheid geben soll, sobald sie Näheres über die Geographie weiß«, meinte sie. Das richtete sie an Brewster, während sie Moto bereits die Leiter hinunterfolgte.

Die Königin schrie im Frachtraum unter ihnen, schickte ihre Botschaften zur Brut auf der Erde.

Ripley grinste böse, als sie die einzelnen Sprossen nach unten stieg. Dieses Miststück würde noch früh genug Grund zum Schreien bekommen.

Wilks sah zu, wie die Berge anwuchsen, als die *Kurtz* sich ihrem Ziel näherte. Sie hatten sich alle wieder im Kontrollbereich versammelt und warteten jetzt, während Brewster das Schiff rasch und sicher durch die bewaldete Landschaft manövrierte. Glücklicherweise zeigte der Monitor hier draußen weniger Zerstörung.

Unten hämmerte die Alienmutter noch immer gegen die Wände, doch hinter dem Vorhang aus Bäumen gab es keinen Hinweis auf ihre Kinder. Noch nicht.

Es gab mehrere kleine Gipfel, alle Teil eines Gebirgszugs, der den Nordwesten durchquerte. Tullys Anzeigen nach handelte es sich bei einigen um Vulkane, von denen zur Zeit jedoch keiner aktiv war.

Das würde allem die Krone aufsetzen, dachte sie. *Wir landen und werden unter Lava begraben.*

Sie wollten die Königin in einem kleinen, abgelegenen Tal in der Nähe von Oronas Stützpunkt absetzen und dann zum Arsenal fliegen, das nur ein paar Minuten weiter westlich lag. Da die meisten Bestien sich aus dem Landesinnern näherten, würde das die *Kurtz* davor bewahren, von ihnen auf dem Weg zur Königin zertrampelt zu werden; jedenfalls hoffte Wilks das.

Langsam bewegte sich das Schiff über den Baumwipfeln auf einen gewaltigen Berg zu.

»Wir haben ein Loch«, sagte Tully rasch. »Ein ziemlich großes.« Sie gab Brewster die Koordinaten.

Wilks grinste Ripley an. Wenn sie eine Höhle fanden, in der sie sie abladen konnten, dann würde die Königin vielleicht gar nicht weglaufen wollen. Das ließ sich zwar nicht mit völliger Sicherheit sagen, aber Wilks hatte noch nie erlebt, daß eines der Wesen im Freien herumzottelte, wenn es etwas Dunkles gab, worin es sich verstecken konnte. Sie konnten nur hoffen, daß das Muttertier den anderen Königinnen in dieser Hinsicht ähnelte. Als Ripley die Idee aufgebracht hatte, war Wilks sehr froh gewesen, daß sie wieder die Leitung übernommen hatte.

»Ein Glück«, sagte McQuade. »Diese Bestie geht mir langsam auf die Nerven.«

»Amen«, sagte Falk.

Das Schiff bewegte sich im Schneckentempo voran. Wilks entdeckte die Höhle, eine dunkle Öffnung in den Felsen auf Bodenhöhe.

Perfekt. Er war bereit. Sobald sie das Alien abgeladen hatten, würden sie zum Bunker zurückfliegen und sich ans Werk machen. Wenn die Anlage nicht völlig zerstört war, würden sie sie im Handumdrehen repariert haben und dann den Planeten schleunigst verlassen. Wahrscheinlich mußte nur alles neu verdrahtet werden –

»Fertig, Kinder?« sagte Brewster. Die *Kurtz* war an Ort und Stelle.

»Tu's«, sagte Ripley.

Alle sahen zu, als Brewster den Knopf drückte, um die Außenschleuse zu öffnen. Ein leises Summen erklang von der Konsole, und ein kleines rotes Licht blitzte auf.

»Scheiße!« entfuhr es Ripley.

Die Schleuse hatte sich nicht geöffnet. Die Königin schrie weiter.

»Was zum Teufel stimmt da nicht?« wollte Wilks wissen.

»Keine Ahnung – irgendein mechanisches Versagen«, sagte Brewster. Wieder berührte er den Knopf. Das Licht blinkte.

»Der elektromagnetische Impuls?« fragte Billie.

»Nein, ich bin sicher, wir hatten die Systeme rechtzeitig heruntergefahren«, sagte Moto.

Wilks sah zu Ripley hinüber. Einen Moment lang biß sie sich auf die Unterlippe, dann schlug sie mit der Hand auf die Konsole.

»Sie preßt sich gegen die verdammte Schleusentür!« sagte Ripley. »Das bescheuerte Miststück hämmert wahrscheinlich auf den armen Öffnungskontakt ein und verhindert so ihren gottverdammten Abgang.«

Sie wandte sich dem Leiterschacht zu. »Schalte auf schiffsweite Kommunikation, und versuch es noch einmal, wenn ich's dir sage, Brewster. Wilks, komm mit.«

Er folgte Ripley die Leiter hinunter. Das Dröhnen der Motoren war unglaublich laut, als sie gemeinsam durch die Bucht der Landeeinheit eilten.

»Von hier aus können wir nicht rein! Die Schleuse ist versiegelt!« rief er ihr zu. Ripley ignorierte ihn und lief zu einem in die Wand eingelassenen Werkzeugkasten. Sie warf ihm einen Schraubenschlüssel zu, schnappte sich selbst auch ein, trat an die Wand und schlug dagegen.Wilks schloß sich ihr an und begann ebenfalls mit dem Schraubenschlüssel gegen die Legierung zu hämmern.

»Hey, du Scheißvieh, hier drüben!« rief Ripley. »Komm schon, *na komm*!«

Wilks schlug gegen die Wand, wieder und wieder. Angesichts der Motoren, der Königin und des widerhallenden Lärms von Metall auf Metall überraschte es ihn, daß er die neuen Geräusche überhaupt hörte.Durch die Wand drang ein häßlicher scharrender Laut, Fingernägel auf Klarstahl. Oder vielmehr Klauen auf Legierung.

Ripley schlug noch einmal gegen die Tür und rief dann ins Kom-Gerät hinter ihr: »Los!«

Ein paar Sekunden verstrichen, und plötzlich hüpfte das Schiff etwas in die Höhe, während das Kreischen der Königin im Nichts verhallte. Wilks wandte sich Ripley zu. Sie starrte immer noch den Frachtraum an.

»Nicht besonders klug, das Vieh, eh?« sagte sie. Sie sprach laut, damit sie über dem Motorenlärm zu hören war.

Als sie wieder nach oben kletterten, formulierte Wilks einen früheren Gedanken neu: Er war absolut *begeistert*, daß Ripley wieder die Leitung übernommen hatte.

Es war früher Nachmittag, als das Schiff auf die andere Seite des Bergzugs raste. Trotz der Anspannung, unter der sie stand, empfand Billie Freude beim Anblick der Umgebung. Ihr fiel ein, daß sie in ihrem Leben nicht sehr viele Schönheiten der Natur gesehen hatte. Sie war an kalten, trostlosen Orten aufgewachsen, hatte grüne Bäume nur in Holovids oder in Biolabs gesehen. Hier gab es sie zu Tausenden, sie bedeckten die gebirgige Gegend in sämtlichen Smaragdtönen. Und alles verschwendet …

Sie überflogen einen weiteren kleinen Gipfel, und Billie sah die Bunker. Das Land war flach und breit genug, daß zwei Schiffe von der Größe der *Kurtz* problemlos hätten landen können; die Bäume hatte man hier abgeholzt. Unmittelbar vor ihnen befand sich ein niedriger Berg, vielleicht ein Zehntel so hoch wie jener Teil des Gebirges, in dem sie die Königin zurückgelassen hatten. Vor dem Berg gab es eine Ansammlung von Gebäuden, kurze und häßliche Baracken aus Plastikret, die im Halbkreis angeordnet waren. In den Berg war ein großes Metalltor eingelassen, das mit gelben Linien bemalt war; die Mitte war herausgesprengt.

Billie spürte, wie ihr der Atem stockte, als sie zwei kleine

Gleiter und eine Landeeinheit entdeckte, die halb verborgen zwischen den Gebäuden standen.

»Tote Hose«, sagte Tully. »Keine Sensoraktivität.«

»Gehen wir runter«, sagte Ripley. »Behalte die Anzeigen im Auge – es wird vielleicht nicht so einfach werden, wie es aussieht.«

Staub wirbelte um das Schiff herum auf, als es mit Donnergetöse aufsetzte. Nach einer Weile war die Luft wieder klar. Billie hatte sich bereits so sehr an das Dröhnen des Antriebs gewöhnt, daß ihr die Stille seltsam und leer vorkam.

»Tully?« sagte Ripley.

»Nichts. Wenn hier jemand ist, dann stellt er sich tot.«

»Das Tor ist nicht von allein explodiert«, sagte Brewster. »Wir sollten die Gegend sichern ... «

»Ich und ein Risiko eingehen?« feixte Ripley. »Kommt, Leute, bewaffnen wir uns.«

Mit klopfendem Herzen folgte Billie den anderen zum Versorgungsfrachtraum am Ende des Korridors. Sicher funktionierte einer der Flieger noch. Sie war keine Pilotin, hatte aber eine Menge gelernt, indem sie Wilks beobachtete; Standardmilitärflieger waren so gebaut, daß sie von gemeinen Soldaten geflogen werden konnten, und die waren normalerweise nicht besonders helle. Alles lief vollautomatisch, Koordinaten angeben und los. Billie hatte sich bereits den Zugangskode aus dem Computer der *Kurtz* besorgt und nahm an, daß das reichte; sie würde sehen, was der Zeitplan sagte, und die Chance nutzen.

Wilks händigte Waffen an die Crew aus, während Ripley zusätzliche Magazine und Kom-Geräte verteilte.

»Wir fangen beim ersten Gebäude an und arbeiten uns durch«, sagte Wilks. »Die Marines übernehmen die Führung – Moto, mit dir an der Spitze.«

»Tully, ich will, daß du an Bord bleibst und alles am Bildschirm verfolgst«, sagte Ripley. »Jones, du bewachst die

Schleuse. Du wirst uns zu keiner Zeit ganz aus den Augen verlieren, also sag's einfach, wenn du etwas bemerkst, was Tully übersieht.«

Zögernd nahm der Arzt den Karabiner an sich.

»Du weißt, wie man ihn benutzt?« fragte Wilks.

»Yeah. Na ja, so einigermaßen. Eigentlich habe ich noch nie mit einem geschossen, aber auf der Ärzteschule gab's einen Sicherheitskurs.«

»Müßte reichen«, sagte Wilks.

»McQuade und Billie, ihr haltet uns den Rücken frei«, sagte Ripley.

Billie und der Captain nickten und schulterten ihre Gewehre.

»Wenn wir die Gegend gesichert haben, kommen wir zurück und holen die Werkzeuge. Dann kümmern wir uns um die Sprengung.«

Tully ging wieder an die Kontrollen zurück, während die Crew zum Dock der Landeeinheit marschierte. Sie standen an der Schleuse, vorneweg Moto, Wilks und Brewster, die Waffen im Anschlag.

Ripley hob ihre Hand an die Schleusenkontrollen und schaute sie an. »Noch Fragen?«

Keiner sagte etwas. Billie holte tief Luft, als sich die Schleuse periskopartig öffnete.

26

Wilks sprang ins grelle Sonnenlicht und ging in die Hocke, den Karabiner auf eine Seite des Schiffs gerichtet.

Nichts. Motos Waffe deutete auf das Gebäude vor ihnen, die von Brewster auf die andere Schiffsseite.

»Wie sieht's aus?« sagte er ins Kom-Gerät. Er suchte die Gegend auf Bewegungen hin ab.

»Die Luft ist rein«, sagte Tully.

»*Los!*« befahl Wilks.

Moto lief nach vorn, die Waffe in der Hand, während Wilks und Brewster ihr Rückendeckung gaben. Sie waren dem schmutzig grauen Gebäude so nah, daß es nur eine halbe Minute dauerte. Moto lehnte sich an den Rand der Landeeinheit und ging wieder in die Hocke.

»Los«, sagte Wilks erneut. Er und Brewster liefen über die staubige Piste. Adrenalin schärfte seine Sinne; sein Herz klopfte. Er wußte, das Ripley und Falk ihnen Deckung gaben, aber das machte es nicht unbedingt angenehmer, in unbekanntem Territorium durch offenes Gelände zu laufen. Anderseits war es das, was er am besten konnte. Es fühlte sich beinahe gut an.

Sie erreichten Moto und rückten an der Wand bis zur Tür vor. Wilks hielt eine Hand hoch und gebot den anderen, dicht hinter ihm zu bleiben.

»Ich trete sie auf«, sagte er. »Moto, du zielst nach oben, Brewster, du nach unten – auf mein Zeichen.

Die drei stellten sich vor den Eingang.

»Jetzt!«

Wilks trat zu. Scheppernd fiel die Tür nach innen. Brewster sprang in den Eingang und hockte sich hin, Moto blieb stehen. Sie schwenkten die Karabiner von einer Seite zur anderen, und Wilks holte tief Luft. Es war wirklich eine Baracke, und sie schien verlassen zu sein. Eine Anzahl Feldbetten säumte die gegenüberliegende Wand, unterbrochen von kleinen Spinden, die alle offenstanden und leer waren. Andere Ausgänge gab es nicht.

Im Raum herrschte Unordnung, Laken und Kleidungsstücke lagen wirr umher, und die Luft roch schal und modrig. Staubpartikel wirbelten im Sonnenlicht auf und setzten sich wieder. Was auch immer hier geschehen war, sie hatten es um Wochen verpaßt. Vielleicht sogar um Monate.

»Sieht aus, als wäre die Luft rein! sagte Wilks. Oder vielmehr *fühlte* es sich so *an*.

Brewster richtete sich auf und deutete mit dem Gewehr zum Boden. Mehrere Einschußlöcher und weggesprengte Plastikret verliefen in einer Linie bis zur Wand hinter ihnen. In der Nähe stand ein zertrümmertes Feldbett. Es schien, als hätte jemand erfolglos versucht, die Tür zu verbarrikadieren.

»Da ist was schiefgegangen, aber das ist ja nichts Neues«, sagte Brewster leise.

»Gesichert?« fragte Ripley durchs Kom.

»Yeah.« Wilks seufzte. »Nur noch vier weitere. Und dann müssen wir die Flieger und die Ladeeinheit checken.«

Sie zogen sich aus dem Raum zurück.

Zwanzig Minuten später waren sie fertig. In der Messe befand sich eine beträchtliche Menge geronnenen Blutes, die meisten Gebäude wiesen Kampfspuren auf, hier und da gab es Säureschäden, aber nirgends Leichen oder unmittelbare Gefahr. Wilks spürte, wie das Adrenalin sich nach und nach wieder aus seinem System verlor, blieb aber auf der Hut. Nachlässigkeit konnte einen das Leben kosten.

Während Ripley vor dem Schiff stand und den anderen neue Aufgaben zuwies, sicherte Wilks weiter die Gegend. Keinen tragbaren Sensor zu haben war ein echter Nachteil, obwohl er herausgefunden hatte, daß er mit dem Alter immer weniger gern auf technische Hilfsmittel zurückgriff. Die Erde war wegen zuviel Habgier und zuwenig Menschlichkeit zum Teufel gegangen; Maschinen hatten dabei nur Öl ins Feuer gegossen. Als junger hitzköpfiger Marine hatte er das alles ganz anders gesehen, aber die Erfahrung hatte ihn gelehrt, daß nichts unfehlbar war …

Verdammtes Älterwerden, dachte er. *Vielleicht sollte ich anfangen, Philosophie zu studieren, wenn das alles hier erst vorbei ist.*

Wenn es *überhaupt* je vorbeiging. Wenn ihr Plan aufging. Der Planet war für Milliarden von Menschen zur Sackgasse geworden; noch vor gar nicht langer Zeit war er selbst ein Toter gewesen, der von geliehener Zeit lebte, aber irgendwann in den letzten Monaten hatte sich das geändert. Er war bereit, seinen Teil zum Ende beizutragen, mit allem abzuschließen …

»Fertig«, sagte Ripley. Sie setzte sich in Bewegung, auf den Berg zu.

»Fertig«, erwiderte er, aber zu keinem im besonderen. Auch er machte sich auf den Weg.

Sie standen am Fuß des Bergs vor dem Tor. Die Metalltür sah aus, als hätte man sie mit einem Schweißgerät aufgeschmolzen; in der Mitte befand sich ein großes, klaffendes Loch. Ripley hatte gedacht, daß es von Waffen hervorgerufen worden war, als sie es von der *Kurtz* aus gesehen hatte, aber die Ränder des Lochs waren glatt. Sie fragte sich, was genau sich in den letzten Stunden hier wohl zugetragen haben mochte, ehe es die Wissenschaftler erwischt hatte …

Wilks trat als erster in die Dunkelheit. Ripley wartete ein paar Herzschläge lang und folgte ihm dann, zog sich durchs Loch und atmete tief aus. Die Luft war feucht und roch nach Moder. Gräulichgrünes Moos und Flechten hatten sich fleckig an der Innenseite des Tores gebildet. Fürwahr ein netter Ort.

Der kleine Raum, den sie betreten hatten, führte zu einem dunklen Korridor; eine kaputte mechanische Tür, die halb geöffnet war, trennte beides.

»Sprich mit mir, Wilks«, sagte sie.

»Vor dir geht's zehn Meter weit geradeaus, dann kommt eine Abzweigung – auf dem Schild rechts steht ›Waffenkammer‹ , auf dem links ›Kontrollraum‹. Keine Spur von Alienbefall, und der Moder ist in beiden Richtungen ziemlich dick. Ich glaube , wir sind allein.«

Ripley atmete aus und trat um die kaputte Tür herum. »Ihr habt ihn gehört«, sagte sie. Moto umd Tully kamen mit den Gerätekoffern.

»Halt uns auf dem laufenden, Falk«, sagte sie leise. Er würde am Tor Wache halten. Billie, McQuade und der Arzt befanden sich wieder auf der *Kurtz.*

»Na klar.«

Sie hielt ihre Lampe nach vorn gerichtet, während sie sich durch den feuchten Korridor bewegte. Wilks stand an der Abzweigung, die Waffe im Anschlag, das Gesicht vom zuckenden Lichtschein verzerrt.

»Du bleibst hier«, sagte er. »Ich sehe im Kontrollraum nach.« Seine Stimme hallte mit einem leisen metallischen Klirren wider.

Wilks ging durch den Korridor davon.

Ripley hielt ihr Gewehr jetzt in Richtung Waffenkammer, aber Wilks hatte recht – es sah nicht danach aus, als wäre in den letzten Monaten jemand hiergewesen.

Jemand oder *etwas*, fügte sie gedanklich hinzu.

Moto und Tully warteten mit ihr. »Vielleicht wurde die Schußabfolge von einem natürlichen Phänomen unterbrochen«, sagte Moto. Sie kratzte an einem feuchten Moosplacken an der Wand. »Diese Waffen waren nicht dafür eingerichtet, den Elementen ausgesetzt zu sein.«

Wilks kehrte zurück. »Alles klar«, sagte er. »Kein sehr großer Irrgarten. Der Korridor führte noch zwanzig Meter geradeaus und biegt dann zum Kontrollraum ab. Ich sehe mir jetzt die andere Seite an, dann steht die Lage fest.«

»Ich gebe dir Deckung«, sagte Ripley. »Tully, Moto, ihr geht voran.«

Ripley umklammerte mit feuchten Handflächen ihre Waffe – Androiden konnten also auch schwitzen – und wartete in der düsteren Stille auf Wilks. Sie wollte, daß es endlich vorbei war; sie hatte es satt, daß sie immer die Antworten haben sollte. Billie hatte recht – sie *mußte* zu Ende bringen, was sie angefangen hatte. Aber wenn das geschehen war, stand ihr noch ein ganzer Haufen anderer Scheiße ins Haus. Es schien, als würde das nie mehr aufhören …

Wilks kehrte zurück und stellte sich neben sie.

»Ging aber schnell«, sagte sie.

»Gleicher Aufbau wie auf der anderen Seite, nur daß die Tür zugesperrt und verriegelt ist. Ist auch schon eine Weile nicht mehr geöffnet worden. Ich glaube, die Bomben sind sicher.«

Sie lächelte. »Prima – bombensichere Bomben.«

Wilks kicherte. »Yeah, lustig. Ich …«

»Hey«, knisterte Motos Stimme in ihren Ohren, »sieht aus, als bekämen wir außer Rost hier unten noch andere Probleme.« Sie klang besorgt. »Ich glaube, da hat jemand versucht, uns den Countdown ein für allemal zu vermiesen.«

Billie saß im Kontrollraum der *Kurtz* und lauschte Ripleys Bericht.

» … wir haben das Problem lokalisiert, aber es wird länger dauern, als ich gehofft habe. Alles ist demontiert, und soweit ich das beurteilen kann, haben sie den Hauptprozessor des Leistungsnetzes geschmolzen.« Ihre Stimme wurde von starker Statik unterbrochen; die Kom-Geräte waren nicht dafür geschaffen, durch so viele Tonnen Felsgestein zu senden und zu empfangen.

»Wie lange?« fragte Billie.

»Wir können von Glück reden, wenn wir bei Einbruch der Dunkelheit hier wegkommen.«

Sie fuhr fort, die Situation zu schildern, doch Billie klinkte sich aus. Die Sonne stand hoch oben am Himmel; bis zum Abend waren es noch gut und gern sechs Stunden. Jede Menge Zeit.

Sie stand auf und streckte sich, als Ripley geendet hatte. »Ich bringe ihnen ein paar Essensrationen rüber«, sagte Billie. »Das wird sie etwas aufheitern.«

McQuade grinste. »Oder sie beschließen, uns gleich alle mit in die Luft zu jagen.«

»Gib ihnen nur keinen Rührfritz, dann sind wir sicher«, sagte Jones. »Als *ich* das Zeug gegessen habe, *dachte* ich jedenfalls an Selbstmord.«

Billie lachte.

»Soll ich mitkommen?« meinte McQuade. »Jones könnte die Sensoren im Auge behalten ...«

»Nö.« Sie hoffte, daß es gleichgültig klang. »Dauert ja nur eine Minute.«

Sie ging zur Messe zurück und sammelte ein paar sich selbst erwärmende Rationen und etwas Besteck zusammen. Sie machte auch noch kurz im Waffenlager halt, um mehrere zusätzliche Magazine einzustecken, ehe sie zum unteren Deck aufbrach.

Einen Flieger zu klauen würde die Mission nicht in Gefahr bringen; wenn sie es nicht rechtzeitig zurückschaffte – tja, sie würde es eben schaffen *müssen*. Sie erwartete nicht, daß man ihretwegen länger blieb.

Billie verließ das Dock der Landeeinheit und blinzelte im grellen Tageslicht. Die Luft strich mild und kühl über ihre Haut, weit entfernt von dem wiederaufbereiteten, konservierten Zeug, an das sie gewöhnt war. Um das Lager herum sangen Insekten und Vögel in den Bäumen ihre Lieder. Was von der Erde noch übrig war, war wunderschön.

Der Sprengsatz, den die anderen gerade vorbereiteten,

würde einen großen Brocken aus diesem Gebiet herausreißen, hatte Ripley ihr erklärt; aber nicht sofort.

»Sechs Monate?« hatte Falk gefragt. »Warum denn so verteufelt lang?«

»Der Planet ist groß. Die Aliens haben sich überall auf ihm verteilt. Einmal angenommen, sie können schwimmen – noch besser wäre es natürlich, sie könnten's nicht und ersöffen –, dann werden sie trotzdem noch drei oder vier Monate brauchen, um hierherzukommen. Vielleicht sind sie zwanzigtausend Kilometer entfernt, auf der anderen Seite des Planeten. Wenn man genug Zeit zum Ausruhen, Fressen und Pinkeln ansetzt, dürften sechs Monate aber großzügig genug gerechnet sein.«

Das hatte zu einer Anzahl weiterer Fragen geführt: Wieso rief die Überkönigin sie zu sich? Vielleicht, weil derjenige, der dieses Kriegsspielzeug gebaut hatte, jetzt kam, um es einzusacken, hatte jemand – Wilks? – vorgeschlagen. Würden sie bleiben, wenn sie erst einmal hier waren? Darauf gab es keine Antwort. Sie mußten sich an das halten, was sie wußten. Sie hatten die Falle mit einem Köder versehen und mußten den Ratten jetzt Zeit lassen, um an den Käse heranzukommen …

Billie schüttelte die Erinnerung ab. Falk hob eine Hand, als sie auf ihn zukam.

»Ich habe hier was zu essen für dich«, sagte sie.

»O Mann.« Er sah alles andere als begeistert aus. »Willst du uns mit diesem Fraß vergiften?«

»Unsinn. Ich dachte sogar, ich schaue mich einmal um, ob ich in einigen der Gebäude nicht noch ein paar anständige Vorräte finde.«

Falk nahm den Stapel Folienbeutel stirnrunzelnd von ihr entgegen.

»Ich glaube nicht, daß das eine gute Idee ist«, sagte er. »Weiß Ripley davon?«

Billie zuckte die Achseln. »Sag's ihr, wenn du willst. Ich bin bewaffnet, das Lager ist leer, und McQuade sitzt an den Bewegungsmeldern.« Sie schaltete ihr Kopf-Kom ein. »Außerdem habe ich es satt, faul auf meinem Arsch herumzusitzen; ich fand, da mache ich mich doch mal lieber nützlich.«

»Also gut«, sagte Falk. »Aber sei vorsichtig.«

Sie lächelte und ging davon. Die Flieger waren von Falks Beobachtungsstelle aus nicht zu sehen; sie standen verborgen zwei Gebäude entfernt. Sie geriet außer Sicht und beschleunigte den Schritt ein wenig.

»Was hast du vor, Billie?« ertönte McQuades Stimme in ihrem Ohr.

Falk kam ihr mit der Antwort zuvor. »Sie will einmal schauen, ob sie nicht ein paar anständige Vorräte anstatt dieses Saufraßes findet«, meinte er. »Da kann man doch nichts gegen sagen, oder?«

Danke, Falk! Sie erreichte das erste Schiff und sah hinein; Wilks und die anderen hatten die Schleuse offengelassen. Der Landhüpfer war klein, konnte nur ein paar Leute fassen, es gab kaum Platz darin und kaum Vorräte. Das Herz wurde ihr schwer, als sie die zerrissenen Drähte und das zerbrochene Plastik der Konsole sah.

»In diesen Schiffen gibt es nur Notrationen«, sagte McQuade. »Wieso kommst du nicht einfach zurück? Mir gefällt der Gedanke nicht, daß du allein da draußen herumstreifst, außerdem könntest du meine Anzeigen beeinträchtigen. Auf der *Kurtz* gibt es genug Lebensmittel ...«

»Ich bin kein kleines Mädchen mehr«, sagte Billie, als sie zum zweiten Flieger ging. Sie achtete darauf, daß sie sich lässig bewegte; wenn McQuade sie rennen sähe, würde er sofort Alarm auslösen. »Ich wollte mich auch noch nach Werkzeugen umsehen ... «

»Billie, kehr *sofort* zum Schiff zurück«, sagte Ripley. Ihre

Stimme hatte einen Unterton von Schärfe , der sogar durch die Statik hindurch zu hören war.

Soviel dazu, auf Nummer Sicher zu gehen –

Billie betrat den zweiten Flieger und sah sich um. Er schien unbeschädigt zu sein. Sie schloß die Schleuse hinter sich und eilte zum Pilotensitz. Ein paar Schaltungen vorgenommen, und das Schiff erwachte brummend zum Leben.

»Verdammt noch mal, Billie, sprich mit mir! Was, zum Teufel, machst du da? Du kannst nicht *weg*, dafür haben wir jetzt keine Zeit!«

Billie ignorierte Ripley und speiste die Zugangskodes und Koordinaten in den kleinen Computer ein. Buddha sei Dank für kleine Gefälligkeiten, wie Null-Sicherheit auf dem kleinen Schiff. Jede Menge Treibstoff, alles funktionierte automatisch –

»Billie, warte!« Das war Wilks. »Ich komme mit, warte nur noch einen Moment … « Wenigstens klang er eher besorgt als wütend.

»Tut mir leid«, sagte sie. »Eine andere Möglichkeit bleibt mir nicht; ich weiß, daß sie noch lebt. Ich versuche vor Anbruch der Dunkelheit zurück zu sein …«

Billie bediente die benutzerfreundlichen Kontrollen, und der Flieger begann abzuheben. Sie kannte die Funktion der meisten Tasten und hoffte, daß das, was sie nicht wußte, keinen weiteren Schaden anrichten würde. Sie riß die Kopfhörer herunter und warf sie zu Boden, als Ripley und der Captain auf sie einbrüllten und das kleine Schiff in den Himmel aufstieg.

Sie wußte, daß sie stocksauer waren, aber sie waren nicht auf sie angewiesen, um die Sache hier zu Ende zu bringen. Alles, was Ripley tat, gründete auf ihren unbändigen Haß; Billie trieb ein Gefühl an, das ebenso stark zu sein schien. Liebe?

Mit einem stummen Gebet schnallte sie sich an, während der Flieger gen Süden schoß.

Bitte mach, daß alles gutgeht.

27

»*Scheiße*«, entfuhr es Ripley. »Ich hätt's wissen müssen. Sie hat mir *gesagt*, daß sie das tun würde.«

Tully und Moto fuhren damit fort, im schwach erleuchteten Kontrollraum Kabel zu verlegen.

»Wir können jetzt nichts daran ändern«, sagte Wilks. Eine eiskalte Hand hielt sein Herz fest im Griff; er fühlte sich ebenso frustriert wie Ripley und war krank vor Sorge um Billie. Er kannte die junge Frau schon lange, hatte gewußt, wie die Sendungen der verschollenen Familie an ihr genagt hatten; wenn jemand verantwortlich für ihr Handeln war, dann er.

Hättest du etwas mehr nachgedacht, dann wäre es nicht so weit gekommen.

Dann hörte er Billies Stimme: *Vergiß es, Wilks, für wen hältst du dich eigentlich?*

Wilks knirschte mit den Zähnen. Es gab tatsächlich nichts, was er tun konnte. Außer hoffen, daß Billie zurückkehrte. Wenn ihr etwas zustieß, blieb ihm nur noch – Was?

Nichts.

Ripley sagte: »Du hast recht. Ich wünschte bloß ...« Sie verstummte und nahm geistesabwesend den Schweißbrenner zur Hand.

»He, hört ihr mich?« McQuades Stimme knisterte aus der Anlage. »Ich habe eine Bewegungsmeldung, und zwar aus westlicher Richtung!«

Wilks nahm das Gewehr von der Schulter und lief auf den Ausgang zu.

»Falk?« rief er.

»Noch nichts.«

»Kriege die Anzahl nicht rein«, meinte McQuade. »Sie bilden eine Gruppe, fünf oder sechs …«

Wilks erreichte das kaputte Tor. Falk kauerte im kleinen Vorraum, geschützt vom breiten Rahmen, und hielt die Waffe hinausgestreckt.

»Sie sind vor dem Lager stehengeblieben«, sagte McQuade. »Scheint, als – halt. Da kommt wer.«

Wilks und Falk standen Seite an Seite und warteten. »Keiner rührt sich«, sagte Wilks.

Stolpernd geriet eine einzelne Gestalt in Sicht, auf halber Höhe zwischen der *Kurtz* und Oronas Berg. Eine Frau, unbewaffnet. Ihre Kleidung war zerlumpt, eine verschmutzte Brust lag frei. Ihr Gesicht war eine Maske der Angst.

»Hallo?« rief sie mit krächzender Stimme. »Ist da wer?« Sie strich sich strähniges, mattes Haar aus den Augen und schaute sich nervös um. »Von mir geht keine Gefahr aus! Wir haben darauf gewartet, daß ein Schiff kommt …« Sie drehte sich um und streckte die Arme zur *Kurtz* aus, die Handflächen nach oben. »Bitte!«

»Wilks?« flüsterte Falk. Er senkte sein Gewehr etwas. »Weiß nicht.« Er blickte zur Frau. Schrie: »Holen Sie die anderen ins Freie!«

Beim Klang seiner Stimme fuhr sie herum, behielt die Arme aber oben. Ihr Gesicht verzerrte sich, und sie fing an zu schluchzen. »Ja«, sagte sie, »natürlich!«

Zwei Männer und noch eine Frau kamen in Sicht, genauso zerlumpt und schmuddelig wie die erste Person. Alle wirkten verängstigt und äußerst unsicher. Keiner von ihnen war bewaffnet.

»McQuade? War's das?« fragte Wilks.

Pause. »Kann ich nicht sagen. Es rührt sich nichts mehr.«

Die vier standen im Freien. Sie schwankten leicht, als hielten sie sich nur mit Mühe aufrecht.

»Hast du's mitgekriegt, Ripley?« meinte Wilks.

»Yeah.« Sie klang besorgt. »Das gefällt mir nicht; könnte Ärger bedeuten.«

»Wir haben sie vor der Flinte«, sagte Falk. »Wie wär's, wenn ich rausgehe und nachsehe? Wenn sie Freunde in den Sträuchern haben, dann werden sie wohl kaum auf ihre eigenen Leute das Feuer eröffnen ...«

Wilks' Kiefermuskeln zuckten. »Vielleicht doch.«

»Wir können auch hier drin bleiben und den Rest des Tages weiterdiskutieren«, sagte Falk, »aber irgendwann müssen wir zurück zum Schiff.«

Wilks nickte. Ihm gefiel das auch nicht, aber Falk hatte recht. »Halt dich am Boden, und gerate mir nicht in die Schußlinie«, sagte er.

Falk erhob die Stimme. »In Ordnung, ich komme jetzt raus! Unsere Waffen sind entsichert, also wehe, es rührt sich einer!«

Die erste Frau schluchzte weiter, der einzige Laut in der stillen Luft. Falk stieg hinaus, den Karabiner auf das zerlumpte Häuflein gerichtet. Langsam und vorsichtig näherte er sich ihnen.

Wilks trat mit einem Bein durchs Tor und achtete darauf, daß er fest stand. Er richtete sein Gewehr auf die Baumgruppe im Westen.

Plötzlich ließen sich die vier Leute alle zugleich fallen, und die Stille wurde von Gewehrfeuer zerrissen, das durch das Lager hallte.

Billie musterte die Computeranzeigen, als der Flieger in den Norden des Staates flog, der einmal Nordkalifornien gewesen war, berührte aber nichts. Alles schien bestens zu funktionieren; in etwas weniger als zwei Stunden würde sie an den programmierten Koordinaten eintreffen, vorausgesetzt, daß nichts schiefging …

Was sollte denn schiefgehen? Ich bin eine Spitzenpilotin, und Amy erwartet mich mit ihrer Familie sicher schon und wird sofort an Bord springen, wenn ich aufkreuze. Außerdem habe ich ja so viel Zeit.

Sie lächelte in sich hinein. Offenbar war sie zu irgeneinem Zeitpunkt wahnsinnig geworden und hatte es eben erst bemerkt. Als sie sich damals auf Gateway vorgenommen hatte, das Kind zu retten, hätte sie nie geglaubt, daß sie es auf diese Weise tun würde – allein in einem gestohlenen Schiff. Sie wußte nicht mehr, wie sie es sich *sonst* vorgestellt hatte –

Vielleicht dachte ich, daß es ein Klacks wäre. Daß ein anderer es für mich täte.

Wenn sie etwas aus ihrer Bekanntschaft mit Ripley gelernt hatte, dann, daß man selbst Hand anlegen mußte, wenn man wollte, daß etwas geschah; dumm und überflüssig, aber ungemein wahr. Sie konnte nicht einfach herumsitzen und hoffen, daß die Dinge sich von selbst änderten.

Nicht mehr. Der Name des kleinen Mädchens lautete Amy, aber sie hätte auch Billie heißen können; entweder schafften sie es gemeinsam – oder gar nicht.

Scheiße –

Wilks ließ sich zu Boden fallen. Er sah die Schützen nicht, gab jedoch eine kurze Salve auf Brusthöhe in die Bäume ab. Die Bergflanke bot teilweise Schutz; er wagte nicht, sich zu rühren –

McQuade brüllte ihm etwas ins Ohr, wovon das meiste aber im Lärm unterging. »Zwei gottverdammte Schützen, vermutlich …«

Das Metalltor klirrte, als sich Kugeln hineinbohrten.

Wieder feuerte Wilks und warf Falk einen raschen Blick zu. Er lag am Boden – getroffen, oder hatte auch er sich fallen lassen? Keine Möglichkeit, das jetzt herauszufinden …

Die vier Fanatiker rührten sich nicht, doch einer der Männer fing an zu rufen: »Tötet sie nicht, wir brauchen sie, SIE will sie haben …«

Die drei anderen begannen um Erlösung zu flehen, beschworen laut die Große Mutter.

O Mann! Man hatte sie festgenagelt; sie mußten etwas unternehmen, um aus der Bredouille zu kommen.

Eine weitere Feuersalve hagelte gegen das Tor. Wilks hatte eine Idee. Er schrie auf und lag plötzlich reglos da, tat so, als wäre er verwundet.

Rühr dich nicht, Falk, wenn du noch am Leben bist, rühr dich bloß nicht!

Sekunden verstrichen. Wilks starrte in die Sträucher und wartete. Schweiß lief ihm den Hals hinunter, als die Sonne auf einmal viel heißer zu werden begann. Hinter sich vernahm er leise Bewegungen, aus dem Innern des Tors, und er hoffte, daß auch Ripley soviel Verstand aufbrachte, sich nicht vom Fleck zu rühren.

Die vier Fanatiker beteten weiter mit hohen, zitternden Stimmen.

Wilks hörte, wie vor ihm Zweige und Äste knackten. Ein dunkler Schemen schob sich durchs Unterholz.

»Noch *nicht!*« zischte eine Stimme einige Meter entfernt zwischen den Bäumen. »Warte!«

Zwei Schützen. Wilks zielte auf den Schemen vor sich und feuerte eine doppelte Salve ab.

Mit einem Aufschrei stürzte die Gestalt rückwärts in die Schatten.

Wilks richtete sein Gewehr auf die Stimme und drückte erneut ab. Der unsichtbare Heckenschütze schrie vor Schmerzen auf.

Beim Lärm der Schüsse sprangen die Leute neben Falk auf und rannten auf Wilks zu. Einer von ihnen stolperte über Falks Körper und schlug in den Schmutz.

Falk rollte sich herum, richtete sich auf und spaltete dem Mann mit dem Gewehrkolben den Schädel.

Weiter so, Falk!

Wieder feuerte Wilks zweimal. Beide Frauen brachen zusammen.

Der letzte Mann strauchelte nach vorn, der Blick irre. Er kam nahe genug, daß seine Eingeweide sich über Wilks verteilten, als Wilks' Schuß den Laufenden in die Brust traf. Der Mann stürzte hin, erbrach Blut und starb.

»Kommt raus!« rief Wilks.

Nichts rührte sich. Es gab keinen Hinweis darauf, ob die Schützen noch lebten. Langsam erhob er sich, das Gewehr nach wie vor auf die Bäume gerichtet.

»Falk, bist du getroffen?« rief er ins Kom-Gerät.

Der große Mann lag wieder auf dem Boden. »Yeah. Aber nicht allzu schlimm, glaube ich.« Seine Stimme bebte.

»Ripley?«

»Hier. Habt ihr sie erwischt?« Auch ihre Stimme klang nicht sehr fest.

»Ziemlich sicher.« Er wischte sich Fleischfetzen und Blut von der Haut. »Entweder das, oder ich habe ein paar harmlose Passanten erschossen; ich sehe mal nach. Du wartest hier, Falk.«

»Hier bringt mich keiner weg.«

Gebeugt lief Wilks auf die Bäume zu, die Waffe im Anschlag. Nur die allerkleinste Bewegung irgendwo, und es wäre aus mit ihm oder ihr.

Einer der Schützen war tot, ein Mann mittleren Alters mit

rasiertem Kopf. Er hatte einen Schuß in den Hals abbekommen. Der andere lebte noch und lag nicht weit entfernt, eine kleine Frau mit schlimmer Bauchverletzung. Die Kugeln hatten ihre Eingeweide zerfetzt.

Zu Wilks' Verblüffung war sie noch bei Bewußtsein; sie lag auf dem Rücken und scharrte mit nackten Füßen im Staub, versuchte vom Lager wegzukriechen. Als Wilks näher kam, schlug sie die Augen auf, das Gesicht vor Schmerzen und Wut verzerrt, ihr Unterleib ein glitschig rotes Dreieck bloßliegender Gedärme.

»D-du wirst – sterben ...«, brachte sie mühsam hervor. »D-du ...« Erschöpft schloß sie die Augen.

Im Schatten der Bäume war es kühl; eine leichte Brise trocknete den Schweiß auf Wilks' Braue, als er sorgfältig zielte. »Yeah«, sagte er.

Das Echo hallte lange Zeit wider.

Tully arbeitete an ihrer tragbaren Konsole, während Ripley in dem schwachen Licht das System wieder aufbaute. Der ursprüngliche Sprengzünder war mit einer Zeituhr verbunden gewesen, zu kompliziert, um ihn schnell reparieren zu können, also nahm Tully jetzt eine Kettengliedschaltung vor. Die Verkabelung durfte keinen Fehler aufweisen; sie mußte auf Knopfdruck funktionieren.

Falk war in Ordnung. Er hatte zwei Wunden davongetragen, eine leichte oben links in der Schulter und eine etwas schwerere dort, wo eine Kugel seinen Bizeps durchschlagen hatte. Jones hatte ihn bereits zusammengeflickt und mit schmerzstillenden Mitteln vollgestopft.

Ripley arbeitete so schnell sie konnte, sich dessen bewußt, daß dieser erste Zwischenfall nicht der letzte bleiben würde, wenn sie sich nicht beeilten.

»Fertig«, sagte Tully. »Wir müssen zwar noch Oronas

Schlüssel dorthin ausrichten, wo wir bei ausreichender Sicherheitsdistanz sein werden, aber das Programm steht jetzt. Theoretisch brauchen wir bloß den Computer hier anzufunken, und der löst dann ein Signal aus, das wiederum die Zeituhr in Gang setzt.«

Ripley sah auf die kleine Konsole und nickte.

»Probier's aus«, sagte sie. »Wir verlassen uns lieber nicht auf die Theorie.«

»Gut. Ich tippe einen Befehl ein und sende ihn dann. Wenn das Wort auf dem Bildschirm auftaucht, haben wir ein sauberes Signal.«

»Tu's.«

Tully schnappte sich eine Lampe und verschwand im dunklen Korridor.

Ripley starrte auf das Durcheinander von Kabeln und seufzte. Sie wollte jetzt nicht darüber nachdenken, keine Zeit, aber –

Sie hatte auf die Leute geschossen, die auf das Tor zugelaufen waren. Das bedeutete, daß das Erste Gesetz, eine Mußvorschrift bei Synthetischen, bei ihr nicht funktionierte. Fast hätte das ausgereicht, sie glauben zu machen, daß es irgendwie nicht wahr war, daß Jones die Tests falsch interpretiert hatte. Nur hatte sie noch nie im Leben einen Elektronikkurs absolviert und wußte doch genau, wie die Kabel vernetzt waren; das Wissen war einfach *da*, wie die Fähigkeit zu gehen oder zu sprechen. Sie fragte sich, was sie wohl sonst noch wußte …

»Ripley?« Das war Tully, die Stimme kaum hörbar.

»Los«, sagte sie ins Kehlkopfmikro. Sie wandte sich dem Portable zu und schaute drauf. Eine Zahlenreihe lief über den Bildschirm und verschwand. Eine zweite folgte, dann erschien in grellgrünen Buchstaben das Wort »Bumm« in der linken oberen Ecke.

Ripley nickte. »Es funktioniert.«

Statik mischte sich in Tullys Lachen, und plötzlich hatte Ripley das Gefühl, sehr weit weg von allem zu sein. Weit weg von der Menschlichkeit.

Sie ging wieder ans Werk.

Nur noch wenige Minuten bis zur Landung. Nervös musterte Billie den Computerbildschirm und überprüfte zum hundertsten Mal, ob ihr Karabiner funktionierte.

Über den Vororten einer Industriestadt setzte das Schiff zu einem allmählichen Sinkflug an. Sie hatte mehrere kleine Städte überflogen, hatte auf dem ganzen Weg nach Spuren von Leben Ausschau gehalten; sie hatte viele gefunden. Hunderte, Tausende von Aliens waren unter ihr hergelaufen, Richtung Norden; aber Menschen hatte sie nicht zu Gesicht bekommen.

Billie hoffte, daß es den anderen gutging. Sie hoffte auch, daß sie keine Bruchlandung machen würde. Sie legte die Hände aufs Steuer und zog leicht nach links; das Schiff gehorchte. Sie schob nach vorn, und die Nase des Schiffs senkte sich ein wenig.

Okay, hab's kapiert –

Blinkend meldete der Monitor, daß sie die angestrebten Koordinaten erreicht hatte. Wenn Amys Vater bei der letzten Sendung die falschen Zahlen genannt hatte, dann war sie jetzt aufgeschmissen. Die Landedüsen des Fliegers traten in Aktion, und sofort sank das Schiff tiefer. Billie steuerte es über ein gerades Stück Straße. Schotter spritzte hinter dem Schiff auf, als es auf dem Teermakadam landete.

Billie löste die Sicherheitsgurte und schaltete den Antrieb aus, verblüfft, daß es so leicht gewesen war. Außerhalb des Fliegers rührte sich nichts.

Sie steckte die Zusatzmagazine ein und verstaute Leuchtstäbe in ihrer Hüfttasche, während sie zur Luke ging und ihre

Angst zu ignorieren versuchte. Daß das Fliegen ihr so leicht gefallen war, machte es irgendwie noch schlimmer; es war, als hätte sie ihr Glück aufgebraucht.

Es geht um Amy, sagte sie sich entschlossen, *um Amy, ihren Vater und Mordecai und wer sonst noch zur Familie des Mädchens gehören mag*.

Sie verließ den Flieger, die Waffe im Anschlag, und scheute augenblicklich vor dem Gestank zurück. Der Gestank von verbranntem Plastik und Verwesung war überwältigend; vielleicht war es jetzt in allen Städten so. Aber wenigstens lagen hier nicht sehr viele Trümmer herum. Offenbar gab es noch ein paar Orte, die nicht von Tumulten oder dem Alienbefall zerstört worden waren.

Sie ging um das Schiff herum. Nirgends ein Laut, nichts rührte sich; es war, als wäre sie das einzige Lebewesen in einer leeren Welt. Die Gebäude ringsum waren stumm, trugen alle ein uniformiertes Beige zur Schau.

Wo sollte sie anfangen? Sie näherte sich dem Gebäude zur Rechten und las die Lettern, die über dem ramponierten Türrahmen angebracht waren: ENDOTECH MICRO. Das klang eindeutig nach einer Firma für Mikrochips, und davon war in der Sendung ja schließlich die Rede gewesen, nicht wahr?

Das mußte der Ort sein.

Leider standen die gleichen Lettern am Gebäude auf der anderen Straßenseite. Das hier war ein großes Firmengelände, kein kleiner Betrieb. Verdammt.

Die Stille war nervtötend. Billie trat durch die Tür. Ihre Stiefel knirschten auf Teilen von zertrümmertem Plexi-Material, als sie nach links und rechts sah; da wie dort führten Flure in die Schwärze hinein.

Vielleicht fand sie eine Art Kontrollraum mit funktionierendem Interkom-System oder einen Lautsprecher, den sie am Flieger anbringen konnte …

Brillante Idee. Aber hast du auch nur den geringsten Schimmer, wie man so ein Teil anschließt?

Wenn sie ein Schiff fliegen konnte, dann wurde sie auch damit fertig. Ihr blieb weiß Gott nicht genug Zeit, jedes Gebäude einzeln abzusuchen –

Billie zog einen Leuchtstab aus der Tasche und schaltete ihn ein. Die Spitze glühte rot auf – nur ein trübes Licht, aber es würde reichen müssen; wenn es an Bord eine tragbare Lampe gab, so hatte sie sie nicht entdeckt. Sie trat sich in Gedanken kräftig in den Hintern dafür, daß sie vorhin im Lager nicht daran gedacht hatte, als sie in den pechschwarzen Korridor gestarrt hatte, aber das ließ sich jetzt nicht mehr ändern.

Sie betrat den Flur links von ihr. Ihre Schritte hallten in der stillen Luft laut und hohl wider – wenn sich jemand hier im Gebäude aufhielt, dann konnte sie es sich abschminken, ihn zu überraschen.

Innerhalb von Sekunden war das von außen einfallende Licht ganz verschwunden. Das Glühen des Leuchtstabs erhellte nur den Bereich ein oder zwei Meter vor ihr. Sie ging dicht an der Wand entlang und hielt den Stab hoch, um die Worte an den Türen lesen zu können, an denen sie vorbeikam – meistens Namen von Angestellten, wie es schien.

Der Flur schien kein Ende nehmen zu wollen. Sie bemühte sich, ein Gefühl der Gefahr niederzukämpfen, das in ihr aufstieg und zur Panik zu werden drohte. Die schale Luft klebte feucht an ihrer Haut; sie wußte nicht, wohin sie ging; alles konnte auf sie lauern, sie beobachten – und es war dunkel. Das war das schlimmste; es war dunkler als im Weltraum –

Sie blieb stehen. Das war völlig bescheuert. Sie würde wieder rausgehen und die Situation neu überdenken, ehe sie hier drin ausrastete –

Plötzlich hörte sie unmittelbar hinter sich ein Geräusch. *Snick.*

Sie erstarrte. Nur ein leises Geräusch, *es konnte sich um alles mögliche handeln, eine zufällige Gewichtsverlagerung oder –*

Das Geräusch einer sich öffnenden Tür.

Billie warf den Leuchtstab zu Boden und trat ihn aus. Er wurde dunkler, ging aber nicht völlig aus. Das flackernde Glühen brachte die Schatten wie wild zum Tanzen. Sie biß die Zähne zusammen, um nicht laut aufzuschreien, die Augen groß und nutzlos im Dunkeln. Langsam drehte sie sich um, so leise sie konnte, tausend Gedanken auf einmal im Kopf.

Ein Mensch, kein Drohn, vielleicht ein Fanatiker, spreche ich ihn an, oder warte ich? Ist er allein? Ist er bewaffnet? O Scheiße, Amy –

Sie streckte den Karabiner vor sich aus und versuchte klar zu denken –

– als ihr ein rauhes Paar Hände übers Gesicht strich –

28

Das Geräusch wurde so unmerklich langsam lauter, daß Wilks eine Weile brauchte, ehe er merkte, daß da überhaupt eines war und worum es sich handelte.

Er hatte Falks Posten vor der Waffenkammer übernommen und sah zu, wie die Schatten im Lager allmählich länger wurden. Moto hatte sich wieder zu den anderen gesellt, um weiterzuwerkeln, nachdem Jones ihr versichert hatte, daß Falk wieder in Ordnung kam. Wilks konnte sich auf nichts so recht konzentrieren, ständig ging ihm Billie im Kopf herum; McQuade überwachte noch immer die Sensoranzeigen, und Ripley hatte so viel Hilfe, wie sie brauchte, also lehnte sich Wilks gegen das Tor und wartete auf Billies Rückkehr.

Und fragte sich, *ob* sie zurückkommen würde.

McQuade meldete ein in östliche Richtung fliegendes Raumschiff, zu groß für den Landhüpfer, den Billie gestohlen hatte. Es landete nicht weit von der Stelle entfernt, wo sie die Königinmutter abgesetzt hatten. Anscheinend gab es unter den Fanatikern auch Piloten, wenn auch keine allzu schlauen. Die Bestien würden wohl kaum lange zwischen den Anhängern und der Babynahrung unterscheiden, wenn sie erst einmal in großer Zahl eintrafen.

Jetzt konzentrierte er sich auf das Geräusch. Eine Art hohes, scharfes Heulen, ein leises Wimmern.

»Beeile dich, Ripley«, sagte er ins Funkgerät. »Sie kommen.«

*

Billie schrie auf und drückte auf den Auslöser. Die Schwärze zerriß um das grelle Mündungsfeuer herum und bildete sich neu, ein ohrenbetäubender Lärm, als die Kugeln die Wand des Korridors trafen. Sie ließ sich zu Boden fallen und kroch auf den Ellbogen rückwärts, nachdem sie einen Blick auf zerlumpte Kleidung erhascht hatte –

»O Gott, nicht schießen! Halt!« Die Stimme eines Mannes. »Bitte, ich bin nicht verrückt, ehrlich!«

Das klang so entsetzt, wie sie sich fühlte. Billie sagte nichts, damit er kein Ziel fand, und richtete den Karabiner auf die Stimme aus. Als der Mann weiterplapperte, wartete sie noch mit dem Schießen.

»Bitte, ich muß sie finden, töten Sie mich nicht ... «

Sie. Das Wort prägte sich tief ein, und plötzlich klang der Lärm von Schritten im Korridor auf, als er vor Billie davonlief, zurück zum Eingang.

»Warten Sie!« rief sie. »Amy!«

Die Schritte verharrten. Wieder sprach er, übertrieben

eifrig. »Sie haben sie gesehen? Bitte, wo ist sie? Wer sind Sie?«

Billie erhob sich. »Gehen Sie zum Ausgang«, sagte sie. »Ich habe mein Gewehr auf Sie gerichtet, also keine plötzlichen Bewegungen.«

Als sie seinen Schritten den Flur entlang folgte, wurde ihr das volle Ausmaß seiner Worte klar. Er kannte Amy.

Ein alter, weißhaariger Mann mit struppigem Bart trat ins Licht, das durch die kaputte Tür ins Innere fiel. Tiefe Furchen der Angst und Sorge zeichneten seine Brauen. Billie ging auf ihn zu.

»*Sie* sind das«, sagte sie. »Ihre Sendungen ... wo ist Amy?«

Er riß die Augen auf. »Sie haben die Sendungen gesehen? Wir haben gehofft, daß jemand ... « Er brach ab. Dann: »Sie haben sie geschnappt, vor zwei Tagen. Mordecai wurde beim Versuch, sie aufzuhalten, getötet, diese Irren – sie ist weg. Ich weiß nicht einmal, ob sie noch lebt ... « Tränen stiegen ihm in die Augen.

Billie fühlte sich elend. Zwei Tage! »Wo haben sie sie hingebracht?«

»Auf dem Firmengelände gibt es überall unterirdische Tunnel«, sagte er. »Sie haben Amy zu den anderen gesteckt, teils Nahrung, teils Wirte, am Ostende gibt es ein Nest ... «

Er sprach rasch, versuchte, alles auf einmal zu sagen. »Ich wollte mich reinschleichen, aber es *ging* nicht, überall waren Drohnwachen, und heute haben sie plötzlich begonnen wegzulaufen, nach Norden, und ich habe Schiffe gehört, *Ihr* Schiff gehört ... «

»Bringen Sie mich dorthin«, sagte Billie. Wenn Amy noch am Leben war, dann hielt sie sich bestimmt im Nest auf und wartete darauf, daß man ihr ein Alien einpflanzte ... vielleicht waren die meisten Wachen schon unterwegs zur Königin. Sicher, ein paar hatte man wahrscheinlich zurückgelassen, um die noch nicht geschlüpften Jungen in den Eiern zu bewachen, aber vielleicht war es noch nicht zu spät.

Ripley hatte es verbockt.

Sie hatten die Schalttafel von der Wand genommen, und sie war stundenlang die auseinandermontierten Teile durchgegangen und hatte neue Leitungen gelegt. Der Zugriff mußte sequentiell erfolgen, von A nach B nach C und so weiter, oder die versteckten Bomben, einige Kilometer von ihnen entfernt, flögen in die Luft; ein falscher Anschluß, und die erste Explosion würde das ganze System lahmlegen. Das war nicht gerade wünschenswert.

Alles war bestens gelaufen. Tully und Moto hatten ihre Jobs zu Ende gebracht, und auch sie war schon fast damit fertig gewesen – als sie plötzlich entdeckt hatte, daß etwas fehlte. Sie hatte die siebte Schaltung soeben einbauen wollen, als ihr auffiel, daß sie keine Leiterplatten mehr hatte und noch eine brauchte.

»Nein«, sagte sie. Sie prüfte und prüfte erneut, die dritte Platte war fälschlich mit der fünften verbunden. Sie würde sie abmontieren und neu verdrahten müssen. Das würde weitere zwei Stunden dauern.

Wie lange noch, ehe die erste Drohngruppe das Lager erreichte? Vielleicht erst lange nach Einbruch der Dunkelheit. Vielleicht aber auch schon in fünf Minuten …

Sie nahm die Schaltung auseinander und begann von neuem. Wenn sie auf der Erde bleiben mußte, um das hier zu Ende zu bringen, würde sie das eben tun. Es tat nichts zur Sache, ob sie starb – solange nur dieses Miststück von Alienkönigin und ihre Kinder mit ihr ins Gras bissen.

Billie und der Alte stiegen zusammen den Treppenschacht hinunter, dessen Wände dick mit Alienabsonderungen bedeckt waren. Das Hauptnest befand sich im Keller eines Gebäudes, nur zwei Blocks vom Schiff entfernt.

Im schwindenden Tageslicht waren sie gemeinsam durch die leeren Straßen gelaufen, und sie hatte auf den Alten gewartet und eine Fackel mit Lumpen umwickelt, ehe sie das stille Gebäude betreten hatten.

Billie hielt die Fackel hoch über ihren Kopf, als sie die Stufen hinunterging. Die Flamme brach sich im dunklen, glänzenden Material und erschuf die flackernde Illusion, daß der Treppenschacht lebendig war. Mit jedem Schritt bebte und zitterte das Gebäude; es schien, als träten sie auf Alienkörper, die im Begriff waren, sich zu erheben –

Es wurde heißer, als sie sich dem Nest näherten; sie passierten den Absatz und nahmen die nächste Treppe in Angriff. An ihrem Ende befand sich eine halboffene Tür, die mit klumpigen Speichelfäden bedeckt war.

Das tiefe Stöhnen eines Menschen trieb ihnen als Willkommensgruß entgegen, gefolgt von einem hohlen Seufzen. Ein paar Stufen vom Fußende der Treppe entfernt blieben sie stehen. Schweiß lief Billies Rückgrat hinab.

»So weit bin ich nie gekommen«, wisperte der Alte.

Billie hielt den Karabiner auf die Tür gerichtet und zwang ihre Beine dazu, weiterzugehen. Natürlich würde das Nest nicht völlig leer sein – jemand mußte ja die Eier bewachen – doch das hatte Billie in ihrem Zeitplan berücksichtigt –

Die Tür schwang auf, und ein Dohn sprang auf sie zu –

Billie schoß. Das Ding schrie auf und knirschte mit den Zähnen, als seine Brust zerfetzt wurde. Säure zischte und brodelte, fraß sich ins Plastikret.

Eine zweite aufheulende Kreatur katapultierte sich über die erste hinweg.

Billies Schüsse rissen den langen Schädel auf; sein Kiefer

klappte herunter und fiel auf die Stufen. Noch mehr Alienblut wurde verspritzt.

Der Alte schrie auf, als ein drittes Wesen erschien –

Es lauerte in der Tür und zischte, trat gegen den gefallenen Zwilling vor sich, um an sie heranzukommen –

Billie drückte auf den Auslöser. Eine der Kugeln traf im Winkel auf und sprühte Funken, ein winziges Licht in der Finsternis.

Das Wesen fiel nach hinten weg, und Billie stolperte über den toten Drohn zu ihren Füßen, um zur Tür zu gelangen, der alte Mann hinter ihr.

»Nicht ins Blut treten!« sagte sie.

Billie hechtete in den Keller hinein und feuerte; Alienschreie vermischten sich mit den Explosionen des Karabiners. Der Lärm dröhnte in ihren Ohren.

Dunkle Gestalten sprangen auf sie zu, während sie wieder und wieder schoß –

Ihre linke Wade brannte wie Feuer, ein tiefer und heftiger Schmerz –

Hinter ihr ging flackernd die Lampe des Alten an, gerade noch rechtzeitig, daß sie sah, wie ein grinsender Drohn ihr seine Klaue auf die Schulter legte. Seine Zahnstange schoß aus dem klaffenden Rachen hervor, und Billie schrie auf, rammte ihm den Karabiner in den Bauch. Schüsse zerfetzten seinen Unterleib. Die Klaue des Monsters zerrte an ihrem Fleisch, zerriß ihr den Overall und die Haut, ließ dann aber los …

Billie keuchte auf und schlug mit dem Karabiner rechts und links um sich.

Nichts kam mehr auf sie zu, nichts rührte sich. Ihre Haut war vom Strahl des nahen Gewehrfeuers mit Blasen bedeckt; in ihren Ohren klingelte es. Säure hatte ihr Bein berührt, und sie spürte, wie Blut aus der Verätzung floß, blieb aber auf den Beinen.

Die Wachen waren alle tot.

Sie befanden sich in einem kleinen Raum. Die Fackel scheuchte in der schleimigen Höhle Schatten umher, ein rundes Dutzend Eier stand in der Mitte, und die meisten davon waren offen. Undeutliche Gestalten waren an die Wände gebunden, in verschiedenen Stadien des Verfalls; ein paar schienen noch am Leben zu sein, wenn auch bewußtlos. Spinnenartige tote Larven bedeckten den Boden, und es stank nach verwestem Fleisch.

»Amy ... «, sagte der Alte. Er trat an Billie vorbei. Sie spürte, wie ein Schrei in ihr aufstieg, als sie sah, worauf er zugegangen war.

Eine kleine, an die Wand gebundene Gestalt, der Kopf gesenkt, kurzes rötliches Haar –

Das, was einmal ein Mensch gewesen war, stöhnte auf, hob das Gesicht zum Licht ...

Ein ausgemergelter junger Mann, die Haut rissig, ein Auge zugeschwollen. Speichel tropfte von seinem bärtigen Kinn.

Er grinste den Alten an, wobei ihm die aufgedunsene Zunge heraushing. »Ich bin schwanger«, krächzte er undeutlich. Geronnenes Blut saß in seinen Mundwinkeln.

»Wo sind sie hin?« fragte Billie mit schriller Stimme. »Wo steckt Amy?«

Der Kopf des Mannes sank auf die Brust. Amys Vater packte sein Haar und riß den Kopf zurück, hielt dem Sterbenden die Fackel dicht vors Gesicht.

»Geschenke«, sagte er. In einem Nasenflügel platzte eine Eiterbeule; die Flüssigkeit lief ihm über die schorfigen Lippen. »Die Auserwählten – Brüter sind weggeflogen – dienen der Mutter ... « *Es klang wie Mudder.* »...sind zum Einssein geflogen ... Offenbarung. Sie wartet ... «

»*Nein*«, sagte Billie. Die Schiffe, die der Alte gehört hatte –

Er wandte sich ihr zu, und furchtbares Erkennen zeichnete sich auf seinem Gesicht ab.

»...das Heilige Land ... «, krächzte der Fanatiker.

»Sie ist verloren«, sagte der Alte. Seine Stimme zitterte.

»Zurück«, sagte Billie. Sie rammte ein neues Magazin in ihr Gewehr und warf das leere auf den Boden. »Ich weiß, wo sie hin sind.«

Und auch sie würden dorthin fliegen: zu Oronas Berg, ins Heilige Land –

Aber eins nach dem anderen.

Billie zielte mit dem Karabiner und drückte ab.

Das Heulen der näher kommenden Armee wurde lauter, war jetzt deutlich zu unterscheiden. Er wußte, daß Tausende dieser Bestien erforderlich waren, um so einen Lärm hervorzurufen; Wilks suchte den Himmel ab, während die Minuten verstrichen und das Lager in rötliches Zwielicht getaucht wurde. Wenn Billie nicht bald zurückkehrte –

Die *Kurtz* konnte eine Weile kreisen und warten, aber der Treibstoff reichte nur für eine gewisse Zeit. Und auch die vielen Aliens, die ihnen auf den Fersen waren, trugen dazu bei, daß sie sich sputen mußten.

Als Wilks so darüber nachdachte, wurde ihm klar, daß sie einen Fehler begangen hatten. Sie hätten erst die Bomben scharfmachen und dabei das Schiff mit der Königin woanders parken sollen, um die Brut anzulocken; dann, wenn sie soweit gewesen wären, hätten sie sie absetzen sollen. Die Sache war nicht richtig durchdacht gewesen; sie hatten nicht damit gerechnet, daß diese verdammten Viecher so schnell waren, ganz zu schweigen von der Anzahl –

Scheiße, Scheiße, Scheiße –

»Fertig!« sagte Ripley.

Wilks holte tief Luft und ließ sie langsam wieder entweichen.

Er wußte, daß Ripley bis zum letztmöglichen Augenblick warten würde, ehe sie befahl, sich abzusetzen, aber dieser Augenblick schien plötzlich sehr viel näher gekommen zu sein – und es war schon fast dunkel.

»Wilks! Besuch aus westlicher Richtung, *jetzt!*« rief McQuade.

Wilks richtete sein Gewehr auf die Bäume und brüllte durchs Tor: »Ripley, Moto, weg hier!«

Ganz in der Nähe schrie ein unsichtbares Alien auf, als erst Moto und dann Ripley durch das Loch in der Tür gestolpert kamen. Sie ließen die Werkzeugkästen fallen und nahmen ihre Karabiner von den Schultern.

Als Einheit bewegten sie sich auf das Schiff zu.

Das Unterholz knarzte und knackte von unzähligen laufenden Beinen, aber noch war nichts zu sehen –

Da brach der erste Drohn zwischen den Bäumen hervor und eilte ins Lager, der lange Körper geduckt, die Arme ausgestreckt. Er wollte zur Königin, und sie standen zwischen ihm und ihr.

Alle drei feuerten gleichzeitig. Das Etwas kreischte auf und schlug schwer zu Boden, von den panzerbrechenden Geschossen fast entzweigerissen.

Plötzlich explodierte der Wald, spie eine Handvoll Drohne auf einmal aus. Sie hechteten auf die drei zu und heulten auf, als der Kugelhagel sie traf. »*Kommt schon!*« rief jemand hinter ihnen.

Es war Falk. Er stand in der Schleuse der *Kurtz*, ein bandagierter Arm hing schlaff herunter, der gesunde andere hielt das Gewehr ausgestreckt.

»*Lauft!*« sagte Ripley. Sie hielt die Stellung, feuerte wieder, als weitere Drohne in Sicht kamen.

Wilks und Moto rannten die paar Meter bis zum Schiff, während Ripley und Falk ihnen Deckung gaben.

Wilks schnellte in der offenen Schleuse herum und eröffnete das Feuer. Dutzende weitere Bestien kamen zwischen den Bäumen hervor, und ihre alptraumhaften Gestalten bewegten sich mit einem Wahnsinnstempo –

»Ripley!« brüllte er.

Ohne sich umzusehen, zog sie sich rückwärts zur *Kurtz* zurück und wäre auf dem Deck fast ausgerutscht. Wilks blies noch drei Kreaturen das Lebenslicht aus, als sie sich umdrehte und ins Innere stolperte.

Falk schlug auf den Knopf. Die Schleuse glitt zu und wurde eingezogen, aber zu langsam. Wilks ging in die Hocke und feuerte auf mehrere Bestien, die hereinzukommen versuchten. Einer der Drohne packte noch unmittelbar, ehe sich das Deck schloß, Wilks' Gewehrlauf. Wilks ballerte ihm die glänzende Zahnreihe zum Hinterkopf hinaus.

Kleine Schmelzflecken sprenkelten Wilks' Wangen.

Aber sie waren alle drei drinnen. Eine Anzahl Aliens hämmerte gegen die geschlossene Schleuse, ihre Schreie durch das Metall gedämpft.

»McQuade, Brewster, bringt uns hier weg!« rief Ripley ins Kehlkopfmikro.

Wilks schlug mit der Faust gegen die Schleuse.

Billie würde zu spät kommen.

29

Der Flieger ging über den Bäumen allmählich tiefer.

Verzweiflung überzog Billies Gesicht beim Anblick des leeren Lagers – nun, des fast leeren Lagers. Sogar in der starken Dämmerung konnte sie noch die dunklen Alienleiber erkennen, die auf dem Boden verstreut dalagen.

»O nein«, sagte sie leise.

Der Alte ballte die Fäuste und schwieg. Sie hatte ihm die Lage unterwegs erklärt. Da die Koordinaten programmiert waren und keiner von ihnen Pilot war, mußten sie zuerst zum Lager zurück; Billie hatte gehofft, daß der Computer der *Kurtz* ihnen dabei helfen konnte, Amys Schiff zu lokalisieren, aber jetzt –

Sie mußten starten, sie hatten keine andere Wahl, sagte sie sich wieder und wieder.

Obwohl sie wußte, daß das stimmte, bildete sich ein Kloß in ihrem Hals; man hatte sie im Stich gelassen. Ripley hatte den Sprengzünder eingestellt, und die *Kurtz* war gestartet. Sie würden sterben.

Billie schluckte schwer, als das Schiff sanft aufkam. Sie hatte sich entschieden, und jetzt blieb ihr nur noch, die Konsequenzen zu akzeptieren.

»Tut mir leid«, sagte sie. Sie schaute ihn nicht an, wollte den Schmerz auf seinem Gesicht nicht sehen, als ihrer beider Hoffnung starb.

»Es ist nicht deine Schuld«, sagte er matt. »Du hast dein Bestes getan. Ich – ich bin froh, daß es bald vorbei ist.«

»Wir könnten versuchen, der Explosion zu entgehen«, sagte sie, bereute die Worte aber schon im selben Augenblick, als sie sie ausgesprochen hatte. Wohin sollten sie fliehen? Der Planet starb, war bereits tot –

»Amy war mein ein und alles«, sagte er- »Ich habe nichts mehr, wofür es sich zu leben lohnt.«

Tränen liefen Billie die Wangen hinunter, und sie nickte. Das verstand sie.

Sie wandte sich ihm zu, nicht sicher, was sie sagen sollte. –

Und hörte Fluglärm über sich.

Ihr Herz klopfte, als sie nach dem Kom-Gerät zu ihren Füßen griff und es sich ins Ohr stöpselte.

»... dich, Billie! Sprich mit mir!« Das war Brewster.

Ihre Tränen wurden zu Schluchzern der Erleichterung, als der Alte den Arm um sie legte und laut auflachte.

»Nein«, sagte Ripley. »Wir müssen hier weg, sofort. Wenn diese Bestien wiederkommen und erst einmal anfangen, im Lager herumzustöbern, dann könnten sie die Bomben außer Gefecht setzen. Tut mir leid.«

Herrje, was für ein Scheißdeal, dachte sie. Es tat ihr wirklich leid; aber irgendwer mußte ja schließlich darüber entscheiden, was den Vorrang hatte.

Der Antrieb der *Kurtz* lief leer. Ripley stand mit Billie und dem Alten in der Bucht der Landeeinheit und hatte sich mit gemischten Gefühlen ihre Geschichte angehört. An die Stelle des anfänglichen Glücksgefühls, das sie bei Billies Rückkehr empfunden hatte, waren Frustration und Unglauben getreten. Und eine furchtbar tiefe Wehmut.

»Du brauchst nicht auf uns zu warten«, sagte Billie. Sie wischte sich fahrig über das tränenüberströmte Gesicht. »Hilf uns einfach nur, das Schiff zu finden. Mit dem Computer ist das eine Sache von wenigen Sekunden.«

»Und was dann?« sagte Ripley. »Wollt ihr auf bloßen Verdacht hin, daß sie noch am Leben sein könnte, inmitten von zehntausend Drohnen niedergehen? Ich *verstehe* euch ja, ich weiß, wie ihr euch fühlt, aber das ist Selbstmord!«

Ripley wußte, daß sie recht hatte, konnte Billie aber auf einmal nicht mehr in die Augen sehen. Wußte sie wirklich noch, wie man sich dabei fühlte?

Verdammte Heuchlerin. Was war mit ihr geschehen? Sie hatte nur noch eins im Sinn: die Brut, die ihr Leben zerstört hatte, indem sie ihr die Tochter nahm, zu vernichten.

»Du kannst vielleicht ohne sie hier weg«, sagte Billie. »Ich nicht.«

Ripley sagte nichts, doch ihre Gedanken überschlugen sich. Ihr Ziel war es, die Monster zu töten. Vor langer Zeit hatte sie einmal andere Ziele gehabt. Damals, als sie noch Mitgefühl gezeigt hatte …

Sie schaute zu Billie hoch und sah ein sehr vertrautes Gesicht.

»Vor einigen Stunden ist etwa zehn Kilometer entfernt ein Schiff niedergegangen«, sagte sie. Ihre Gedanken begannen sich zu ordnen, als sie sprach.

Ripley wandte sich dem Alten zu. »Können Sie mit einem Militärkarabiner umgehen?«

»Mein Augenlicht ist nicht mehr so gut«, sagte er, »aber ich stehe noch meinen Mann.«

Ripley schüttelte den Kopf. »Es geht hier nicht nur um ein paar Drohnen, und im Dunkeln wird es nicht leicht sein.« Sie hielt inne. »Ich werde euch wohl begleiten müssen«, sagte sie zu Billie.

Wilks sah dabei zu, wie Ripley zusätzliche Magazine und zwei tragbare Lampen aus dem Versorgungslager holte, und spürte, wie seine Wut immer größer wurde. Schließlich platzte es aus ihm heraus.

»Du hast wohl deinen verdammten Verstand verloren!« Frustriert suchte er nach den richtigen Worten. »Denk doch mal nach!«

Ripley sprach über die Schulter, als hätte sie ihn gar nicht gehört. »Bleibt, so lange es geht, dann landet irgendwo in der Nähe, wo es sicher ist. Wir kommen hierher zurück. Wenn wir in einer Stunde noch nicht auf den Sensoren zu sehen sind, übernimmst du wieder die Führung!«

Sie drehte sich um, das Gesicht ihm zugewandt, die Miene ausdruckslos. »Bau bloß keinen Scheiß.«

Er hätte schreien mögen. Als McQuade Billies Flieger entdeckt hatte, war etwas in ihm – *erleichtert* gewesen; anders konnte er es nicht ausdrücken. Und jetzt gaben sich Billie *und* Ripley alle Mühe, sich umzubringen.

Nein. Schluß damit.

»Ich begleite euch«, sagte er. »Das ist das wenigste, was ich tun kann.«

»Nein«, sagte Ripley ruhig. Sie schulterte ihr Gewehr. »Jemand muß dafür sorgen, daß alles zu Ende gebracht wird.«

»Du kannst den Timer auch jetzt schon auslösen«, sagte er. »In sechs Monaten fliegt dann alles hoch, wir brauchen nicht zu warten ...«

»Wilks ...«, setzte Ripley an.

»Sie ist nicht euer Kind!« versuchte er es erneut.

Billie und Ripley sahen einander an, schauten dann zu Wilks. »Doch, das ist sie«, sagte Billie. »Und ob.«

Ripley sagte: »Außerdem haben wir keinen Platz.«

»So ein Blödsinn! Es gibt ...«

»Spar's dir, Wilks. Wir gehen, du nicht.«

Er folgte ihnen die Sprossenleiter zur Bucht der Landeeinheit hinunter und suchte nach etwas, was er ihnen noch sagen konnte. Der Alte wartete dort. Moto stand mit einem Gewehr neben ihm.

»Fertig?« sagte Billie.

Der Alte berührte ihren Arm. »Ich wünschte, ich könnte euch mehr helfen«, sagte er. Er wollte noch etwas sagen, verstummte dann aber.

Billie nickte. Ripley reichte ihr eine Lampe, als Moto an den Öffnungssensor trat.

Wilks sah zu Billie hinüber. Er war sich nicht sicher, was er fühlte, wußte nicht, was unter den richtigen Umständen zwischen ihnen passieren konnte, aber –

Sie erwiderte seinen Blick, anscheinend auf eine Art Flehen gefaßt. Trotzig, stark –

»Bitte, komm wieder«, sagte er zu ihr. »Du mußt wiederkommen, Kleines, weil … weil …«

Sie legte ihm die Finger auf die Lippen. »Ich weiß, David.«

Mein Gott, er hatte den Eindruck, jeden Augenblick in Tränen ausbrechen zu müssen. Er wandte sich Ripley zu. »Seid vorsichtig«, sagte er.

Sie nickte ihm zu.

Die Schleuse öffnete sich, und weg waren sie.

Sie flogen ohne ein Wort in östliche Richtung. Billie hatte Angst, war aber fest entschlossen, und sie sah, daß es Ripley genauso ging. Es gab nichts mehr zu sagen.

Die Scheinwerfer des Fliegers erhellten nur einen geringen Teil der Landschaft, einen Vorhang aus Bäumen und die Gipfel der Berge.

Als sie sich dem Berg der Königin näherten, nahm der Lärm zu, und die Lage wurde verdammt deutlich. Das Zischen und Heulen der Monster übertönte noch den Schiffsantrieb, als sie über dem Gipfel kreisten.

Billie zog hart die Luft ein, als die Scheinwerfer des Fliegers den Boden erhellten. Der Lichtkreis war von sich bewegenden schwarzen Schatten erfüllt.

»Das Schiff ist etwas weiter östlich«, sagte Ripley. »Vielleicht wird's gar nicht so schlimm.«

»Vielleicht«, sagte Billie. Sie hatte nie viel von Göttern gehalten, so war sie nicht erzogen worden, aber jetzt flehte sie jeden an, den es geben könnte, daß Amy noch am Leben sein möge.

Vage fiel Ripley der Teil eines Zitats ein, als sie das Schiff auf den kleinen Gipfel vor ihnen zusteuerte. Wie ging es noch gleich? Ins Tal des Todes ritten die sechshundert …?

Unter ihnen kreischten vielleicht hunderttausend Kinder der Königin, eine wogende See aus tödlichen, hirnlosen Monstern.

Sie fragte sich, wozu ihre Versammlung wohl diente, ob sie überhaupt eine Ahnung hatten, was sie hier taten oder was mit ihnen geschehen würde. Und sie fragte sich, wie viele noch kommen würden.

Sie überflogen den Gipfel, und Ripley drosselte den Flieger. Wenigstens brauchten sie nicht erst lange zu suchen. Das Land war hier eben, irgendein Erholungsgebiet, das man urbar gemacht hatte. Das Schiff war deutlich zu sehen, unmittelbar steuerbords.

Dutzende Drohne liefen durchs Licht des niedergehenden Schiffes nach Westen. Ripley brachte den Hüpfer so nahe wie möglich ans größere Schiff und landete.

Fast augenblicklich setzte das Dröhnen ein. Durch das Klarstahlfenster waren unablässig dunkle Gestalten zu sehen, die vorbeiströmten, wobei ihre Schreie von höheren zu tieferen Tonlagen umschlugen.

Doppler-Effekt, dachte Ripley sinnlos.

Beide erhoben sich und gingen zur Schleuse.

»Wir bleiben zusammen«, sagte Ripley. »Dringen ein, stöbern sie auf, verschwinden wieder.«

Billie nickte, die Wangen gerötet.

Wahrscheinlich ist sie schon tot, dachte Ripley, sagte es aber nicht. Sie waren es ja schließlich auch.

Die Schleusentür glitt zur Seite.

Die Schiffsschleusen lagen einander gegenüber, beide offen.

Billie sprang aus dem Flieger und sah nach Osten. Ohne zu zielen, drückte sie auf den Auslöser; zielen war unnötig. Eine Mauer von Bestien lief in den Strahl hinein und stürzte zu Boden, versprühte Säure und Teile ihres Exoskeletts in alle Richtungen.

Ripley war gleichzeitig mit ihr gesprungen und feuerte wiederholt in die anbrandende Woge der Drohne.

Ein Alien war aufs Dach des Fliegers geklettert und setzte jetzt zum Sprung an. Billie zerfetzte ihm mit einer kurzen Salve die Brust.

Sie bewegten sich auf das Brutschiff zu, die Waffen auf Automatik gestellt. Es lagen schon so viele dieser Wesen auf dem Boden, daß sie ein Hindernis bildeten; weitere stiegen über ihre gefallenen Zwillinge hinweg, um ebenfalls abgeschlachtet zu werden.

Billie warf das leere Magazin aus und rammte ein frisches hinein, gerade rechtzeitig, um eine zweite Bestie vom Dach des Schiffes zu holen. Die Explosionsgeschosse zerfetzten das Wesen, und trotzdem griffen die anderen weiter unter mörderischem Geschrei an.

Als sie den Eingang des Brutschiffs erreicht hatten, hielt Ripley Billie den Rücken frei, während sie eindrang.

Ein Drohn kreischte auf, langte aus dem Innern der Schleuse nach Billie –

Sie beharkte ihn mit Stahl, und sein Säureblut gischtete hervor und brachte die Wand zum Brodeln –

Schlagartig verstummten die Alienschreie, als die Schleuse sich hinter Ripley schloß.

Billie rannte in den Frachtraum. Schwache Notbeleuchtung, zwei Ausgänge, allem Anschein nach kein –

Ein Alien heulte auf und tauchte gebeugt aus einem der Korridore auf, eingeengt von der zwei Meter hohen Decke –

Ripley hielt voll drauf.

Der Kopf des Monsters zerplatzte wie ein Kürbis; seine Arme ruderten einen Moment lang umher, ehe es merkte, daß es tot war, und zu Boden sackte.

Sie schauten sich in dem Raum nach weiteren Bestien um. Billie sah das Menschenblut, das sämtliche Wände bedeckte, die zerfetzten Kleidungsstücke, die überall herumlagen. Und die Leichen.

»Amy!« rief sie.

Es war ein Massaker gewesen. Billie zählte zwölf Menschen, vielleicht mehr, die in einem wirren Haufen in einer Ecke des Raums aufgestapelt waren. Manche waren zerteilt – hier sah sie einen nackten Arm, vom Rumpf getrennt, dort ein vereinsamtes Bein …

Sie trat über den Schuppenschwanz von einer der toten Bestien und rief erneut. »Amy!«

Keine Antwort. Nur ihr klopfendes Herz war zu hören, zu dem sich das Brüllen der Aliensee hinter ihnen gesellte.

Ripley sah die Zerstörung im Schiff, das vergeudete Leben rings umher, und ihre Gedanken überschlugen sich. Das alles erlebte sie nicht zum ersten Mal …

Billie machte einen Schritt nach vorn, dorthin, wo wahrscheinlich einmal der Kontrollbereich gewesen war, und rief erneut nach dem Mädchen. Nichts. Die junge Frau näherte sich dem Leichenhaufen und suchte darin nach dem verlorenen Kind. Ripley hielt ihr Gewehr auf die Tür neben Billie gerichtet.

Es wäre besser, wenn sie tot ist, statt von den Bestien verschleppt worden zu sein … Doch ihr Herz verkrampfte sich, als Billie aufschrie und vor dem Haufen auf die Knie fiel, das Gesicht aschgrau.

»Nein, nein, nein …« Ein ums andere Mal wiederholte Billie dieses Wort, während ihr Arm im Wirrwarr der Gliedmaßen untertauchte –

– und die Schleuse hinter ihnen plötzlich mit einem metallischen Kreischen nachgab und monströse Schreie den Raum erfüllten –

Billie war übel. Beim Versuch, den Angriff zurückzuschlagen, mußten die Leute sich am Ende zusammengedrängt haben.

Wenigstens zwei der Toten hielten noch Waffen umklammert – hatten die Brüter die Kontrolle übernommen? Oder hatten die Fanatiker endlich begriffen, daß den Monstern das Leben eines Menschen keinen Pfifferling wert war – ganz gleich, welches Menschen?

Es änderte nichts, nicht das geringste. Für einen Sekundenbruchteil empfand sie eine Art Hoffnung, als sie rasch die Leichen betrachtete.

Ein kleines Gesicht, mit Blut bespritzt, die Augen geschlossen, halb unter einem zerlumpten Körper begraben. Billie spürte, wie die Beine unter ihr nachgaben; Worte des Unglaubens drangen von weither zu ihr, von ihr.

Amy.

Billie zerrte an den Leichen, fuhr sich mit zitternder Hand über die Stirn. O Gott, Amy –

Flatternd öffneten sich die Augenlider des Mädchens.

Gewehrfeuer brüllte auf.

Ripley schnellte herum und schoß. Zwei Meter entfernt schmolz das Grinsen eines Drohns dahin und zerlief. Ein Tropfen brennender Säure traf Ripley am Arm, als sie erneut feuerte; die Brust eines weiteren Aliens zerplatzte in schwarze Scherben. Sie wich einen Schritt zurück, als eine dritte Bestie von der wogenden See draußen auf sie zugesprungen kam. –

»Billie!« schrie sie auf. Sie eröffnete das Feuer; die Strahlen trafen das Monster an den Schenkeln, trennten die Glieder vom Rumpf, aber noch immer langte es nach ihr –

Die Arme des Alien flogen zur Seite, als Billie neben sie trat und seinen Unterleib in Stücke schoß. Ein Schrei –

Amy?

Es war der Schrei eines Menschen, eines Kindes. Ein rothaariges Mädchen klammerte sich an Billie und schrie auf, ein stummer Laut im Donnern der Gewehre.

Ripley war wieder auf dem Vormarsch. Sie mußten zum Flieger zurück, am unbarmherzigen Strom des Todes vorbei –

– ihre Waffe klickte leer, als eine Klauenhand durch den Eingang geschossen kam und nach ihr griff –

– und Billie feuerte, schickte Aliensplitter durch die Luft, während Ripley ein neues Magazin in ihren Karabiner rammte –

Jetzt oder nie.

»Ich geb' euch Deckung!« rief Ripley. »Los!«

Sie sprang in die Dunkelheit hinaus. Sie versprühte Geschosse, zersäbelte die Bestien. Sie war sich vage bewußt, daß Billie und das Mädchen dicht hinter ihr auf den Flieger zurannten, war sich vage bewußt, daß sie schrie – ein heiserer Aufschrei der Wut aus ihrem tiefsten Innern. Jeder Gedanke war weg, vom Haß ausgelöscht, der sie im Griff hatte, der den Auslöser bediente –

Sie liefen auf den Flieger zu, waren fast da –

Billie schlug auf den externen Öffnungstrakt. Die Schleuse glitt auf.

Das Mädchen stolperte hinein, stürzte in den Flieger. Billie folgte ihr dichtauf, ihr wiederum Ripley. Ripley fuhr herum, schwenkte die Waffe von einer Seite zur anderen, und es hagelte vollautomatisch Tod –

Im gleichen Augenblick, als ihr die Munition ausging, schloß sich die Schleuse.

Das Schiff schaukelte hin und her, als die Aliens es überrannten und an ihm vorbeischwärmten, wobei sie aufheulten und wie wild gegen die Hülle hämmerten.

Das Mädchen kauerte sich an eine Wand und schluchzte. Billie beruhigte das Mädchen: »Es wird alles gut, Amy, glaub' mir, alles wird gut …«

Ripley rannte zum Pilotensitz und hantierte an den Kontrollen. Ein Krachen und Splittern erklang hinter ihnen, dann noch einmal.

Sie reißen die verdammten Wände ein –

»Festhalten!« rief Ripley.

Der Antrieb wimmerte und ächzte. Und hob das Schiff mehrere Meter hoch, ehe es die schwere Last mit einem Krachen zu Boden fallen ließ.

Der Aufprall riß Billie von den Beinen. Sie wandte sich dem Mädchen zu, das zitterte und weinte, aber anscheinend unversehrt war.

Zuviel Gewicht –

Der Flieger konnte nicht abheben, solange sich kreischende Monster an ihn klammerten –

Im hinteren Bereich ratschte etwas bedrohlich. Ein gezacktes, klaffendes Loch tauchte in der Wand auf. Schwarze Klauenarme zerrten an den Rändern, erweiterten es. Ein seltsamer Gestank nach Öl erfüllte das Schiff.

Billie zielte auf das Loch, als auch schon ein großer schwarzer Schädel mit tropfenden Zähnen aufzischte und sich in den Flieger reckte.

»Billie, nein! Nicht … «

Billie schoß. Der Drohn verschwand – und der ganze hintere Bereich des kleinen Schiffs ging in Flammen auf.

Ripley roch den Treibstoff und fuhr herum; diese Mistviecher mußten den Tank beschädigt haben –

Sie sah, wie Billie zielte.

«Billie, nein! Nicht schießen!«

Die Worte waren vergebens; schon brandete eine gewaltige Hitzewelle über Ripley hinweg. Billie wurde nach hinten umgerissen, das kleine Mädchen mit ihr.

Aliens brüllten draußen.

Scheiße!

Ripley lief zur Schleuse, die Waffe ausgestreckt, und betätigte den Öffnungskontakt. Nichts. Elektrik und Hydraulik waren hin, die Luke klemmte.

Das Feuer breitete sich zu ihnen aus, züngelte die Wände hoch, während die Luft sich mit schmierigem Rauch füllte. Sie würden verbrennen, es sei denn –

Sie löste die Sprengbolzen aus, und die Schleusentür fiel ab. Kühle Luft strömte ein.

Billie kam hustend angestolpert, einen Arm um das Kind gelegt.

Sie mußten es zurück zum Brutschiff schaffen und beten, daß es noch flugtauglich war –

Ripley hob die Waffe und sprang wieder mitten in den Alptraum hinaus.

Billie stieß Amy zur Scheusenöffnung hinaus, dann folgte sie dem Mädchen. Wie besessen suchte sie die Dunkelheit nach Zielen ab, doch die Kreaturen waren mit dem Feuer beschäftigt. Ein Drohn stürzte kreischend auf sie zu, sein spindeldürrer Rumpf von Flammen umlodert, die ihn verzehrten. Hellorange knisterte der dunkle Körper, als die Bestie sich auf dem Boden wand. Andere Aliens, die von loderndem Treibstoff durchtränkt waren, rannten als lebende Fackeln vom Schiff weg.

Amy schrie auf und deutete zum Dach des Brutschiffs. Billie zielte, als ein Monster auf sie zuhechtete, und schoß. Das Wesen zerschellte am Boden.

»Beeilung!« rief Ripley. Sie lief auf das Brutschiff zu und gab dabei manchmal kurze Salven auf die Aliens ab, die noch immer auf sie zugerannt kamen.

Die Explosion hatte mindestens ein Dutzend erfaßt. Die Riesenleiber tanzten und zischten, erhellten die Nacht mit ihren von Feuer triefenden Bewegungen. Die Luft hatte sich so weit erhitzt, daß sie in den Lungen stach – und die Bestien hatten ihre Angriffe eingestellt.

Sie mochten kein Feuer, erinnerte sich Billie. Sie und Amy folgten Ripley wieder an Bord des Brutschiffs.

So dumm! So dumm! Ripley hatte sie noch warnen wollen; sie hätte den Geruch von Treibstoff erkennen müssen.

»Bewach die Tür!« brüllte Ripley. Sie rannte zum Kontrollraum. Billie zielte auf die kaputte Schleuse, sah vor Hitze und Schweiß alles nur vorschwommen.

Amy schrie hinter ihr auf –

Billie schnellte herum, erspähte den Drohn, der sich hinter den Formsesseln erhob und nach Amy griff –

Ein Kugelhagel riß ihn zu Boden. Wieder schrie Amy auf, starrte an Billie vorbei –

– und Billie konnte sich gerade noch rechtzeitig umdrehen, um eine kreischende Gestalt zu sehen, die von Feuer umlodert durch den Eingang auf sie zusprang.

Ein Toter saß im Pilotensitz, die Kehle herausgerissen.

Ripley trat gegen ihn. Die Leiche glitt mit einem satten Laut zu Boden. Sie ließ sich in den Sessel fallen, machte sich über die Kontrollen her, und stotternd erwachte der Schiffsantrieb zum Leben.

Erleichterung erfüllte sie kühl und beruhigend.

Sie hörte das kleine Mädchen schreien, hörte Billies Waffe aufröhren und brüllen, während sie weiter die Anzeigen überprüfte. Kaum genug Treibstoff für den Start, Wiederaufbereitung gleich null, Fahrgestell unbrauchbar, keine Abwehrschirme – sie konnten von Glück reden, wenn sie sich überhaupt vom Fleck bewegten.

Nur ein bißchen, nur ein ganz klein wenig, gerade genug, um uns von hier wegzubringen –

Erstaunt stellte Ripley fest, daß sie nicht sterben wollte.

Die Bestie stürzte sich auf Billie; die tödlichen Klauen packten ihren zerrissenen Overall. Schmerz loderte auf, als das Feuer ihr Arme und Brust versengte –

Sie stieß mit der Waffe zu, drückte wie eine Wahnsinnige auf den Auslöser –

Das Monster flog nach hinten und versprühte dabei Teile seines brennenden Panzers. Billie schlug auf die Flammen an ihrer Kleidung, roch den Gestank von verbranntem Fleisch und Haar, ihrem eigenen. Der Schmerz und der Gestank verbrühten Fleisches ließ sie würgen –

Plötzlich ruckte das Schiff unter ihren Füßen. Billie stolperte nach vorn und fiel hin.

»Festhalten!« rief sie Amy zu. Das Mädchen klammerte sich an den Rand eines Formsessels.

Sie wandte sich wieder der Tür zu und sah jetzt alles wie in Zeitlupe, als die Welt erbebte –

– noch ein Monster in der Schleuse auftauchte und Billie schoß, so daß es zurückgeworfen wurde. Seltsam, sie hatte nur den Kopf gesehen –

Sie stützte sich auf einen Ellbogen und sah hinaus. Der brennende Flieger erhellte die Nacht, Monster heulten auf und rannten am Einstieg vorbei, der Gestank verbrannter Materialien raubte ihr den Atem – aber –

Amy lebte noch.

Das war ihr letzter Gedanke, ehe Dunkelheit sie umfing.

Das Schiff erbebte, als Ripley die Startkontrollen bediente. Schräg stieg das Schiff auf, weil eine der Antriebsdüsen kaputt war – aber es stieg auf.

Scheißkoordinaten. Ripley ergriff den Steuerknüppel und schob ihn nach vorn, führte das beschädigte Schiff hoch und von den Bestien weg, nach Westen.

»Ich hab sie!« rief Tully.

Wilks merkte, wie sich ein Grinsen auf seinem Gesicht breitmachte.

Die *Kurtz* befand sich in der Luft und flog hoch über dem Lager eine Achterfigur. Wilks hatte nicht erst gewartet, bis die Bestien auftauchten – eine halbe Stunde, ehe Ripleys Zeit ablief, hatte er Brewster befohlen, mit dem Schiff zu starten. Wenn sie zurückkamen, dann war es besser, sie hatten Platz zum Landen ...

Tully runzelte die Stirn. »Moment. Das sind sie nicht ...«

»Wer sonst ...?« setzte Wilks an und hielt dann inne. Er beugte sich über ihre Schulter und überprüfte die Anzeige. Das war das andere Schiff, der Brüter. Noch während er hinsah, näherte es sich dem Lager und ging in den Sinkflug –

»Die machen Bruch«, sagte Tully mit heiserer Stimme.

Sie waren es, sie *mußten* es sein, und sie standen im Begriff, ziemlich hart aufzukommen. Wilks ballte die Hände zu Fäusten und wartete ab.

Das Schiff hieß *Coleman*, jedenfalls der Kontrolltafel nach. Seltsam, daß ihr in einem solchen Augenblick so etwas auffiel. Sie steuerte es so gut es ging durch die Luft, doch ständig sackte der verkrüppelte Flieger durch und schaukelte alarmierend. Einmal rief sie Billies Namen, bekam aber keine Antwort. Ihr blieb keine Zeit, in Panik auszubrechen; Alarmlämpchen blinkten auf der Konsole und verrieten ihr, daß der Flug nicht lange dauern würde.

Sie hatten das Lager beinahe erreicht, als das blinkende Überhitzungsfeld grell rot wurde.

»Wir stürzen ab!« rief sie nach hinten. Schweiß tropfte ihr von der Stirn, und sie ging mit dem Schiff tiefer, betete, daß der Sturz sie nicht umbrachte, wenn der Antrieb ausfiel.

Das Schiff mähte die Wipfel von einem Dutzend Bäume ab und kam im schrägen Winkel auf dem Boden auf.

»Nichts wie hin, los!« sagte Wilks. Sein ganzer Körper bebte vor Anspannung, als Brewster die *Kurtz* zur Unglücksstelle flog.

Billie öffnete die Augen, als etwas sie wach rüttelte. Ihr tat alles weh, der Magen rumorte und gluckste –

Die Umgebung wirkte merkwürdig schräg. Sie saß seitlich da und schüttelte den Kopf, fragte sich –

»Amy?« Ihre Kehle war trocken wie Sand.

Das kleine Mädchen klammerte sich an einen mit Bolzen befestigten Sessel auf der anderen Seite des Raums und weinte. Beim Klang von Billies Stimme hob sie das aufgeschwemmte Gesicht und sah zu ihr hin.

»Dein Daddy hat uns geschickt«, sagte Billie. »Er ist in Sicherheit.«

»Echt?« Amys Augen wurden ganz groß.

»Ja«, sagte Billie. »Echt.«

Amys Miene änderte sich, der Ausdruck von Verzweiflung verschwand. Noch immer liefen Tränen, als das Kind sich erhob und quer durch den Raum auf Billie zustolperte, die ihre Arme ausbreitete. Amy ließ sich in sie hineinfallen und drückte die Freundin fest an sich.

Trotz ihrer Wunden tat das Billie nicht weh.

Tatsächlich hatte sie sich noch nie im Leben besser gefühlt.

Ripley kam in den Raum gehinkt und sah, wie die beiden einander umarmten. Der Antriebslärm der über ihnen aufgetauchten *Kurtz* war Musik in ihren Ohren, eine perfekte Entsprechung zu dem Bild von ihr.

»Sehen wir zu, daß wir hier wegkommen«, sagte sie. Sie

wußte nicht mehr, wann ihr zum letztenmal Tränen über die Wangen gelaufen waren.

Sie konnte noch immer weinen.

Noch etwas, wofür es sich zu leben lohnte.

30

Die *Kurtz* stieg auf, hoch hinauf durch die Atmosphäre bis dorthin, wohin Oronas Satellitenschüssel ausgerichtet war. Die dunkle Erde fiel hinter ihnen zurück.

Wilks stand an der Tür zum Medilab.

Billie und Ripley waren beide verwundet worden, aber nicht so schlimm, wie er zuerst geglaubt hatte. Beide hatten Säureverbrennungen davongetragen, und Billie hatte eine ganze Menge chemischen Rauch eingeatmet, aber sie würden wieder in Ordnung kommen. Jones hatte das Kind auf Alienbefall hin untersucht; die Kleine war sauber.

Es war vorbei. *Fast*, verbesserte er sich.

Er fühlte sich – eigentlich sehr gut. Ausnahmsweise einmal. Die Art, wie Billie ihn heute im Medilab angelächelt hatte, hatte damit zu tun …

Er hatte geglaubt, daß das Ende ihn leer und ausgehöhlt zurücklassen würde, doch das Gegenteil war der Fall. Dort draußen wartete das große, weite Universum auf ihn. Er war alt, klar, aber noch nicht tot.

Noch lange nicht. Für einen abgehalfterten Soldaten, einen bescheuerten Marine, der einen großen Teil seines Lebens damit vergeudet hatte, auf sein Ende zu warten, hatte er schließlich doch etwas ziemlich Wertvolles zustande gebracht – und jetzt, beschloß er, war es für ihn Zeit, weiterzuziehen.

Yeah.

Billie lag in ihrer Koje, fühlte sich schläfrig und angenehm warm. Was immer Jones ihr auch gegeben hatte, es tat ihr unermeßlich gut.

Amy und ihr Vater waren gerade zur Messe aufgebrochen, wobei sie sich an den Händen gehalten hatten. Eine Stunde lang hatten sie auf dem Untersuchungstisch neben ihr gesessen und Geschichten mit ihr ausgetauscht, hin und wieder unterbrochen von Schulterklopfen und Umarmungen. Amy hatte die meiste Zeit über geweint; die emotionalen Wunden würden nur langsam verheilen, wie Billie wußte. Aber sie würde ihr dabei zur Seite stehen.

Billie verspürte ein Gefühl tiefen Friedens mit sich selbst, wie sie es noch nie verspürt hatte. Das Versteckspiel war vorbei. Sie war mit den anderen aufgebrochen, selbst kaum mehr als ein verschrecktes Kind, hatte sich Ängsten gestellt, die sie ihr ganzes Leben lang heimgesucht hatten – und hatte überlebt.

Nein, mehr noch. *Sie* hatten überlebt. Ripley, Wilks, Amy und ihr Vater, die anderen – jetzt konnten sie zu neuen Ufern aufbrechen.

Welche das sein würden, wußte sie nicht – und als sie spürte, wie ihr allmählich das Bewußtsein entglitt, wurde ihr auch klar, daß ihr das ganz gleich war. In ihr war jetzt Liebe ... für Amy, für David – es war schwer, so an ihn zu denken, nicht als Wilks, aber sie würde sich daran gewöhnen. Alles war in Ordnung –

Billie schlief ein.

Geistesabwesend berührte Ripley die Plastikhaut an ihrem Arm und starrte auf den leeren Computerschirm. Sie saß vor den Kontrollen, Tully, Wilks und McQuade neben ihr.

Amy und Billie zusammen zu sehen, hatte sie an einige Dinge aus ihrer Vergangenheit erinnert, an Gefühle, die echt und stark waren, ob synthetisch oder nicht. Sie hatte eine Rolle im Leben dieser Menschen gespielt; und sie hatte etwas in sich selbst entdeckt, wovon sie geglaubt hatte, daß es ihr für immer abhanden gekommen sei – Selbstachtung. Sie war bereit, einen Scheiß darauf zu geben, wer sie war – *was* sie war. Irgendwie war das jetzt nicht mehr annähernd so beängstigend …

»Wann immer du bereit bist«, sagte Tully.

Ripley setzte ihre Finger auf die Tastatur; ein plötzlicher Energiestoß durchfuhr sie. Welches Wort sollte sie eingeben, welches Wort erzählte die Geschichte am besten? Das war natürlich egal – auf der richtigen Frequenz konnte jedes Kodewort das Signal aussenden, das den Countdown auslöste, den Impuls, der die Uhr zum Laufen brachte – aber irgendwie schien es ihr wichtig zu sein, eine symbolische Geste, unwiderruflich.

Nach einer Weile tippte sie das Wort *Leben* und betrachtete es einige Sekunden lang. Ja. Das war angemessen.

Mit ruhiger Hand drückte Ripley die Sendetaste.

GOLDMANN

Bestseller

Tom Clancy und Sidney Sheldon, Utta Danella und Danielle Steel, Heinz G. Konsalik und Marie Louise Fischer, Colleen McCullough und Gillian Bradshaw, Charlotte Link und Irina Korschunow – internationale Weltbestseller garantieren Spannung und Unterhaltung auf höchstem Niveau.

Jeffrey Archer,
Der perfekte Dreh 9743

Tom Clancy,
Der Schattenkrieg 9880

Nelson DeMille,
In der Kälte der Nacht 41348

Arthur Hailey,
Reporter 41331

Goldmann · Der Bestseller-Verlag